les gommes

DU MÊME AUTEUR

Un régicide, *roman*, *1949*.

Le voyeur, *roman*, *1955*.

La jalousie, *roman*, *1957*.

Dans le labyrinthe, *roman*, *1959*.

L'année dernière à Marienbad, *ciné-roman*, *1961*.

Instantanés, *nouvelles*, *1962*.

L'immortelle, *ciné-roman*, *1963*.

Pour un nouveau roman, *essai*, *1963*.

La maison de rendez-vous, *roman*, *1965*.

Projet pour une révolution à New York, *roman*, *1970*.

Glissements progressifs du plaisir, *ciné-roman*, *1974*.

Topologie d'une cité fantôme, *roman*, *1976*.

Souvenirs du triangle d'or, *roman*, *1978*.

ALAIN ROBBE-GRILLET

LES GOMMES

LES ÉDITIONS DE MINUIT

« Le temps, qui veille à tout,
a donné la solution malgré toi. »

SOPHOCLE

prologue

Slightly theatrical

1 Dans la pénombre de la salle de café le patron dispose les tables et les chaises, les cendriers, les siphons d'eau gazeuse ; il est six heures du matin.

Il n'a pas besoin de voir clair, il ne sait même pas ce qu'il fait. Il dort encore. De très anciennes lois règlent le détail de ses gestes, sauvés pour une fois du flottement des intentions humaines ; chaque seconde marque un pur mouvement : un pas de côté, la chaise à trente centimètres, trois coups de torchon, demi-tour à droite, deux pas en avant, chaque seconde marque, parfaite, égale, sans bavure. Trente et un. Trente-deux. Trente-trois. Trente-quatre. Trente-cinq. Trente-six. Trente-sept. Chaque seconde à sa place exacte.

Bientôt malheureusement le temps ne sera plus le maître. Enveloppés de leur cerne d'erreur et de doute, les événements de cette journée, si minimes qu'ils puissent être, vont dans quelques instants commencer leur besogne, entamer progressivement l'ordonnance idéale, introduire çà et là, sournoisement, une inversion, un décalage, une confusion, une courbure, pour accomplir peu à peu leur œuvre : un jour, au début de l'hiver, sans plan, sans direction, incompréhensible et monstrueux.

Mais il est encore trop tôt, la porte de la rue vient à peine d'être déverrouillée, l'unique personnage présent en scène n'a pas encore recouvré son existence propre. Il est l'heure où les douze chaises descendent doucement des tables de faux marbre où elles viennent de passer la nuit. Rien de plus. Un bras machinal remet en place le décor.

Quand tout est prêt, la lumière s'allume...

Un gros homme est là debout, le patron, cherchant à se reconnaître au milieu des tables et des chaises. Au-dessus du bar, la longue glace où flotte une image malade, le patron, verdâtre et les traits brouillés, hépatique et gras dans son aquarium.

De l'autre côté, derrière la vitre, le patron encore qui se dissout lentement dans le petit jour de la rue. C'est cette silhouette sans doute qui vient de mettre la salle en ordre ; elle n'a plus qu'à disparaître. Dans le miroir tremblote, déjà presque entièrement décomposé, le reflet de ce fantôme ; et au-delà, de plus en plus hésitante, la kyrielle indéfinie des ombres : le patron, le patron, le patron... Le Patron, nébuleuse triste, noyé dans son halo.

Péniblement le patron émerge. Il repêche au hasard quelques bribes qui surnagent autour de lui. Pas besoin de se presser, il n'y a pas beaucoup de courant à cette heure-ci.

Il s'appuie des deux mains sur la table, le corps incliné en avant, pas bien réveillé, les yeux fixant on ne sait quoi : ce crétin d'Antoine avec sa gymnastique suédoise tous les matins. Et sa cravate rose l'autre jour, hier. Aujourd'hui c'est mardi ; Jeannette vient plus tard.

Drôle de petite tache ; une belle saloperie ce marbre, tout y reste marqué. Ça fait comme du sang. Daniel Dupont hier soir ; à deux pas d'ici. Histoire plutôt louche : un cambrioleur ne serait pas allé exprès dans la chambre éclairée, le type voulait le tuer, c'est sûr. Vengeance personnelle, ou quoi ? Maladroit en tout cas. C'était hier. Voir ça dans le journal tout à l'heure. Ah oui, Jeannette vient plus tard. Lui faire acheter aussi... non, demain.

Un coup de chiffon distrait, comme alibi, sur la drôle de tache. Entre deux eaux des masses incertaines passent, hors d'atteinte ; ou bien ce sont des trous tout simplement.

Il faudra que Jeannette allume le poêle tout de suite ; le froid commence tôt cette année. L'herboriste dit que c'est toujours comme ça quand il a plu le quatorze juillet; c'est peut-être vrai. Naturellement l'autre crétin d'Antoine, qui a toujours raison, voulait à toute force prouver le contraire. Et l'herboriste qui commençait à se fâcher, quatre ou cinq vins blancs ça lui suffit; mais il ne voit rien, Antoine. Heureusement le patron était là. C'était hier. Ou dimanche? C'était dimanche : Antoine avait son chapeau; ça lui donne l'air malin son chapeau! Son chapeau et sa cravate rose! Tiens mais il l'avait hier aussi la cravate. Non. Et puis qu'est-ce que ça peut foutre?

Un coup de chiffon hargneux enlève une fois de plus sur la table les poussières de la veille. Le patron se redresse.

Contre la vitre il aperçoit l'envers de l'inscription « Chambres meublées » où il manque deux lettres depuis dix-sept ans; dix-sept ans qu'il va les faire remettre. C'était déjà comme ça du temps de Pauline; ils avaient dit en arrivant...

D'ailleurs il n'y a qu'une seule chambre à louer, si bien que de toute façon c'est idiot. Un coup d'œil vers la pendule. Six heures et demie. Réveiller le type.

— Au boulot flemmard!

Cette fois il a parlé presque à haute voix, avec aux lèvres une grimace de dégoût. Le patron n'est pas de bonne humeur; il n'a pas assez dormi.

A dire vrai il n'est pas souvent de bonne humeur.

Au premier étage, tout au bout d'un couloir, le patron frappe, attend quelques secondes et, comme aucune réponse ne lui parvient, frappe de nouveau, plusieurs coups, un peu plus fort. De l'autre côté de la porte un réveille-matin se met à sonner. La main droite figée dans son geste, le patron reste à l'écoute, guettant avec méchanceté les réactions du dormeur.

Mais personne n'arrête la sonnerie. Au bout d'une

minute environ elle s'éteint d'elle-même avec étonnement sur quelques sons avortés.

Le patron frappe encore une fois : toujours rien. Il entrebâille la porte et passe la tête ; dans le matin misérable on distingue le lit défait, la chambre en désordre. Il entre tout à fait et inspecte les lieux : rien de suspect, seulement le lit vide, un lit à deux personnes, sans oreiller, avec une seule place marquée au milieu du traversin, les couvertures rejetées vers le pied ; sur la table de toilette, la cuvette de tôle émaillée pleine d'eau sale. Bon, l'homme est déjà parti, ça le regarde après tout. Il est sorti sans passer par la salle, il savait qu'il n'y aurait pas encore de café chaud et en somme il n'avait pas à prévenir. Le patron s'en va en haussant les épaules ; il n'aime pas les gens qui se lèvent avant l'heure.

En bas, il trouve un type debout qui attend, un type quelconque, plutôt miteux, pas un habitué. Le patron passe derrière son bar, allume une lampe supplémentaire et dévisage le client sans aménité, prêt à lui cracher à la figure que, pour le café, c'est trop tôt. Mais l'autre demande seulement :

— Monsieur Wallas, s'il vous plaît ?

— Il est parti, dit le patron marquant un point quand même.

— Quand ça ? fait l'homme un peu étonné.

— Ce matin.

— Ce matin à quelle heure ?

Un regard inquiet vers sa montre, puis vers la pendule.

— Je n'en sais rien, dit le patron.

— Vous ne l'avez pas vu sortir ?

— Si je l'avais vu sortir, je saurais à quelle heure.

Une moue apitoyée souligne ce succès facile. L'autre réfléchit quelques instants et dit encore :

— Alors vous ne savez pas non plus quand il rentrera ?

Le patron ne répond même pas. Il attaque sur de nouvelles bases :

— Qu'est-ce que je vous sers?

— Un café noir, dit l'homme.

— Pas de café à cette heure-ci, dit le patron.

Bonne victime décidément, petite figure d'araignée triste, perpétuellement en train de reconstituer les lambeaux de son intelligence fripée. Comment peut-il savoir d'ailleurs que ce Wallas est arrivé la veille au soir dans cet osbcur bistro de la rue des Arpenteurs? Ça n'est pas catholique.

Ayant joué pour l'instant toutes ses cartes le patron ne s'intéresse plus à son visiteur. Il essuie ses bouteilles d'un air absent et, comme l'autre ne consomme rien, il éteint les deux lampes l'une après l'autre. Il fait bien assez jour maintenant.

L'homme est parti en bredouillant une phrase incompréhensible. Le patron se retrouve au milieu de ses débris, les taches sur le marbre, le vernis des chaises que la crasse rend un peu collant par endroits, l'inscription mutilée contre la vitre. Mais il est la proie de spectres plus tenaces, des taches plus noires que celles du vin troublent sa vue. Il veut les chasser d'un geste, mais en vain; à chaque pas il s'y bute... Le mouvement d'un bras, la musique de mots perdus, Pauline, la douce Pauline.

La douce Pauline, morte d'étrange façon, il y a bien longtemps. Etrange? Le patron se penche vers la glace. Que voyez-vous donc là d'étrange? Une contraction malveillante déforme progressivement son visage. La mort n'est-elle pas toujours étrange? La grimace s'accentue, se fige en un masque de gargouille, qui reste un moment se contempler. Ensuite un œil se ferme, la bouche se tord, un côté de la face se crispe, un monstre encore plus ignoble apparaît pour se dissoudre lui-même aussitôt, laissant la place à une image tranquille et presque souriante. Les yeux de Pauline. Etrange? N'est-ce pas la chose la plus naturelle de toutes? Voyez ce Dupont, comme il est beaucoup plus étrange qu'il ne soit pas mort. Tout doucement, le patron se met à rire, d'une espèce de rire muet, sans gaîté, comme un rire de somnambule. Autour de lui les spectres familiers l'imitent; chacun y va de son rictus. Ils forcent même un peu la note, s'esclaffant, se bourrant les côtes à coups de coude et se donnant de grandes tapes dans le dos. Comment les faire taire maintenant? Ils sont en nombre. Et ils sont chez eux.

Immobile devant la glace le patron se regarde rire; de toutes ses forces il essaye de ne pas voir les autres, qui grouillent à travers la salle, la meute hilare, la légion déchaînée des petits pincements de cœur, le rebut de cinquante années d'existence mal digérée. Leur vacarme est devenu intolérable, concert horrible de braiments et de glapissements et tout à coup, dans le silence soudain retombé, le rire clair d'une jeune femme.

— Au diable !

Le patron s'est retourné, tiré du cauchemar par son propre cri. Il n'y a là, bien sûr, ni Pauline ni les autres. Il promène un regard fatigué sur la salle qui paisiblement attend ceux qui vont venir, les chaises où s'assoiront les meurtriers et leurs victimes, les tables où la communion leur sera servie.

Voilà Antoine; ça commence bien.
— Alors, tu sais la nouvelle?
Pas même un signe de tête en guise de réponse. Il n'est pas commode ce matin, le patron. Allons-y tout de même.
— Un nommé Albert Dupont, assassiné hier soir, là, juste au bout de la rue !
— Daniel.
— Quoi, Daniel?

17

— Daniel Dupont.
— Mais non, Albert je te dis ; c'est juste là...
— D'abord personne n'a été assassiné.
— Ça, c'est fort ! Qu'est-ce que tu en sais toi, sans jamais bouger de ta boîte ?
— On a téléphoné d'ici. La vieille bonne. Leur ligne était dérangée. Blessure légère au bras.
(Pauvre crétin qui sait toujours tout.)
— Oui, ben il est mort ! Regarde le journal : mort je te dis.
— Tu as un journal ?
Antoine cherche dans les poches de son pardessus, puis il se rappelle :
— Non, je l'ai laissé à ma femme.
— Alors ça va, insiste pas : il s'appelle Daniel et il n'est pas mort du tout.
Il n'a pas l'air content Antoine. Il reste là à se demander ce qu'il pourrait produire de plus convaincant qu'un ricanement ironique, mais le patron ne lui en laisse pas le temps.
— Tu bois quelque chose, ou bien tu fous le camp ?
Le conflit va probablement s'envenimer, quand la porte s'ouvre à nouveau et livre passage à un individu réjoui, rond et gesticulant, à peu près en loques.
— Bonjour les gars. Dites donc, j'ai une devinette pour vous.
— Ça va, on la connaît, dit Antoine.
— Non mon gars, fait le débonnaire sans se troubler, tu la connais pas. Personne la connaît. Personne, t'entends ? Un vin blanc, patron !
A en juger par la mine du bonhomme, elle doit être véritablement fameuse sa devinette. Pour qu'on n'en perde pas un mot, il la détaille comme s'il faisait une dictée :
— Quel est l'animal qui, le matin...
Mais personne ne l'écoute. Il a déjà bu un coup de trop. Il est drôle, évidemment, mais les deux autres

n'ont pas le cœur à la plaisanterie : il s'agit entre eux
de la vie d'un homme !

2   La rue des Arpenteurs est une longue rue
droite, bordée de maisons déjà anciennes,
de deux ou trois étages, dont les façades
insuffisamment entretenues laissent deviner
la modeste condition des locataires qu'elles
abritent : ouvriers, petits employés, ou simples marins
pêcheurs. Les boutiques n'y sont pas très reluisantes
et les cafés eux-mêmes sont peu nombreux, non que
ces gens-là soient particulièrement sobres mais plutôt parce qu'ils préfèrent aller boire ailleurs.

Le Café des Alliés (débit de boissons et chambres
meublées) est situé tout au début de la rue, au
numéro 10, à quelques maisons seulement du Boulevard Circulaire et de la ville proprement dite, si bien
que dans ses parages le caractère prolétarien des
édifices se trouve plus ou moins hybridé de bourgeoisie. A l'angle du boulevard se dresse un grand
immeuble en pierre, de très bonne mine, et en face,
au numéro 2 de la rue, une sorte de petit hôtel particulier d'un seul étage qu'entoure une étroite bande
de jardin. Le pavillon n'a pas beaucoup de style mais
donne une impression d'aisance, d'un certain luxe
même ; une grille doublée d'une haie de fusain taillée
à hauteur d'homme achève son isolement.

Vers l'est, la rue des Arpenteurs s'allonge, interminable et de moins en moins avenante, jusqu'à des
quartiers tout à fait excentriques, franchement misérables : quadrillage de chemins boueux entre les
baraques, tôle rouillée, vieilles planches et papier
goudronné.

A l'ouest, au delà du boulevard Circulaire et de
son canal, s'étend la ville, les rues un peu étriquées
entre de hautes maisons de brique, les édifices publics

sans décorations inutiles, les églises figées, les vitrines sans fantaisie. L'ensemble est solide, cossu parfois, mais austère ; les cafés ferment tôt, les fenêtres sont étroites, les gens sont sérieux. Pourtant cette ville triste n'est pas ennuyeuse : un réseau compliqué de canaux et de bassins y ramène de la mer, à six kilomètres à peine vers le nord, l'odeur du varech, les mouettes et même quelques bateaux de faible tonnage, caboteurs, chalands, petits remorqueurs, pour qui s'ouvre toute une série de ponts et d'écluses. Cette eau, ce mouvement aèrent les esprits. Les sirènes des cargos leur arrivent du port, par-dessus l'alignement des entrepôts et des docks, et leur apportent à l'heure de la marée l'espace, la tentation, la consolation du possible.

Comme on a la tête solide, la tentation suffit : le possible reste simplement possible, les sirènes depuis longtemps appellent sans espoir. Les équipages se recrutent à l'étranger ; les hommes d'ici préfèrent s'occuper de commerce, à terre, les plus aventureux d'entre eux ne s'éloignant guère à plus d'une trentaine de milles des côtes, pour la pêche au hareng. Les autres se contentent d'écouter les navires et de les évaluer en tonnes de fret. Ils ne vont même pas les voir, c'est trop loin. La promenade dominicale s'arrête au Boulevard Circulaire : on débouche sur le boulevard par l'avenue Christian-Charles, et on le suit le long du canal jusqu'à la Laiterie Nouvelle ou jusqu'au pont Gutenberg, rarement plus bas. Plus au sud, le dimanche, on ne rencontre pour ainsi dire que les gens du quartier. Les jours de semaine, le calme n'y est troublé que par l'armée des bicyclettes qui se rend au travail.

A sept heures du matin les ouvriers sont déjà passés ; le boulevard est à peu près désert.

Au bord du canal, près du pont tournant qui termine la rue des Arpenteurs, il y a deux hommes. Le pont vient de s'ouvrir pour le passage d'un chalutier ; debout près du treuil, un marin s'apprête à le refermer.

L'autre attend sans doute la fin de la manœuvre, mais il ne doit pas être pressé : la passerelle qui relie les deux berges à cent mètres sur la droite lui aurait déjà permis de continuer sa route. C'est un homme de petite taille, vêtu d'un long manteau verdâtre assez vieux et d'un feutre défraîchi. Il tourne le dos au marin, il ne regarde pas le bateau ; il est appuyé contre la légère balustrade en fer qui sert de garde-fou, à l'entrée du pont. Il fixe à ses pieds l'eau huileuse du canal.

Cet homme s'appelle Garinati. C'est lui qu'on vient de voir entrer au Café des Alliés pour demander ce Wallas qui ne s'y trouvait plus. C'est également lui l'assassin maladroit de la veille, qui n'a fait que blesser légèrement Daniel Dupont. La demeure de sa victime est ce petit hôtel dont la grille fait le coin de la rue, juste derrière son dos.

La grille de fer, la haie de fusain, l'allée de gravier qui fait le tour de la maison... Il n'a pas besoin de se retourner pour les voir. La fenêtre du milieu, au premier étage, est celle du cabinet de travail. Il connaît tout cela par cœur : il l'a suffisamment étudié la semaine dernière. Pour rien d'ailleurs.

Bona était bien renseigné, comme d'habitude, et lui-même n'a eu qu'à exécuter ses ordres scrupuleusement. N'aurait eu, plutôt, car tout vient d'échouer par sa faute : à peine égratigné probablement, Dupont pourra bientôt revenir derrière ses fusains et se replonger dans ses dossiers et ses fiches au milieu des reliures en veau vert.

Le bouton électrique près de la porte, un bouton de porcelaine avec un dessus métallique. Bona avait dit d'éteindre la lumière ; il ne l'a pas fait, et tout a échoué. La plus petite faille... Est-ce tellement sûr ? Le couloir était resté éclairé, c'est vrai ; mais si la chambre avait été dans l'obscurité, Dupont n'aurait peut-être pas attendu d'avoir ouvert la porte en grand pour tourner le commutateur. Peut-être ? Savoir ! Ou bien l'aurait-il fait vraiment ? Et la plus petite faille a suffi. Peut-être.

Garinati n'avait jamais auparavant pénétré dans cette maison, mais les indications de Bona étaient si précises qu'il aurait pu tout aussi bien s'y diriger les yeux fermés. A sept heures moins cinq il est arrivé tranquillement par la rue des Arpenteurs. Personne aux environs. Il a poussé la grille du jardin.

Bona avait dit : « Le timbre avertisseur ne fonctionnera pas. » C'était vrai. La sonnerie est restée muette. Pourtant, le matin même, lorsqu'il était passé devant le pavillon (« Il est inutile que tu rôdes tout le temps de ce côté-là »), il avait ouvert la porte subrepticement, pour voir, et il avait bien entendu la sonnerie. Sans doute avait-on coupé le fil dans l'après-midi.

C'était une faute déjà d'avoir essayé la porte le matin ; lorsqu'il est entré, le soir, il a eu peur un instant. Mais le silence l'a rasséréné. Avait-il même douté vraiment ?

Il a repoussé la grille avec précaution, à fond, mais sans refermer le bec-de-cane, et contourné la maison à droite, en marchant sur le gazon pour éviter le crissement des graviers. Dans la nuit on distingue juste l'allée plus claire entre les deux plates-bandes et le sommet bien taillé des fusains.

La fenêtre du cabinet de travail, celle du milieu au premier étage, du côté du canal, est brillamment éclairée. Dupont est encore à sa table. Tout est bien comme l'a prévu Bona.

Adossé contre le mur de la remise, au fond du jardin, Garinati attend, les yeux fixés sur la fenêtre.

Au bout de quelques minutes la vive lumière est remplacée par une lueur plus faible : Dupont vient d'éteindre la grosse lampe sur la table, laissant brûler seulement une des ampoules du plafonnier. Il est sept heures ; il descend dîner.

Le palier du premier, l'escalier, le vestibule.

La salle à manger est à gauche, au rez-de-chaussée. Ses volets sont clos. Sur l'arrière de la maison ceux de la cuisine le sont également, mais leurs fentes laissent filtrer une vague clarté.

Garinati s'approche de la petite porte vitrée, en prenant garde de ne pas s'exposer à la lumière qui vient du couloir. Au même moment la porte de la salle à manger se referme. Dupont déjà ? Il est descendu vite. Ou bien la vieille bonne ? Non, celle-ci sort maintenant de la cuisine. Donc c'était Dupont.

La vieille femme s'éloigne vers le fond du vestibule, mais elle a les mains vides ; il faut attendre encore. Elle revient presque aussitôt, en laissant entrouverte la porte de la salle à manger. Elle rentre dans sa cuisine et reparaît bientôt, portant à deux mains une immense soupière, pénètre à nouveau dans la salle à manger et cette fois ferme la porte derrière elle. C'est le moment.

Bona a dit : « Tu as près de cinq minutes pour monter. La vieille attend qu'il ait fini sa soupe. » Sans doute prend-elle des ordres pour le lendemain ; comme elle est un peu sourde ça doit durer un certain temps.

Sans bruit Garinati se glisse à l'intérieur. « Les gonds grinceront si tu pousses le battant trop loin. » Violente envie, soudain, d'essayer quand même ; d'ouvrir un peu plus, juste un peu ; seulement pour savoir jusqu'où l'on a le droit d'aller. Quelques degrés. Un degré simplement, un unique degré ; une petite place pour l'erreur... Mais le bras s'arrête, raisonnable. En sortant, plutôt.

On n'est pas très prudent dans cette maison : n'importe qui pourrait entrer.

Garinati a refermé doucement la porte. Il s'avance à pas mesurés sur les dalles où ses semelles de crêpe font un chuintement imperceptible. Dans l'escalier et au premier étage il y a partout des tapis épais, ça sera encore plus commode. Le vestibule est éclairé ; le palier aussi, là-haut. Plus de difficulté. Monter, attendre que Dupont revienne et le tuer.

Sur la table de la cuisine il y a trois minces tranches de jambon étalées dans une assiette blanche. Un dîner léger ; c'est bien. Pourvu qu'il ne vide pas toute sa soupière. Il ne faut pas trop manger pour pouvoir dormir sans rêves. *← humour*

Le parcours immuable *unchanging* se poursuit. A mouvements comptés.

La machinerie, parfaitement réglée, ne peut réserver la moindre surprise. Il ne s'agit que de suivre le texte, en récitant phrase après phrase, et la parole s'accomplira et Lazare sortira de sa tombe, tout enveloppé dans ses bandelettes...

Celui qui s'avance ainsi, dans le secret, pour exécuter l'ordre, ne connaît ni la peur ni le doute. Il ne sent plus le poids de son propre corps. Ses pas sont silencieux comme ceux du prêtre ; ils glissent sur les tapis et sur les dalles, aussi réguliers, aussi impersonnels, aussi définitifs.

La ligne droite est le plus court chemin d'un point à un autre.

...des pas si légers qu'ils ne laissent aucune ride à la surface des océans. L'escalier de cette maison comporte vingt et une marches, le plus court chemin d'un point à un autre... la surface des océans...

Soudain, l'eau si limpide se trouble. Dans ce décor fixé par la loi, sans un pouce de terre à droite ni à gauche, sans une seconde de battement, sans repos, sans regard en arrière, l'acteur brusquement s'arrête, au milieu d'une phrase... Il le sait par cœur, ce rôle qu'il tient chaque soir; mais aujourd'hui il refuse d'aller plus loin. Autour de lui les autres personnages se figent, le bras levé ou la jambe à demi fléchie. La mesure entamée par les musiciens s'éternise... Il faudrait faire quelque chose maintenant, prononcer des paroles quelconques, des mots qui n'appartiendraient pas au livret... Mais, comme chaque soir, la phrase commencée s'achève, dans la forme prescrite, le bras retombe, la jambe termine son geste. Dans la fosse, l'orchestre joue toujours avec le même entrain.

L'escalier se compose de vingt et une marches de bois, plus, tout en bas, une marche de pierre blanche, sensiblement plus large que les autres et dont l'extrémité libre, arrondie, porte une colonne de cuivre aux ornementations compliquées, terminée en guise de pomme par une tête de fou coiffée du bonnet à trois clochettes. Plus haut, la rampe massive et vernie est supportée par des barreaux de bois tourné, légèrement ventrus à la base. Une bande de moquette grise, avec deux raies grenat sur les bords, recouvre l'escalier et se prolonge, dans le vestibule, jusqu'à la porte d'entrée.

La couleur de ce tapis a été omise dans la description de Bona, ainsi que le détail de la pomme en cuivre.

Un autre, ici-même, pensant le poids de chacun de ses pas, viendrait...

Au-dessus de la seizième marche, un petit tableau est accroché au mur, à hauteur du regard. C'est un paysage romantique représentant une nuit d'orage : un éclair illumine les ruines d'une tour ; à son pied on distingue deux hommes couchés, endormis malgré le vacarme ; ou bien foudroyés ? Peut-être tombés du haut de la tour. Le cadre est en bois sculpté et doré ; l'ensemble paraît de facture assez ancienne. Bona n'a pas mentionné ce tableau.

Le palier. Porte à droite. Le cabinet de travail. Il est tout à fait comme l'a décrit Bona, encore plus exigu peut-être et plus encombré : des livres, des livres partout, ceux qui tapissent les murs presque tous reliés en peau verte, d'autres, brochés, empilés avec soin sur la cheminée, sur un guéridon, et même par terre ; d'autres encore posés au hasard sur le bout de la table et sur deux fauteuils de cuir. La table, en chêne foncé, longue et monumentale, occupe sans mal le reste de la pièce. Elle est entièrement recouverte de dossiers et de paperasses ; la grosse lampe à abat-jour, posée au milieu, est éteinte. Une seule ampoule brille dans le globe, au plafond.

Au lieu de traverser directement le petit espace libre de moquette verte, entre la porte et la table (le plancher craque à cet endroit), Garinati passe derrière le fauteuil, se faufile entre le guéridon et une pile de livres et atteint la table de l'autre côté.

« Debout derrière la table et tenant à deux mains le dossier de la chaise devant toi, tu enregistreras la position de tous les objets et celle de la porte. Tu as le temps : Dupont ne remonte pas avant sept heures et demie. Quand tu seras parfaitement sûr de tout, tu iras éteindre le plafonnier. Le bouton se trouve à l'entrée, contre le chambranle ; il faut appuyer vers le mur, dans l'autre sens on allume deux ampoules de plus. Ensuite tu reviendras, toujours par le même chemin, te placer derrière ta chaise, exactement dans la même position qu'auparavant ; tu attendras, le revolver armé dans la main droite, les yeux dirigés vers l'emplacement de la porte. Quand Dupont ouvrira, il se détachera nettement, dans l'embrasure, sur le couloir éclairé ; invisible dans l'obscurité, tu viseras commodément, appuyé de la main gauche au dossier de la chaise. Tu tireras trois fois, au cœur, et tu t'en iras, sans hâte excessive ; la vieille n'aura rien entendu. Si tu la rencontres dans le vestibule, ne fais pas trop voir ton visage ; écarte-la sans brutalité. Il n'y aura personne d'autre dans la maison. »

Le seul chemin d'un point à un autre.

Une sorte de cube, mais légèrement déformé, un bloc luisant de lave grise, aux faces polies comme par l'usure, aux arêtes effacées, compact, dur d'aspect, pesant comme l'or, sensiblement de la grosseur du poing ; un presse-papier ? C'est le seul bibelot de la pièce.

Les titres des livres : « Travail et Organisation », « Phénoménologie de la Crise (1929) », « Contribution à l'Étude des Cycles Économiques », et le reste à l'avenant. Pas drôle.

Bouton électrique contre le chambranle, porcelaine et métal nickelé, trois positions.

Il était en train d'écrire, quatre mots tout en haut d'une page blanche : « ne peuvent pas empêcher »... C'est à ce moment-là qu'il est descendu dîner ; il n'a pas dû trouver le mot qui venait ensuite.

Des pas sur le palier. La lumière ! Trop tard maintenant pour y aller. La porte qui s'ouvre et le regard stupide de Dupont...

Garinati a tiré, un seul coup, au juger, sur un morceau de corps en fuite.

La plus petite faille... Peut-être. Le marin vient d'achever la manœuvre du treuil à bras ; le pont tournant s'est refermé.

Penché sur la rambarde, Garinati n'a pas bougé. Il regarde à ses pieds clapoter l'eau huileuse dans un angle rentrant du quai ; là se sont rassemblées quelques épaves : un bout de bois taché de goudron, deux vieux bouchons du modèle ordinaire, un fragment de peau d'orange, et des miettes plus ténues, à moitié décomposées, difficilement identifiables.

3 On ne meurt pas si vite d'une petite blessure au bras. Allons donc! Le patron soulève ses épaules pesantes d'un mouvement de refus mêlé d'indifférence : ils peuvent bien écrire ce qu'ils veulent, mais ils ne lui feront pas croire ça, avec leurs informations fabriquées exprès pour tromper le monde.

« Mardi 27 octobre. — Un cambrioleur audacieux s'est introduit, hier à la nuit tombée, dans la demeure de M. Daniel Dupont, au numéro 2 de la rue des Arpenteurs. Surpris dans sa besogne par le propriétaire, le malfaiteur, en prenant la fuite, tira sur M. Dupont plusieurs coups de revolver... »

La vieille est arrivée tout essoufflée. C'était un peu avant huit heures; le café était vide. Non, il y avait encore l'ivrogne qui dormait à moitié dans son coin; il n'avait plus personne à emmerder avec ses devinettes : les autres avaient tous fini par s'en aller dîner. La vieille a demandé si elle pouvait téléphoner. Bien sûr qu'elle pouvait; le patron lui a indiqué l'appareil accroché au mur. Elle tenait à la main un carré de papier qu'elle a consulté pour composer son numéro tout en continuant à parler : Il n'y avait plus moyen d'appeler de chez elle, quelque chose de détraqué depuis samedi. « Chez elle » c'était la petite maison au coin de la rue, avec une haie autour. A qui s'adressait-elle au juste, c'était difficile à dire. A lui probablement, puisque l'ivrogne se désintéressait ouvertement de l'affaire; elle paraissait pourtant vouloir atteindre, au-delà, un auditoire plus vaste, comme une foule sur une place publique; ou bien toucher en lui un sens plus profond que l'ouïe. Depuis samedi, et personne n'était encore venu faire la réparation.

— Allô! Le docteur Juard, s'il vous plaît?

Elle criait encore plus fort que pour raconter ses malheurs.

— Il faut que le docteur vienne tout de suite. Il y a

quelqu'un de blessé. Tout de suite, vous entendez? Un blessé! Allô! Vous entendez?...

Elle, en tout cas, n'avait pas l'air d'entendre très bien. A la fin elle lui a tendu l'écouteur supplémentaire et il a dû transmettre les réponses de la clinique. Sourde sans doute. Elle suivait les mots sur ses lèvres quand il parlait.

— Monsieur Daniel Dupont, deux rue des Arpenteurs. Le docteur connaît.

Du regard elle l'interrogeait.

— Ça va, il arrive.

Elle a continué, en payant sa communication, à discourir avec précipitation. Elle n'avait pas l'air affolée, un peu surexcitée plutôt. En sortant de table M. Dupont avait trouvé un bandit dans son bureau — il y a des gens qui ont de l'audace — dans son bureau qu'il venait de quitter; où la lumière était même restée allumée! Qu'est-ce qu'il voulait, hein? Voler des livres? Son maître n'avait eu que le temps de bondir dans la chambre à côté, où était son revolver; il avait eu seulement le bras effleuré par une balle. Mais quand il était ressorti dans le couloir, l'autre avait déjà décampé. Et elle, n'avait rien vu ni rien entendu, c'était le plus fort! Par où était-il passé? Il y a des gens qui ont de l'audace. « Un cambrioleur audacieux s'est introduit... » Depuis samedi que le téléphone ne marchait pas. Et elle avait pris la peine de courir le matin jusqu'à la poste, pour qu'on vienne arranger ça; personne n'était venu naturellement. Dimanche, bon, c'était un jour férié — et encore, il aurait dû y avoir une permanence assurée pour ces cas-là. D'ailleurs si le service avait été bien fait, on serait venu immédiatement. Justement M. Dupont avait attendu tout l'après-midi du samedi une communication importante; et il ne savait même pas si on pouvait l'appeler du dehors, puisqu'il n'y avait pas eu de coup de téléphone depuis le vendredi...

Projet de réforme générale de l'organisation des postes, télégraphes et téléphones. Article premier : Une permanence sera assurée pour les cas d'urgence. Non. Article unique : L'appareil téléphonique de M. Dupont restera perpétuellement en parfait état de marche. Ou plus simplement : Tout fonctionnera toujours normalement. Et le samedi matin restera sagement à sa place, séparé du lundi soir suivant par soixante heures de soixante minutes.

La vieille dame serait remontée jusqu'en septembre au moins si l'ivrogne n'était intervenu, réveillé par ses cris. Il la considérait avec application depuis quelque temps, il a profité d'une accalmie pour dire :

— Savez-vous, grand-mère, quel est le comble pour un employé des postes ?

Elle s'est tournée vers lui.

— Eh bien, mon garçon, il n'y a pas de quoi vous vanter.

— Mais non grand-mère, pas moi, pas moi ! Je vous demande si vous savez ce qui est le comble pour un employé des postes ?

Il s'exprimait d'un ton solennel, mais avec un peu de difficulté.

— Qu'est-ce qu'il dit ?

Le patron s'est tapoté le front en guise d'explication.

— Ah ! bien. Drôle d'époque, tout de même. Ça ne m'étonne plus que leur affaire aille si mal, à la poste.

Pendant ce temps Jeannette a allumé le poêle et la salle s'est remplie de fumée. Le patron ouvre la porte sur la rue. Il fait froid. Le ciel est couvert. On dirait qu'il va neiger.

Il descend sur le trottoir et regarde dans la direction du boulevard. On aperçoit la grille et la haie de la maison du coin. Au bord du canal, à l'entrée du pont, il y a un homme accoudé qui tourne le dos. Qu'est-ce qu'il attend là ? Qu'il passe une baleine ? On ne voit de lui qu'un long manteau de couleur pisseuse ; comme celui du type de ce matin. C'est peut-être lui qui attend que l'autre revienne !

Qu'est-ce que ça veut dire cette histoire de cambriolage ? Il y avait une blessure plus grave, et la vieille ne le savait pas ? Ou alors elle n'a pas voulu le dire ? Un cambrioleur ! Ça ne tient pas debout. Et puis qu'est-ce que ça peut lui foutre après tout ?

Le patron reprend son journal :

« ...La victime grièvement blessée, transportée d'urgence dans une clinique du quartier, y est décédée sans avoir repris connaissance. La police enquête sur l'identité du meurtrier dont la trace, jusqu'à présent, n'a pas été retrouvée.

« Daniel Dupont, croix de guerre, chevalier du Mérite, était âgé de cinquante-deux ans. Ancien professeur à l'École de Droit, il était en outre l'auteur de nombreux ouvrages d'économie politique, riches en vues originales, notamment sur le problème de l'organisation de la production. »

Décédé sans avoir repris connaissance. Il n'avait même pas perdu connaissance. Nouveau haussement d'épaule. Petite blessure au bras. Allons donc ! On ne meurt pas si vite.

4   Après un silence, Dupont se tourne vers le docteur Juard et demande :

— Et vous, qu'est-ce que vous en pensez, Docteur ?

Mais celui-ci fait une moue évasive ; apparemment il n'en pense rien.

Dupont reprend :

— En tant que médecin vous ne voyez pas d'inconvénient à ce voyage ? Ceci (il désigne son bras gauche enveloppé d'un bandage), ceci ne me gêne pas pour me déplacer, et ce n'est pas moi qui conduirai la voiture.

D'autre part, vous n'aurez aucun ennui avec la police : ils recevront ce matin — ou même ont déjà reçu — l'ordre de ne plus s'occuper de moi, d'enregistrer simplement le certificat de décès que vous leur avez fait parvenir et de laisser transporter mon « corps » jusqu'aux services de la capitale. Vous leur remettrez simplement la balle que vous avez extraite. Elle est censée m'avoir atteint à la poitrine : vous inventerez vous-même une position précise qui rende le tout à peu près vraisemblable. Ils n'ont pas besoin d'autre chose pour l'instant, puisqu'il ne doit pas y avoir de véritable enquête. Voyez-vous quelque objection ?

Le petit docteur fait un signe vague de dénégation, et c'est le troisième personnage qui prend la parole à sa place. Assis au chevet du blessé sur une chaise de fer, il a gardé son pardessus ; il ne semble pas très à l'aise.

— Est-ce que ce n'est pas... un peu... comment dire ?... romanesque ? Ne serait-il pas plus sage de faire... de dire... enfin, de faire moins de mystère ?

— Au contraire voyons, c'est par prudence que nous sommes contraints d'agir ainsi.

— Vis-à-vis des gens, du public, je comprends. La note pour la presse, et le secret gardé à l'intérieur même de cette clinique, c'est très bien. Quoique je me demande si le secret... véritablement... Cette chambre a beau être isolée...

— Mais si, interrompt Dupont. Je te dis que je n'ai vu personne en dehors du Docteur et de sa femme ; et personne d'autre ne vient jamais de ce côté-ci.

Le docteur fait un petit signe d'acquiescement.

— Bien sûr... Bien sûr, continue le manteau noir pas très convaincu. De toute façon, vis-à-vis de la police, est-ce bien la peine de... de garder... d'observer la même...

Le blessé se soulève un peu plus dans son lit :

— Oui, je te l'ai dit déjà ! Roy-Dauzet a insisté pour que nous le fassions. Hors du groupe il ne peut compter sur rien de ferme en ce moment, pas plus sur sa police que sur le reste. D'ailleurs il ne s'agit que d'une mesure provisoire : les chefs, certains d'entre eux du moins, seront au courant ici comme partout ; mais à l'heure actuelle on ne sait pas trop à qui se fier dans cette ville. Il vaut mieux, jusqu'à nouvel ordre, que j'y sois mort pour tout le monde.

— Oui, bien sûr... Et la vieille Anna ?

— On lui a dit ce matin que j'étais décédé dans la nuit, qu'il s'agissait d'une de ces blessures bizarres qui n'ont pas l'air graves d'abord mais qui ne pardonnent pas. J'ai hésité à lui donner un tel coup, mais c'était préférable. Elle se serait embrouillée dans ses mensonges, si quelqu'un l'avait interrogée.

— Mais tu as fait communiquer aux journaux : « Décédé sans avoir repris connaissance. »

Le docteur, cette fois, intervient :

— Non, ça ce n'est pas moi qui le leur ai dit. Un ornement, qui a dû être rajouté par un fonctionnaire de la police. Certaines feuilles ne l'ont pas reproduit.

— Dans tous les cas c'est... oui ça me paraît fâcheux. Il y a une, deux même, deux personnes qui savent que tu n'avais pas perdu connaissance : la vieille Anna et le type qui a tiré sur toi.

— Anna ne lit pas les journaux ; et du reste elle quitte la ville aujourd'hui pour se rendre chez sa fille, elle sera à l'abri des questions indiscrètes. Quant à mon assassin, il m'a vu seulement m'enfermer dans ma chambre ; il ne peut savoir où exactement il m'a touché. Il sera trop heureux d'apprendre ma mort.

— Bien sûr, bien sûr... Mais tu dis toi-même qu'ils sont parfaitement organisés, que leur service de renseignements...

— Ils ont pour eux, surtout, qu'ils croient en leur force, en leur réussite. Nous les y aiderons cette fois-ci. Et comme la police est restée jusqu'à présent tout à fait impuissante, nous nous passerons d'elle, du moins provisoirement.

— Bon, bon, si tu crois que...

— Écoute, Marchat, j'ai parlé avec Roy-Dauzet, cette nuit au téléphone, pendant près d'une heure. Nous avons pesé notre décision et toutes ses conséquences. C'est là notre meilleure chance.

— Oui... Peut-être... Et si votre conversation avait été espionnée?

— Nous avons pris les précautions nécessaires.

— Oui... des précautions... bien sûr.

— Revenons à ces papiers : j'ai absolument besoin de les emporter ce soir, et je ne peux évidemment pas me montrer là-bas. Je t'ai fait venir pour que tu me rendes ce service.

— Oui, oui... bien sûr... Mais là aussi, tu vois, c'était plutôt le rôle d'un policier...

— Pas du tout, voyons! Et puis maintenant c'est impossible. D'ailleurs je ne sais pas ce que tu craindrais. Je te donne les clefs et tu y vas tranquillement cet après-midi, après le départ d'Anna. Il n'y a pas de quoi remplir deux serviettes. Tu rapportes ça ici immédiatement. Je partirai directement d'ici vers sept heures, dans la voiture que Roy-Dauzet m'envoie; je serai chez lui avant minuit.

Le petit docteur se lève et rajuste les plis de sa blouse blanche.

— Vous n'avez pas besoin de moi maintenant, n'est-ce pas? Je vais voir une de mes accouchées. Je repasserai un peu plus tard.

Le pardessus timoré se lève aussi pour lui serrer la main :

— Au revoir, Docteur.

— Au plaisir, Monsieur.

— Tu as confiance en ce type?

Le blessé jette un coup d'œil à son bras :

— Il a l'air d'avoir fait ça proprement.

— Non, je ne te parle pas de l'opération.

Dupont fait un grand geste de sa main valide :

— Que veux-tu que je te dise? C'est un ami de longue date; d'autre part tu as vu qu'il n'est pas bavard !

— Non, ça non... pas bavard, bien sûr.

— Qu'est-ce que tu crois? Qu'il va aller me vendre? Pourquoi? Pour de l'argent? Je ne le crois pas si bête que de se mêler de cette affaire plus qu'il n'y a déjà été obligé. Il ne demande certainement qu'à me voir partir le plus tôt possible.

— Il a une tête... Il n'a pas l'air... comment dire?... Il a l'air faux.

— Que vas-tu chercher ! Il a une tête de médecin un peu surmené, c'est tout.

— On dit...

— Mais oui, on dit ! D'ailleurs on le dit de tous les gynécologues dans ce pays, ou à peu près. Et puis quel rapport est-ce que ça aurait?

— Oui... bien sûr.

Un silence.

— Marchat, dis-moi, tu n'as pas du tout envie d'aller chercher ces papiers?

— Si... si... Je pense, bien sûr, que ce n'est pas... tout à fait sans danger.

— Pour toi, si ! C'est exprès que je ne demande pas ça à quelqu'un du groupe. Ils ne te veulent aucun mal, à toi ! Tu sais bien qu'ils ne tuent pas au hasard n'importe qui, n'importe quand. Il y a eu régulièrement, depuis neuf jours, un assassinat par jour et chaque fois entre sept heures et huit heures du soir, comme s'ils s'étaient fait une règle de cette précision. Je suis la victime d'hier, et mon affaire semble avoir été réglée. Pour aujourd'hui ils ont désigné leur nouvelle victime, et ce n'est pas toi évidemment — ce ne sera même probablement pas dans cette ville. Enfin tu iras chez moi en plein jour, à une heure où personne n'a rien à craindre.

— Oui, oui... Bien sûr.

— Iras-tu?

— Oui, j'irai... pour te rendre service... puisque tu

penses que c'est nécessaire... Je ne voudrais pas paraître non plus travailler pour votre groupe... Ce n'est
pas le moment d'avoir l'air trop bien avec vous...
hein? N'oublie pas que je n'ai jamais été d'accord avec
vous sur le fond... Remarque que je ne dis pas ça pour
prendre la défense de... de ces... de cette...

Le docteur écoute la respiration régulière. La jeune
femme dort. Il reviendra dans une heure. Il est à peine
huit heures. Dupont ne quittera la clinique qu'à
sept heures ce soir, a-t-il dit. Pourquoi a-t-il fait appel
à lui? N'importe quel médecin... La malchance.
Sept heures ce soir. Une grande journée. Pourquoi
est-ce toujours lui qu'on va chercher pour des trucs
de ce genre-là? Refuser? Mais non, c'est accepté déjà.
Il fera ce qu'on lui demande, une fois de plus. Et puis?
Avec l'autre il n'avait pas eu le choix! Il avait bien
besoin de cette nouvelle histoire.
L'autre. On ne lui échappe pas si facilement. Attendre.
Jusqu'à sept heures ce soir.

Il est bon, Dupont, de fourrer ses amis dans des
aventures pareilles! Marchat trouve que c'est du sans-
gêne, tout simplement; et il faudrait par-dessus le
marché qu'il ait l'air charmé! Et sa femme, tiens?
Elle n'a qu'à y aller sa femme. Il a bien le temps de la
joindre; elle ou n'importe qui, jusqu'à sept heures ce
soir.
Sur le point de quitter la petite chambre blanche,
il se retourne vers le blessé :
— Et ta femme, elle est au courant?
— Le docteur l'a prévenue par lettre. C'était plus
correct. Tu sais qu'il y a très longtemps que nous ne
nous sommes pas rencontrés. Elle ne cherchera même
pas à revoir « ma dépouille ». De ce côté ça ira tout
seul.

Evelyne. Que fait-elle maintenant? Peut-être qu'elle viendra quand même, après tout? Un mort ce n'est guère son genre. Qui encore peut essayer? Mais personne ne saura dans quelle clinique. On n'aura qu'à répondre que ce n'est pas ici. Jusqu'à sept heures ce soir.

5 Puisqu'ils sont tous d'accord, c'est parfait. Le commissaire Laurent referme le dossier et le pose avec satisfaction sur la pile de gauche. <u>Affaire classée</u>. Lui, personnellement, n'a aucune envie de s'en occuper.

Les recherches qu'il a déjà fait entreprendre n'ont pas donné le moindre résultat. Des empreintes abondantes et nettes, laissées comme à plaisir un peu partout, ont été relevées; elles doivent appartenir à l'assassin, mais elles ne correspondent à rien de ce qui est enregistré dans l'énorme fichier de la police. Les autres éléments qui ont été recueillis n'ont donné aucune indication quant à la piste à suivre. Aucun renseignement non plus n'a pu être fourni par les indicateurs. Dans ces conditions, où chercher? Il est très improbable que l'assassin appartienne aux milieux louches de la ville ou du port: le fichier est trop bien fait et les indicateurs trop nombreux pour qu'un malfaiteur puisse échapper complètement à leurs réseaux. Laurent le sait par une longue expérience. A cette heure-ci, il devrait normalement savoir déjà quelque chose.

Alors? Un débutant isolé? Un amateur? Un fou? Ces cas-là sont tellement rares; et puis on retrouve tout de suite leur trace aux amateurs. Une solution, évidemment, serait qu'on ait affaire à un individu venu de loin uniquement pour accomplir ce meurtre, et reparti aussitôt. Pourtant son travail semble un peu trop bien exécuté pour ne pas avoir nécessité une bonne préparation...

Enfin, du moment que les services centraux veulent prendre entièrement la chose en main, au point de lui enlever même le corps de la victime avant examen, c'est parfait. Qu'on ne s'imagine pas qu'il va s'en plaindre. Pour lui c'est comme s'il n'y avait pas eu de crime. Au fond Dupont se serait suicidé que ça reviendrait exactement au même. Les empreintes sont celles de n'importe qui et, puisque personne de vivant n'a vu l'agresseur...

Bien mieux : il ne s'est rien passé du tout ! Un suicide laisse tout de même un cadavre ; or voilà que le cadavre s'en va sans crier gare, et on lui demande en haut lieu de ne pas s'en mêler. Parfait !

Personne n'a rien vu, ni rien entendu. Il n'y a plus de victime. Quant à l'assassin, il est tombé du ciel et il est sûrement déjà loin, en route pour y retourner.

6 Les miettes éparses, les deux bouchons, le petit morceau de bois noirci : on dirait à présent comme une figure humaine, avec le bout de pelure d'orange qui fait la bouche. Les reflets du mazout complètent un visage grotesque de clown, une poupée de jeu de massacre.

Ou bien c'est un animal fabuleux : la tête, le cou, la poitrine, les pattes de devant, un corps de lion avec sa grande queue, et des ailes d'aigle. La bête s'avance d'un air gourmand vers une proie informe étendue un peu plus loin. Les bouchons et le morceau de bois sont toujours à la même place, mais le visage qu'ils formaient tout à l'heure a disparu complètement. Le monstre vorace aussi. Il ne reste plus, à la surface du canal, qu'une vague carte de l'Amérique ; et encore, avec de la bonne volonté.

« Et s'il rallume avant d'ouvrir la porte en grand ? »

Bona, comme d'habitude, n'a pas voulu admettre l'objection. Il n'y avait pas à discuter. Pourtant c'est, en fait, comme si Dupont avait rallumé : Garinati aurait bien pu éteindre tant qu'il aurait voulu, si l'autre en arrivant avait rallumé avant de pousser le battant à fond, ça revenait bien au même. Il ne se serait montré qu'une fois la pièce en pleine lumière.

Et puis quoi ! De toute manière Bona s'est trompé : Puisque lui, à qui il avait confié la mission, n'a pas éteint.

Oublié ? Ou bien fait exprès ? Ni l'un ni l'autre. Il allait éteindre ; il allait le faire à l'instant. Dupont est remonté trop tôt. Quelle heure était-il exactement ? Il n'a pas agi assez vite, c'est tout ; et, en somme, s'il n'a pas eu assez de temps, c'est encore une erreur de calcul, une erreur de Bona. Comment va-t-il arranger ça maintenant ?

Dupont a été touché, semble-t-il. Pas gêné cependant pour courir se mettre à l'abri ; Garinati l'a nettement entendu donner un tour de clé derrière soi. Il n'avait plus qu'à s'en aller. La moquette grise, les vingt-deux marches de l'escalier, la rampe luisante avec sa pomme de cuivre au bout. Les choses ont encore perdu un peu de leur consistance. Le coup de revolver a fait un si drôle de bruit ; irréel ; truqué. C'est la première fois qu'il se servait d'un « silencieux ». Plouc ! Comme un pistolet à air comprimé ; pas de quoi effrayer une mouche. Et aussitôt tout s'est rempli d'ouate.

Peut-être Bona sait-il déjà. Par les journaux ? C'était trop tard pour ceux du matin ; et qui prendrait la peine de relater ce crime inexistant ? « Tentative d'assassinat : un individu a tiré hier soir avec un pistolet à bouchon sur un inoffensif professeur... » Bona sait toujours.

En rentrant chez soi la nuit dernière, Garinati a trouvé un petit mot de la main du chef : « Pourquoi

n'êtes-vous pas venu après, comme convenu? J'ai
du travail pour vous : ils nous envoient un agent spécial ! Un M. Wallas qui prendra une chambre sur le
théâtre des opérations. C'était ce matin qu'il fallait
venir ! Tout va bien. Je vous attends demain, mardi,
à dix heures. J. B. » On dirait qu'il avait appris déjà
la réussite du coup. Simplement il n'imagine pas qu'il
puisse avoir échoué. Quand il a décidé une chose, elle
ne peut plus que se produire. « C'était ce matin qu'il
fallait venir. » Au contraire ! Il est temps qu'il arrive.

Il n'a pas eu beaucoup de mal à le dénicher, ce Wallas,
mais il l'a manqué, lui aussi. Il le retrouvera facilement. Pour quoi faire? Pour lui dire quoi? Ce matin
de bonne heure, en le cherchant avec méthode dans le
quartier, il gardait l'impression d'avoir quelque chose
d'urgent à lui communiquer ; il ne sait plus quoi. Comme
s'il avait été chargé de l'aider dans sa tâche.

Allons, il faut d'abord décider comment l'on
va rattraper le contretemps d'hier. Rendez-vous à
dix heures. Bona attachait une grosse importance
au jour et à la minute où Dupont devait être tué. Tant
pis ; pour une fois il se fera une raison. Et les autres que
Garinati ne connaît pas, toute l'Organisation autour
de Bona, au-dessus même, cette immense machine
se trouve-t-elle arrêtée à cause de lui? Il expliquera
que ce n'est pas sa faute, qu'il n'a pas eu le temps, que
ça ne s'est pas passé comme on l'avait prévu. Mais
rien n'est perdu : demain, ce soir peut-être, Dupont
sera mort.

Oui.

Il retournera l'attendre derrière la haie de fusains,
dans le cabinet de travail encombré de livres et de paperasses. Il y retournera librement, lucide et ressuscité,
attentif, « pensant le poids de chacun de ses pas ». Sur
la table repose la pierre cubique, aux angles arrondis,
aux faces polies par l'usure...

La tour démantelée que l'orage illumine.

Vingt et un degrés de bois, une marche blanche.

Les dalles du couloir.

Trois tranches de jambon dans une assiette, par la porte entrebâillée.

Les volets de la salle à manger sont clos ; ceux de la cuisine aussi, leurs fentes laissent filtrer une vague lueur.

Il marche sur le gazon, pour éviter de faire crisser les graviers de l'allée qu'on distingue, plus claire, entre les deux plates-bandes. La fenêtre du cabinet de travail, celle du milieu au premier étage, est brillamment éclairée. Dupont est encore là.

Le timbre qui se tait, à la grille d'entrée.

Sept heures moins cinq.

L'interminable rue des Arpenteurs, envahie de hareng et de soupe aux choux, depuis les faubourgs sans lumière et le quadrillage boueux des chemins entre les baraques misérables.

A la nuit tombante, Garinati a erré, en attendant qu'il soit l'heure, au milieu de cette végétation crasseuse de bassines sans fond et de fils de fer. Il a laissé dans sa chambre les instructions écrites remises par Bona, connues par cœur depuis longtemps.

Ces papiers — croquis précis du jardin et de la maison, descriptions minutieuses des lieux, détail des opérations à effectuer — ces papiers ne sont pas de l'écriture de Bona ; il n'a rédigé que certaines pièces concernant l'assassinat proprement dit. Pour le reste, Garinati ignore quel en est l'auteur ; quels en sont les auteurs, plutôt, car plusieurs personnes ont dû pénétrer dans le pavillon pour y effectuer les observations nécessaires, relever la disposition des objets, étudier les habitudes domestiques et jusqu'au comportement de chaque planche sous les pas. Quelqu'un aussi a débranché, dans l'après-midi, la sonnerie de la grille d'entrée.

La petite porte vitrée a poussé un profond gémissement. Dans sa précipitation pour s'enfuir, Garinati l'a ouverte un peu plus qu'il ne devait.

Il reste encore à savoir si...

Retourner sans attendre. La vieille femme sourde est seule à présent. Remonter là-haut, et faire l'expérience soi-même. La pièce étant dans l'obscurité, voir à quel moment exactement la main non prévenue allume.

Un autre, à sa place... Non prévenue. Sa main à lui.

L'assassin toujours retourne...

Et si Bona l'apprend ? Il ne devrait pas rester planté là non plus ! Bona. Bona. Bona... Garinati s'est redressé. Il s'engage sur le pont.

On dirait qu'il va neiger.

Un autre à sa place, pensant le poids de chacun de ses pas, viendrait, lucide et libre, accomplir son œuvre d'inéluctable justice.

Le cube de lave grise.

Le timbre avertisseur débranché.

La rue qui sent la soupe aux choux.

Les chemins boueux qui se perdent, très loin, dans la tôle rouillée.

Wallas.
« Agent spécial »...

chapitre premier

1 Wallas s'adosse au garde-fou, à l'entrée du pont. C'est un homme encore jeune, grand, tranquille, au visage régulier. Les vêtements qu'il porte et son apparence de flâneur sont, au passage, un vague sujet d'étonnement pour les derniers ouvriers qui se hâtent vers le port: en ce moment, à cet endroit, il ne paraît pas tout à fait normal de ne pas être en costume de travail, de ne pas rouler sur une bicyclette, de n'avoir pas l'air pressé; on ne va pas se promener un mardi au petit jour, d'ailleurs on ne se promène pas dans ce quartier-là. Cette indépendance vis-à-vis du lieu et de l'heure a quelque chose d'un peu choquant.

Wallas, lui, pense qu'il ne fait pas chaud et que pour se dégourdir il doit être agréable de pédaler sur l'asphalte lisse, emporté par le courant; mais il reste là, accroché à sa rampe de fer. Les têtes, l'une après l'autre, se tournent vers lui. Il rajuste son foulard et boutonne le col de son manteau. Une à une les têtes se détournent et disparaissent. Il n'a pas pu prendre de petit déjeuner ce matin: pas de café avant huit heures dans ce bistro où il a trouvé une chambre. Il regarde machinalement sa montre et constate qu'elle ne s'est pas remise en marche; elle s'est arrêtée hier soir à sept heures et demie, ce qui n'a pas facilité les choses pour son voyage et tout le reste. Ça lui arrive de temps en temps de s'arrêter, on ne sait pas bien pourquoi — après un choc quelquefois, pas toujours — et de repartir toute seule ensuite, sans plus de raison. Apparemment elle n'a rien de cassé, elle peut aussi marcher pendant plusieurs semaines d'affilée. Elle est capricieuse; au début c'est assez gênant; il suffit d'en prendre l'habitude. Il doit être six heures et demie maintenant. Le patron pense-t-il à venir frapper à la porte comme il l'a promis? Pour plus de sûreté, Wallas a remonté la sonnerie du petit réveil qu'il avait pris la précaution d'emporter, et en fin de compte il s'est levé un peu plus tôt: puisqu'il ne dormait pas, il valait autant commencer tout de suite. Il est seul à présent, comme perdu en route par le flot des cyclistes. Devant lui s'allonge, indécise dans la lumière jaune, la rue par où il vient de déboucher sur le boulevard; à gauche un bel immeuble en pierre de cinq étages forme le coin, un pavillon de brique entouré d'un étroit jardin lui fait face. C'est là que ce Daniel Dupont a été tué hier d'une balle dans la poitrine. Pour l'instant Wallas n'en sait pas plus long.

Il est arrivé tard, la nuit dernière, dans cette ville qu'il connaît à peine. Il y est venu une fois déjà, mais pour quelques heures seulement, quand il était enfant, et il n'en conserve pas un souvenir très précis. Une image lui est restée d'un bout de canal en cul-de-sac; contre un des quais est amarré un vieux bateau hors d'usage — une carcasse de voilier? Un pont de pierre très bas ferme l'entrée. Sans doute n'était-ce pas exactement cela : le bateau n'aurait pas pu passer sous ce pont. Wallas reprend son chemin vers l'intérieur de la cité.

Ayant franchi le canal, il s'arrête pour laisser passer un tramway qui revient du port, brillant de peinture neuve — jaune et rouge avec un écusson doré; il est complètement vide : c'est dans l'autre sens que vont les gens. Arrivé devant Wallas, qui attend pour traverser, le voilà qui fait halte à son tour et Wallas se trouve juste placé en face du marchepied de fer; il remarque alors à côté de lui le disque fixé contre un bec de gaz : « Arrêt obligatoire » et le chiffre 6 correspondant à la ligne. Sur un coup de sonnette, la voiture repart lentement, avec des gémissements de carrosserie. Elle a l'air d'avoir fini sa journée. Hier soir, à la sortie de la gare, les tramways étaient tellement bondés qu'il n'a pas réussi à payer sa place avant de descendre; le contrôleur ne pouvait pas circuler à cause des valises. Les autres voyageurs lui ont indiqué, non sans mal, l'arrêt le plus proche de cette rue des Arpenteurs dont ils semblaient pour la plupart ignorer l'existence ; quelqu'un disait même que ce n'était pas du tout dans cette direction. Il a dû marcher assez longtemps le long du boulevard mal éclairé, et quand il a trouvé enfin, il a aperçu ce café encore ouvert où on lui a donné une chambre, pas très confortable évidemment, mais qui lui suffit bien. Il a eu de la chance en somme, car pour dénicher un hôtel dans ce quartier désert ça n'aurait guère été commode. Il y avait écrit « Chambres meublées » en lettres d'émail sur la vitre, pourtant le patron a hésité avant de répondre ; il semblait contrarié, ou de mauvaise humeur. De l'autre côté de la chaussée Wallas s'engage dans une rue pavée de bois, qui doit mener vers le centre ; « Rue de Brabant » lit-on sur la plaque bleue. Wallas n'a pas eu le temps, avant son départ, de se procurer un plan de la ville ; il compte le faire ce matin dès l'ouverture des boutiques, mais il va profiter de ce répit dont il dispose avant de se rendre aux bureaux de la police, où le service normal ne commence qu'à huit heures, pour tâcher de se reconnaître seul à travers l'enchevêtrement des rues. Celle-ci paraît importante malgré son étroitesse : longue probablement, elle se fond au loin dans le gris du ciel. Un vrai ciel d'hiver ; on dirait qu'il va neiger.

De chaque côté s'alignent des maisons de brique apparente, toutes pareillement simplifiées, sans balcons ni corniches ni décorations d'aucune sorte. Il n'y a ici que le plus strict nécessaire : des murs unis percés d'ouvertures rectangulaires ; cela ne sent pas la pauvreté, seulement le travail et l'économie. Ce sont d'ailleurs, pour la plus grande partie, des immeubles commerciaux.

Façades sévères, assemblage soigneux de petites briques rouge sombre, solides, monotones, patientes : un sou de bénéfice réalisé par la « Compagnie des Bois

Résineux », un sou gagné par « Louis Schwob, Exportateur en Bois », par « Mark et Lengler » ou par la société
anonyme « Borex ». Exportation de bois, bois résineux,
bois d'industrie, bois d'exportation, exportation de
bois résineux, le quartier est entièrement consacré à
ce trafic; des milliers d'hectares de forêts de sapins
entassés brique à brique, pour mettre à l'abri les gros
livres de comptes. Toutes les maisons sont construites
sur le même modèle : cinq marches conduisent à une
porte vernie, en renfoncement, encadrée de plaques
noires portant en lettres d'or la raison sociale de la
firme; deux fenêtres à gauche, une à droite, et au-
dessus quatre étages de fenêtres semblables. Peut-
être y a-t-il des appartements au milieu des bureaux?
Ils ne s'en distinguent en tout cas par aucun signe extérieur. Les employés mal réveillés qui vont envahir la
rue dans une heure auront, malgré l'habitude, beaucoup de peine à reconnaître leur porte; ou bien entre-
ront-ils par la première venue, pour exporter au hasard
les bois de Louis Schwob ou de Mark et Lengler? Le
principal n'est-il pas qu'ils fassent leur ouvrage avec
conscience, pour que les petites briques continuent de
s'entasser comme les chiffres dans les gros livres,
préparant à l'édifice encore un étage de petits sous :
quelques centaines de tonnes en plus d'additions et
de lettres exactes; « Messieurs, en réponse à votre
honorée du... » payé comptant, un sapin contre cinq
briques.

Le défilé ne s'interrompt qu'au croisement de rues
perpendiculaires, absolument identiques, juste la place
pour se glisser entre les piles de registres et les machines à calculer.

Mais voici l'entaille plus profonde, que l'eau creuse
au travers de ces journées de terre cuite; le long du
quai se dresse la ligne de défense des pignons, où les
ouvertures se font plus myopes — instinctivement —

et les remparts plus épais. Au milieu de cette rue transversale coule un canal, immobile en apparence, couloir rectiligne laissé par les hommes au lac natal, pour les chalands chargés de bois qui lentement descendent vers le port ; dernier refuge aussi, dans l'étouffement de ces terres asséchées, pour la nuit, l'eau du sommeil, sans fond, l'eau glauque remontée de la mer et pourrie de monstres invisibles. *chenal - chenel*

Au-delà des chenaux et des digues, l'océan déchaîne le tourbillon sifflant des chimères, dont les enroulements se tiennent ici tapis entre deux rassurantes parois. Il faut quand même y prendre garde et ne pas trop se pencher, si l'on veut éviter leur aspiration...

Bientôt reprend l'enfilade des maisons de brique. « Rue Joseph-Janeck ». En réalité c'est la même rue qui continue de l'autre côté du canal : même austérité, même disposition des fenêtres, mêmes portes, mêmes plaques de verre noir creusées des mêmes inscriptions. Silbermann et Fils, exportation de bois de pâte, capital un million deux cent mille ; entrepôt général : quatre et six quai Saint-Victor. Le long d'un bassin de chargement, des troncs savamment empilés derrière la rangée des grues, perspective de hangars métalliques, odeur de mazout et de résine. Quai Saint-Victor, cela doit se situer quelque part, là-haut, vers le nord-ouest.

Après un carrefour le paysage change légèrement : la sonnette de nuit d'un médecin, quelques boutiques, l'architecture un peu moins uniforme, confèrent à ces parages un air plus habitable. Une rue part sur la droite, formant un angle plus aigu que les précédentes ; peut-être faudrait-il la prendre ? Il vaut mieux suivre celle-ci jusqu'au bout, il sera toujours temps d'obliquer ensuite.

Un goût de fumée traîne au ras du sol. L'enseigne d'un cordonnier ; le mot « Comestibles » en caractères jaunes sur fond brun. Bien que la scène reste déserte, l'impression d'humanité s'accentue progressivement. A la fenêtre d'un rez-de-chaussée, les rideaux s'ornent d'un sujet allégorique de grande série : bergers recueillant un enfant abandonné, ou quelque chose dans ce genre-là. Une crémerie, une épicerie, une charcuterie, une autre épicerie; on ne voit pour le moment que leur volet de fer baissé, avec au milieu, découpée dans la tôle grise, une jolie dentelle étoilée de la largeur d'une assiette, comme en font les enfants dans des papiers pliés. Ces boutiques sont petites, mais nettes, bien lavées, souvent repeintes; presque toutes sont des magasins d'alimentation : une boulangerie ocre, une crémerie bleue, une poissonnerie blanche. Leur couleur seulement et le titre qu'elles portent au fronton les distinguent les unes des autres.

De nouveau des persiennes ouvertes et cette broderie à bon marché : sous un arbre deux bergers en costume antique font boire le lait d'une brebis à un petit enfant nu.

Solitaire entre les volets tirés au pied des murailles de brique, Wallas poursuit sa route, du même pas élastique et sûr. Il marche. Autour de lui la vie n'est pas encore commencée. Pourtant, tout à l'heure, il a croisé sur le boulevard la première vague des ouvriers roulant vers le port, mais depuis il n'a plus rencontré personne : les employés, les commerçants, les mères de famille, les enfants qui vont à l'école, sont encore silencieux à l'intérieur des maisons refermées. Les bicyclettes ont disparu et la journée qu'elles avaient inaugurée est revenue en arrière de quelques gestes, comme un dormeur qui vient d'étendre le bras pour étouffer la sonnerie du réveil et s'accorde, avant d'ouvrir les yeux pour de bon, quelques minutes de sursis. Dans un instant les paupières vont se lever, la ville sortant de son faux sommeil atteindra d'un seul coup le rythme du port et, cette dissonance résolue, il sera de nouveau la même heure pour tout le monde.

Promeneur insolite, Wallas s'avance à travers cet intervalle fragile. (Ainsi celui qui s'est attardé trop avant dans la nuit, souvent ne sait plus à quelle date appartient ce temps douteux où son existence se prolonge ; son cerveau, fatigué par le travail et la veille, essaye en vain de reconstituer la suite des jours : il doit avoir terminé pour demain cet ouvrage commencé hier soir, entre hier et demain il n'y a plus la place du présent. Epuisé tout à fait il se jette enfin sur son lit et s'endort. Plus tard, lorsqu'il s'éveillera, il se retrouvera dans son aujourd'hui naturel.) Wallas marche.

2 Sans s'écarter de son chemin ni ralentir son allure, Wallas marche. Devant lui une femme traverse la rue. Un vieil homme traîne vers une porte cochère une poubelle vide restée sur le bord du trottoir. Derrière une vitre s'étagent trois rangs de plats rectangulaires contenant toutes sortes d'anchois marinés, sprats fumés, harengs roulés et déroulés, salés, assaisonnés, crus ou cuits, sauris, frits, confits, découpés et hachés. Un peu plus loin, un monsieur en pardessus noir et chapeau sort d'une maison et vient à sa rencontre ; âge mûr, situation aisée, digestions souvent difficiles ; il ne fait que quelques pas et pénètre immédiatement dans un café d'aspect très hygiénique, plus accueillant certainement que cet autre où lui-même a passé la nuit. Wallas se rappelle qu'il a faim, mais il a décidé de prendre son petit déjeuner dans un grand établissement moderne, sur une de ces places ou avenues qui doivent, comme partout, constituer le cœur de la ville.

Les rues transversales qui se présentent ensuite coupent celle-ci à angle nettement obtus, elles le ramène-

raient donc trop en arrière — presque dans la direction
d'où il vient.

Wallas aime marcher. Dans l'air froid de cet hiver
qui commence il aime marcher droit devant soi, à
travers cette ville inconnue. Il regarde, il écoute, il
sent ; ce contact en renouvellement perpétuel lui procure une douce impression de continuité : il marche et
il enroule au fur et à mesure la ligne ininterrompue de
son propre passage, non pas une succession d'images
déraisonnables et sans rapport entre elles, mais un
ruban uni où chaque élément se place aussitôt dans la
trame, même les plus fortuits, même ceux qui peuvent
d'abord paraître absurdes, ou menaçants, ou anachro-
niques, ou trompeurs ; ils viennent tous se ranger sagement l'un près de l'autre, et le tissu s'allonge, sans un
trou ni une surcharge, à la vitesse régulière de son pas.
Car c'est bien lui qui s'avance ; c'est à son propre corps
qu'appartient ce mouvement, non à la toile de fond que
déplacerait un machiniste ; il peut suivre dans ses membres le jeu des articulations, la contraction successive
des muscles, et c'est lui-même qui règle la cadence et
la longueur des enjambées : une demi-seconde pour un
pas, un pas et demi par mètre, quatre-vingts mètres à
la minute. C'est volontairement qu'il marche vers un
avenir inévitable et parfait. Autrefois il lui est arrivé
trop souvent de se laisser prendre aux cercles du doute
et de l'impuissance, maintenant il marche ; il a retrouvé
là sa durée.

Sur le mur d'une cour d'école il y a trois affiches
jaunes, trois exemplaires collés côte à côte d'un discours politique imprimé en caractères minuscules,
avec un titre énorme en haut : Attention Citoyens !
Attention Citoyens ! Attention Citoyens ! Wallas connaît cette affiche, répandue dans tout le pays et déjà
ancienne, une quelconque mise en garde d'un syndica-
liste contre les trusts, ou des libéralistes contre la pro-

tection douanière, le genre de littérature que personne ne lit jamais, sauf, de temps à autre, un vieux monsieur qui s'arrête, met ses lunettes et déchiffre avec application le texte entier en déplaçant les yeux le long des lignes du début jusqu'à la fin, se recule un peu pour considérer l'ensemble en hochant la tête, remet ses lunettes dans leur étui et l'étui dans sa poche, puis reprend sa route avec perplexité, se demandant s'il n'a pas laissé échapper l'essentiel. Au milieu des mots habituels se dresse çà et là comme un fanal quelque terme suspect, et la phrase qu'il éclaire de façon si louche semble un instant cacher beaucoup de choses, ou rien du tout. On voit, trente mètres plus loin, l'envers de la plaque signalant l'école aux automobiles.

La rue franchit ensuite un nouveau canal, moins étroit que le précédent, sur lequel un remorqueur s'approche avec lenteur, tirant au ras de l'eau deux péniches de charbon. Un homme en vareuse bleu marine et casquette d'uniforme vient de barrer l'entrée du pont sur le quai opposé et se dirige vers l'extrémité libre où Wallas s'engage.

— Dépêchez-vous de passer, Monsieur, on va ouvrir ! lui crie l'homme.

Wallas en le croisant lui adresse un petit signe de tête.

— Pas chaud ce matin !

see p. 57

— Ça commence, répond l'homme.

D'un gémissement discret le remorqueur salue ; au-dessus de l'assemblage des poutrelles métalliques Wallas aperçoit le panache de vapeur qui se disloque. Il pousse le portillon. Une sonnerie électrique annonce que l'employé, à l'autre bout, va déclencher la machinerie. Au moment où Wallas referme le portillon la chaussée derrière lui se disjoint, le tablier du pont commence à basculer dans un bruit de moteur et d'engrenages.

Wallas débouche enfin sur une très large artère qui ressemble beaucoup à ce Boulevard Circulaire qu'il a quitté au petit jour, mis à part le canal, que remplace ici un trottoir central planté de tout jeunes arbres ; maisons de rapport de cinq ou six étages alternant avec des constructions plus modestes, d'allure presque rurale, et des bâtisses à destination visiblement industrielle. Wallas s'étonne de rencontrer encore ce mélange plutôt suburbain. Comme il a traversé la rue pour prendre à droite cette nouvelle direction, il lit avec une surprise accrue le nom : « Boulevard Circulaire » sur l'immeuble qui fait le coin. Il se retourne désorienté.

Il ne peut pas avoir tourné en rond, puisqu'il a marché toujours tout droit depuis la rue des Arpenteurs ; sans doute vient-il de couper, trop au sud, un segment de la ville. Il va falloir qu'il demande son chemin.

Des passants se pressent vers leurs affaires, Wallas préfère ne pas les retarder. Il porte son choix sur une femme en tablier qui, de l'autre côté de la rue, lave le trottoir devant sa boutique. Wallas s'approche mais il ne sait pas comment poser sa question : il n'a pas pour l'instant de but précis ; quant aux bureaux de la police où il doit se rendre un peu plus tard, il répugne à les nommer, moins par méfiance professionnelle que par désir de rester dans une neutralité commode, au lieu d'aller à la légère éveiller la crainte, ou simplement la curiosité. De même pour le Palais de justice qui, lui a-t-on dit, se trouve en face du commissariat général, mais dont le maigre renom artistique ne suffit pas à motiver l'intérêt qu'il semblerait y prendre. La femme se redresse en le voyant près d'elle ; elle arrête le mouvement de son balai.

— Pardon Madame, pour aller à la poste centrale, s'il vous plaît ?

Après un instant de réflexion, elle répond :

— La poste centrale ; qu'est-ce que vous appelez la poste centrale ?

— La grande poste, je veux dire.

Ça ne paraît pas être la bonne question. Il se peut qu'il y ait plusieurs grandes postes et qu'aucune d'elles ne soit située au centre de la ville. La femme regarde son balai-brosse et dit :

— Vous avez une poste tout près d'ici, sur le boulevard. (Du menton elle désigne l'endroit.) C'est là qu'on va d'habitude. Mais elle est fermée sûrement à cette heure-ci.

Sa question avait donc un sens : il n'y a qu'une poste avec un bureau de télégraphe utilisable toute la nuit.

— Oui, précisément, il doit y avoir une poste ouverte pour les télégrammes.

Cette déclaration semble malheureusement attirer la sympathie de la dame :

— Ah, c'est pour un télégramme !

Elle jette un coup d'œil sur son balai, tandis que Wallas croit s'en tirer par un « oui » peu convaincu.

— Rien de grave, j'espère ? dit la dame.

La question n'a pas été posée d'une façon expressément interrogative, plutôt comme un souhait de politesse un peu dubitatif ; mais ensuite elle ne dit plus rien et Wallas se trouve obligé de répondre.

— Non, non, dit-il ; je vous remercie.

C'est encore un mensonge puisqu'un homme est mort cette nuit. Doit-il expliquer que ce n'est pas quelqu'un de sa famille ?

— Eh bien, dit la femme, si ce n'est pas pressé vous avez un bureau de poste, là, qui sera ouvert à huit heures.

Voilà ce que c'est que d'inventer des histoires. A qui enverrait-il donc un télégramme, et pour annoncer quoi ? Par quel biais pourrait-on revenir en arrière ? Voyant sa mine insatisfaite, la dame finit par ajouter :

— Il y a une poste sur l'avenue Christian-Charles, mais je ne sais pas si elle ouvre avant les autres ; et puis, d'ici que vous y soyez rendu...

Elle le considère maintenant avec attention, comme si elle supputait ses chances d'atteindre ce but avant

huit heures ; puis elle détourne les yeux et recommence
à surveiller l'extrémité de son balai-brosse. Un des
pinceaux, à moitié défait, laisse dépasser sur le côté
quelques brins de chiendent. Enfin, elle énonce le résultat de l'examen :

— Vous n'êtes pas d'ici, Monsieur?

— Non, avoue Wallas à regret ; je suis arrivé il y a
peu de temps. Montrez-moi le chemin vers le centre
et je me débrouillerai.

Le centre? La femme essaie de le situer dans sa tête ;
elle regarde son balai, puis le seau plein d'eau. Elle se
tourne vers l'entrée de la rue Janeck et, du geste, elle
indique la direction d'où vient Wallas.

— Vous n'avez qu'à prendre la rue qui est là. Après le
canal, vous tournez à gauche dans la rue de Berlin et
vous arrivez place de la Préfecture. Ensuite vous sui-
vez les avenues ; c'est tout droit.

La préfecture : c'est cela qu'il fallait demander.

— Merci, Madame.

— C'est pas tout près, vous savez. Vous feriez mieux
d'aller jusqu'au tram, là-bas, tenez...

— Non, non, je vais marcher vite ; ça me réchauf-
fera ! Merci, Madame.

— A votre service, Monsieur.

Elle trempe son balai dans le seau et se remet à frotter. Wallas reprend sa route en sens inverse.

Le déroulement rassurant s'est rétabli. A présent
les employés de bureau sortent de chez eux, tenant à
la main la serviette en simili-cuir contenant les trois
sandwiches traditionnels, pour le casse-croûte de
midi. Ils lèvent les yeux vers le ciel quand ils passent
le seuil de leur porte et s'en vont, en serrant autour de
leur cou des cache-nez de tricot brun.

Wallas sent le froid sur son visage ; ce n'est pas encore
l'époque de la glace coupante qui paralyse la face en
un masque douloureux, mais on perçoit déjà comme

un rétrécissement qui commence dans les tissus : le
front se resserre, la naissance des cheveux se rapproche
des sourcils, les tempes essayent de se rejoindre, le
cerveau tend à se réduire à un petit amas bénin à fleur
de peau, entre les deux yeux, un peu au-dessus du nez.
Pourtant les sens sont loin d'être engourdis : Wallas
reste le témoin très attentif d'un spectacle qui n'a rien
perdu de ses qualités d'ordre et de permanence ; peut-
être au contraire la ligne devient-elle plus stricte,
abandonnant peu à peu ses ornements et ses mollesses.
Mais peut-être aussi cette précision d'épure n'est-elle
qu'illusoire, provoquée seulement par un estomac vide.

Un bruit de moteur Diésel se rapproche derrière
Wallas... la trépidation finit par emplir complètement sa tête, et bientôt le dépasse, traînant son nuage
de fumée asphyxiante, un lourd véhicule de transport
routier.

Un cycliste descendu de sa machine attend devant la
barrière blanche, à l'entrée du pont-bascule qui achève
sa redescente. Wallas s'arrête à côté de lui et, comme
lui, examine le dessous du tablier en train de disparaître. Quand ils aperçoivent de nouveau le dessus de la
chaussée, l'homme à la bicyclette entrouvre le portillon et y engage l'avant de sa roue. Il se tourne vers
Wallas :

— Pas chaud ce matin, dit-il.
— Eh oui, dit Wallas, ça commence !
— On dirait que la neige va tomber.
— A cette saison, quand même, ça serait drôle.
— Ben, ça m'étonnerait pas, moi, dit le cycliste.

Ils fixent tous les deux la bordure de fer du tablier
qui arrive tout doucement au niveau de la rue. Au
moment où elle l'atteint, le bruit cesse brusquement ;
dans le silence on entend alors la sonnerie électrique
qui autorise le passage. En franchissant le portillon
le cycliste répète :

— Ça m'étonnerait pas.

— Peut-être que oui, dit Wallas. Bon courage !

— Bonjour, Monsieur, dit le cycliste.

Il saute en selle et s'éloigne. Va-t-il neiger vraiment? Il ne fait pas encore assez froid, sans doute; c'est seulement le changement de temps soudain qui surprend. Wallas, au milieu du pont, croise l'employé en vareuse qui va rouvrir sa barrière.

— Déjà de retour, Monsieur?

— Eh oui, répond Wallas; j'ai juste eu le temps pendant la manœuvre. La préfecture, c'est par là, n'est-ce pas?

L'autre se retourne à demi. « Le temps de faire quoi? » pense-t-il. Il dit :

— Oui bien sûr, c'est par là. Prenez la rue de Berlin : c'est le plus court.

— Merci, Monsieur.

— Bonne promenade, Monsieur.

Pourquoi ne commande-t-on pas cette barrière automatiquement, depuis l'autre bout? Wallas se rend compte, maintenant, que la rue Janeck n'est pas vraiment droite : elle s'incurve en réalité vers le sud par une série de coudes imperceptibles. Sur le disque de signalisation où deux enfants, le cartable en bandoulière, se tiennent par la main, on voit les restes d'un papillon, collé à l'envers et arraché. Après la double porte — École de filles. École de garçons — le mur de la cour de récréation dérobe à la vue, sous les marronniers d'Inde, les feuilles rousses et les coques éclatées des fruits; les petits garçons ont ramassé précieusement les graines luisantes, source de multiples jeux et travaux. Wallas change de trottoir pour regarder le nom des rues qui partent sur la gauche.

A un croisement Wallas remarque en face de lui le monsieur dyspeptique de tout à l'heure, qui traverse. Il n'a pas meilleure mine après avoir déjeuné; peut-être est-ce le souci, et non le mal d'estomac, qui lui donne cette figure. (Il ressemble à Fabius!) Il est en noir : il va à la poste pour expédier un télégramme de *conjecture* deuil.

— Ah c'est pour un télégramme. Rien de grave, j'espère?

— Un décès, Madame.

Le monsieur triste passe devant Wallas et s'engage dans la rue transversale ; « Rue de Berlin », Wallas lui emboîte le pas. *follow s.b.*

Il aurait donc fallu, ce matin, obliquer bien avant, à en juger par l'orientation de cette rue-ci. Le dos noir avance sensiblement à la même vitesse que Wallas et lui montre la route.

3 L'homme en pardessus noir passe sur le trottoir de gauche et tourne dans une petite rue ; Wallas le perd ainsi de vue. Dommage, car c'était un bon compagnon. Il n'allait donc pas mettre un télégramme à la poste, à moins qu'il ne connaisse un raccourci conduisant directement à l'avenue Christian-Charles. N'importe, Wallas aime mieux suivre les grandes artères, d'autant plus qu'il n'a pas de raison de se rendre à cette poste.

Il aurait été plus simple certainement de dire tout de suite à cette femme qu'il désirait parcourir les rues principales de la ville, où il venait pour la première fois ; mais n'aurait-il pas été poussé par un scrupule à parler de l'ancien voyage? — les ruelles ensoleillées où il avait accompagné sa mère, le bout de canal entre les maisons basses, la coque de bateau abandonnée, cette parente (une sœur de sa mère, ou une demi-sœur?) qu'ils devaient rencontrer — il aurait eu l'air de courir après des souvenirs d'enfance. Quant à se faire passer pour un touriste, outre l'invraisemblance du prétexte à cette époque de l'année dans une cité complètement dépourvue d'attraits pour un amateur d'art, cela présentait des dangers encore plus grands : où l'auraient alors mené les questions de la dame, puisque la poste avait suffi à faire naître le télégramme, tout naturellement, pour éviter de nouvelles explications, par désir aussi de ne pas la contredire. A force de vouloir être aimable et discret, dans quelles aventures imaginaires finirait-on par l'entraîner !

— Vous n'êtes pas d'ici, Monsieur ?

— Non, je suis un policier arrivé hier soir pour enquêter sur un assassinat politique.

C'était encore plus improbable que tout le reste. « L'agent de renseignement, répète volontiers Fabius, doit laisser le moins possible de traces dans l'esprit des gens ; il importe donc qu'il conserve en toutes circonstances un comportement ne sortant pas de l'ordinaire. » La caricature, célèbre au Bureau des Enquêtes et dans tout le ministère, représente Fabius déguisé en « promeneur insouciant » : chapeau rabattu sur les yeux, grosses lunettes noires et barbe outrageusement postiche traînant jusqu'à terre ; plié en deux, le personnage rampe « discrètement », en pleine campagne, au milieu des bestiaux étonnés.

Cette image irrespectueuse cache en réalité une sincère admiration de ses collaborateurs envers le vieux chef. « Il a beaucoup baissé », vous confient benoîtement ses ennemis ; mais ceux qui travaillent avec lui chaque jour savent bien que, malgré certains entêtements inexplicables, l'illustre Fabius reste digne de sa légende. Pourtant, en plus de son attachement à des méthodes un peu désuètes, ses fidèles eux-mêmes lui reprochent parfois une espèce d'irrésolution, une prudence maladive, qui lui font remettre éternellement en question les données les plus sûres. Le flair avec lequel il décelait dans une situation suspecte le moindre point sensible, le mouvement passionné qui le portait au foyer de l'énigme, sa patience ensuite, infatigable, pour recomposer les fils mis à nu, tout cela semble, tourner par moment en un scepticisme stérilisant de maniaque. On disait déjà qu'il se méfiait des solutions simples, on chuchote maintenant qu'il a cessé de croire à l'existence d'une solution quelconque.

Dans l'affaire actuelle, par exemple, où l'objectif est cependant clair (démasquer les dirigeants d'une organisation anarchiste), il a montré depuis le début beaucoup trop d'indécision, paraissant ne s'en occuper qu'à contre-cœur. Il ne s'est pas gêné même pour lâcher devant des subalternes des remarques tout à fait saugrenues, affectant tour à tour de considérer le complot comme une série de coïncidences ou comme une invention machiavélique du gouvernement. Un jour il a déclaré froidement que ces gens-là étaient des philanthropes et qu'ils ne recherchaient que le bien public !

Wallas n'aime pas ces plaisanteries, qui ne servent qu'à faire accuser le Bureau d'incurie, voire de collusion. Il ne peut évidemment pas avoir pour Fabius la vénération aveugle de quelques-uns de ses collègues : il ne l'a pas connu lors des années glorieuses de la lutte contre les agents ennemis, pendant la guerre. Wallas ne fait partie du Bureau des Enquêtes que depuis peu de temps, il était auparavant dans un autre service du ministère de l'Intérieur et c'est par hasard qu'il occupe ce poste. Son travail jusqu'ici a consisté surtout en la surveillance de diverses sociétés théosophiques dont Roy-Dauzet, le ministre, avait tout à coup pris ombrage ; Wallas a passé plusieurs mois à fréquenter les réunions d'initiés, à étudier des brochures extravagantes et à gagner la sympathie de demi-fous ; il vient de terminer sa mission par un volumineux rapport sur l'activité de ces associations, d'ailleurs parfaitement inoffensives.

En fait, le rôle de cette police en marge de la vraie est le plus souvent très pacifique. Instituée à l'origine avec comme but unique le contre-espionnage, elle est devenue après l'armistice une sorte de police économique dont la principale fonction était de contrôler les agissements des cartels. Par la suite, chaque fois qu'un groupement financier, politique, religieux ou autre a semblé menacer la sécurité de l'État, le Bureau des Enquêtes est entré en action et s'est montré, à deux ou trois reprises, d'une aide précieuse pour le gouvernement.

Il s'agit cette fois-ci de tout autre chose : en neuf jours, neuf morts violentes viennent de se succéder, dont six au moins sont des assassinats caractérisés. Certaines ressemblances entre ces différents crimes, la personnalité des victimes, ainsi que les lettres de menaces reçues par d'autres membres de cette organisation dont les neuf morts auraient fait partie, montrent bien qu'il n'y a là qu'une seule affaire : une monstrueuse campagne d'intimidation — ou même de destruction totale — menée (par qui?) contre ces hommes dont le rôle politique, quoique non officiel, est sans doute très important et qui, pour cette raison, bénéficient... d'une...

La place de la Préfecture est une grande place carrée bordée sur trois côtés de maisons à arcades ; le quatrième côté est occupé par la préfecture, vaste bâtisse en pierre d'un style à volutes et coquilles Saint-Jacques heureusement peu chargé, d'une laideur en somme assez sobre.

Au milieu de la place se dresse, sur un socle peu élevé que protège une grille, un groupe en bronze représentant un char grec tiré par deux chevaux, dans lequel ont pris place plusieurs personnages, probablement symboliques, dont les poses sans naturel ne s'accordent guère avec la rapidité supposée de la course.

De l'autre côté commence l'avenue de la Reine, où les ormes maigrelets ont déjà perdu leurs feuilles. Il y a très peu de gens dehors dans ce quartier ; les rares passants emmitouflés et les branches noires des arbres lui donnent un air précocement hivernal.

Le Palais de Justice ne doit pas être loin, car la ville, ses faubourgs mis à part, n'est sûrement pas très étendue. L'horloge de la préfecture marquait un peu plus de sept heures dix, Wallas a donc trois bons quarts d'heure pour explorer les environs.

Au bout de l'avenue, l'eau grise d'un ancien canal de dérivation ajoute encore à la tranquillité gelée du paysage.

C'est ensuite l'avenue Christian-Charles, un peu plus large, bordée de quelques beaux magasins et de cinémas. Un tramway passe, signalant de temps en temps son approche trop silencieuse par deux ou trois tintements clairs. *sign, notice*

Wallas avise un panneau portant un plan jauni de la cité, muni en son centre d'une aiguille mobile. Négligeant ce repère ainsi que la petite boîte contenant le nom des rues sur un rouleau de papier, il reconstitue sans peine son trajet : la gare, l'anneau légèrement aplati que forme le Boulevard Circulaire, la rue des Arpenteurs, la rue de Brabant, la rue Joseph-Janeck qui rejoint le boulevard, la rue de Berlin, la préfecture. Il va maintenant suivre l'avenue Christian-Charles jusqu'au boulevard et, puisqu'il en a le temps, faire ensuite un détour sur la gauche, pour revenir en suivant le canal Louis-V, puis l'étroit canal qui double cette rue... la rue de Copenhague ; c'est celui-là qu'il vient à l'instant de couper. Lorsqu'il aura terminé ce circuit, Wallas aura traversé deux fois de part en part la ville proprement dite, à l'intérieur du Boulevard Circulaire. Au-delà, les faubourgs s'étendent largement, compacts et peu engageants vers l'est et le sud, mais aérés vers le nord-ouest par les nombreux bassins de l'arrière-port et vers le sud-ouest par des terrains de sport, un bois et même un parc municipal agrémenté d'un Zoo.

De l'extrémité de la rue Janeck il y avait un chemin plus court pour parvenir ici, c'était aussi plus compliqué et la dame au balai de chiendent a bien fait de le faire passer par la préfecture. Le pardessus noir à la mine affligée a tourné là et s'est perdu dans ce fouillis de ruelles exiguës et contournées. Sur le point de s'en aller, Wallas se souvient qu'il doit encore chercher le Palais de Justice; il le découvre presque aussitôt, derrière la préfecture et relié à elle par une petite rue qui prend sur la place, « Rue de la Charte ». Effectivement le commissariat général est situé juste en face. Wallas se sent moins étranger dans cet espace ainsi jalonné, il peut s'y déplacer avec moins d'application.

Plus bas sur l'avenue il passe devant la poste. Elle est fermée. Sur la porte monumentale, une pancarte de carton blanc : « Les guichets sont ouverts sans interruption de 8 heures à 19 heures. » Après avoir obliqué sur le boulevard, il ne tarde pas à rencontrer l'eau, qu'il longe, attiré, soutenu par elle, absorbé dans la contemplation des reflets et des ombres.

Quand Wallas débouche pour la seconde fois sur la place de la Préfecture, l'horloge marque huit heures moins cinq. Il a tout juste le temps d'entrer dans le café, à l'angle de la rue de la Charte, pour manger quelque chose en vitesse. L'endroit ne correspond guère à ce qu'il attendait : cette province n'a pas l'air d'apprécier beaucoup les glaces, les nickels et les éclairages au néon. Derrière son vitrage insuffisant, que complète la lueur timide de quelques appliques, ce grand café est même plutôt triste, avec ses boiseries foncées et ses banquettes mal rembourrées, couvertes de moleskine sombre. C'est à peine si Wallas peut lire le journal qu'il s'est fait apporter. Il parcourt rapidement les colonnes :

« Grave accident de la circulation sur la route de Delf. »

« Le Conseil se réunira demain pour l'élection d'un nouveau maire. »

« La voyante abusait ses clients ».

« La production de pommes de terre a dépassé celle
des meilleures années. »

« Décès d'un de nos concitoyens. Un cambrioleur
audacieux s'est introduit, hier à la nuit tombée, dans
la demeure de M. Daniel Dupont... »

Il est probable que Laurent, le commissaire général,
le recevra en personne dès son arrivée, grâce à la lettre
d'introduction de Fabius. Pourvu qu'il n'aille pas
s'offenser de cette intrusion dans ses affaires : il va
falloir lui présenter les choses avec adresse ; on risque
sans cela de s'en faire un ennemi, ou en tout cas de
perdre son concours, pourtant indispensable. En effet,
bien que les polices locales se soient montrées dans les
huit crimes précédents d'une inefficacité absolue —
n'ayant pu retrouver aucune des pistes et, même,
ayant dans deux des cas fini par conclure à une mort
accidentelle —, il semble difficile de les évincer complètement : elles constituent malgré tout la seule source
possible de renseignements concernant les « tueurs »
éventuels. D'un autre côté il serait inopportun de leur
laisser croire qu'on les suspecte.

Apercevant une papeterie ouverte, Wallas y entre à
tout hasard. Une très jeune fille, qui était assise derrière le comptoir, se lève pour le servir.

— Monsieur ?

Elle a un joli visage un peu boudeur et les cheveux
blonds.

— Je voudrais une gomme très douce, pour le
dessin.

— Mais oui, Monsieur.

Elle se retourne vers les tiroirs qui garnissent le
mur. Sa coiffure relevée sur la nuque lui donne, de
dos, l'air plus âgé. Elle fouille dans un des tiroirs
et dépose devant lui une gomme jaune, allongée et
taillée en biseau, un article ordinaire pour écoliers. Il
demande :

— Vous n'avez pas de fournitures spéciales pour le dessin?

— C'est une gomme à dessin, Monsieur.

D'un demi-sourire elle l'encourage. Wallas prend la gomme dans sa main pour l'examiner avec plus d'attention; puis il regarde la jeune fille, ses yeux, ses lèvres charnues légèrement entrouvertes. Il sourit à son tour.

— J'aurais voulu...

Elle penche un peu la tête sur le côté, comme pour saisir mieux ce qu'il va dire.

... quelque chose de plus friable.

— Mais non, Monsieur, je vous assure, c'est une très bonne gomme à crayon. Tous nos clients en sont satisfaits.

— Bon, dit Wallas, je vais l'essayer. Combien est-ce?

Il paye, et puis s'en va. Elle le raccompagne jusqu'à la porte. Non, ce n'est plus une enfant : ses hanches, sa démarche lente sont presque celles d'une femme.

Une fois dans la rue, Wallas tripote machinalement la petite gomme entre ses doigts; on sent bien au toucher qu'elle ne vaut rien. Ç'aurait d'ailleurs été fort étonnant dans une boutique si modeste... Elle était gentille cette fille... Avec le pouce il use un peu le bout de la gomme. Ce n'est pas du tout ça qu'il cherche.

4 En déplaçant les dossiers sur son bureau, Laurent recouvre le petit morceau de gomme. Wallas conclut :

— En somme, vous n'avez pas trouvé grand-chose.

— Vous pouvez dire : rien, répond le commissaire général.

— Et que comptez-vous faire à présent?

— Mais, rien de plus; puisque ce n'est plus mon affaire !

Le commissaire Laurent accompagne ces paroles d'un sourire ironiquement navré. Comme son interlocuteur se tait, il poursuit :

— J'avais tort, sans doute, de me croire responsable de la sécurité publique dans cette ville. Ce papier (il agite une lettre entre deux doigts) me prie en termes clairs de laisser la capitale se charger du crime d'hier soir. Je ne demande pas mieux. Voilà maintenant que le ministre, dites-vous — ou, en tout cas, un service qui relève directement de lui — vous envoie ici pour continuer l'enquête, non pas « à ma place » mais « avec mon concours ». Que puis-je en déduire? Sinon que ce concours doit se borner à vous communiquer les renseignements que je possède — ce que je viens de faire — et, par la suite, à vous faire protéger par ma police, en cas de besoin.

Avec un nouveau sourire, Laurent ajoute :

— Ce serait donc à vous de me dire ce que vous allez faire, si toutefois ce n'est pas un secret.

Retranché derrière les papiers qui encombrent sa table, les coudes appuyés aux bras de son fauteuil, le commissaire frotte, tout en parlant, ses mains l'une contre l'autre, lentement, comme avec précaution; puis il les applique devant soi, sur les feuilles éparses, en écartant au maximum ses doigts gras et courts, et attend la réponse, sans cesser de dévisager son visiteur. C'est un petit homme replet, à la figure rose et au crâne chauve. Son ton aimable est à peine un peu forcé.

— Vous dites que les témoins, commence Wallas...

Aussitôt Laurent lève les mains pour l'arrêter.

— Il n'y a pas à proprement parler de témoins, dit-il en passant sa paume droite sur son index gauche; on ne peut guère appeler témoin le docteur qui n'a pas ramené le blessé à la vie, ni la vieille gouvernante sourde qui n'a rien vu du tout.

— C'est le docteur qui vous a prévenu?

— Oui, le docteur Juard a téléphoné à la police hier soir vers neuf heures; l'inspecteur qui a reçu la communication a enregistré ses déclarations — vous venez de prendre connaissance de cette pièce — ensuite il m'a appelé chez moi. J'ai fait procéder immédiatement à l'examen des lieux. Les inspecteurs ont relevé, au premier étage de la maison, quatre séries d'empreintes digitales fraîches : celles de la gouvernante, plus trois autres provenant apparemment de mains d'hommes. S'il est exact qu'aucun étranger n'est monté à l'étage depuis plusieurs jours, ces dernières pourraient être : (il compte sur ses doigts) premièrement celles du docteur, légères et en petit nombre, sur la rampe d'escalier et dans la chambre de Dupont ; deuxièmement celles de Dupont lui-même, qu'on retrouve dans toute la maison ; troisièmement celles du meurtrier, assez nombreuses et très bien marquées, sur la rampe, sur le bouton de porte du cabinet de travail et sur certains meubles de ce cabinet — principalement le dossier de la chaise. Il y a deux entrées à la maison ; on retrouve le pouce droit du docteur sur la sonnette de la porte de devant, et celui supposé de l'assassin sur la poignée de celle de derrière. Vous voyez que je vous donne tous les détails. Enfin la gouvernante confirme que, d'une part, le médecin est entré par la grande porte et que, d'autre part, elle a trouvé la petite porte de derrière ouverte, quand elle est montée à l'appel du blessé — alors qu'elle était fermée quelques minutes avant. Je peux, si vous voulez, faire prendre, pour plus de sûreté, les empreintes du docteur Juard...

— Vous pouvez aussi relever celles du mort, j'imagine ?

— C'est-à-dire que je pourrais, si j'avais le corps à ma disposition, répond Laurent d'un air doucereux.

Voyant le regard interrogateur de Wallas, il demande :

— N'êtes-vous pas au courant ? Le cadavre m'a été enlevé en même temps que la direction des recherches. Je pensais que c'était au profit de cet organisme qui vous envoie.

Wallas est visiblement étonné. D'autres services s'occuperaient de cette affaire ? C'est une supposition que Laurent accueille avec une satisfaction évidente. Il attend, les deux mains posées à plat sur son bureau ; son expression bienveillante se teinte de compassion. Sans insister sur ce point, Wallas reprend :

— Vous disiez que Dupont, blessé, avait appelé la vieille gouvernante, du premier étage ; pour que celle-ci l'ait entendu, malgré sa surdité, il faut que Dupont ait crié assez fort. Pourtant le médecin le présente comme très affaibli par sa blessure, presque sans connaissance.

— Oui, je sais ; il semble qu'il y ait là une contradiction ; mais il peut avoir eu assez de force pour aller chercher son revolver et appeler à l'aide, et perdre ensuite beaucoup de sang pendant qu'il attendait l'ambulance : il y avait une tache relativement importante sur le dessus de lit. De toute façon, il n'était pas sans connaissance à l'arrivée du docteur, puisqu'il lui aurait déclaré n'avoir pas distingué les traits de son agresseur. Dans la note publiée par la presse, il y a eu confusion : c'est seulement après l'opération que le blessé n'a pas repris connaissance. D'ailleurs, il faudra évidemment que vous alliez voir ce docteur. Vous devriez également demander des éclaircissements à cette dame, Madame... (il consulte une feuille du dossier) Madame Smite ; ses explications ont été plutôt embrouillées : elle a raconté surtout, avec force détails, une histoire d'appareil téléphonique en réparation, qui ne paraît pas liée à l'affaire — du moins à première vue. Les inspecteurs n'ont pas insisté, préférant attendre qu'elle se calme ; ils ne lui ont même pas dit que son maître était mort.

Les deux hommes restent un moment sans parler. C'est le commissaire qui prend à nouveau la parole, en se massant délicatement les phalanges du pouce.

— Il a très bien pu se suicider, vous savez. Il s'est tiré une balle de revolver — ou plusieurs — sans réussir à se tuer tout à fait ; ensuite il a changé d'avis, comme cela arrive souvent, et il a demandé du secours, essayant alors de camoufler sa tentative manquée en agression. Ou encore — et ce serait plus en harmonie avec ce qu'on sait de son caractère — il a préparé cette mise en scène à l'avance, et réussi à se faire une blessure mortelle qui lui accorde quelques minutes de survie, pour avoir le temps de léguer au public le mythe de l'assassinat. Bien difficile, direz-vous, de calculer de manière si précise les conséquences d'un coup de pistolet ; il a peut-être tiré une seconde balle pendant que la gouvernante allait chercher le docteur. C'était un homme bizarre, à beaucoup de points de vue.

— Il doit être possible de vérifier ces hypothèses, d'après la position des projectiles, remarque Wallas.

— Oui, c'est quelquefois possible. Nous aurions aussi l'examen des balles, et du revolver de la prétendue victime. Je ne possède personnellement que le certificat de décès envoyé ce matin par le docteur ; c'est la seule pièce sûre à l'heure actuelle. Les empreintes digitales suspectes peuvent appartenir à n'importe qui, venu dans la journée sans que la gouvernante le sache ; quant à la petite porte dont elle a parlé aux inspecteurs, c'est peut-être le vent qui l'a ouverte.

— Vous croyez vraiment que Dupont s'est suicidé ?

— Je ne crois rien. Je trouve que ce n'est pas impossible, d'après les données qu'on me laisse. Ce certificat de décès, qui d'ailleurs est rédigé selon les règles, ne comporte aucune indication quant au genre de blessure qui a provoqué la mort ; et les renseignements fournis hier soir par le docteur et la gouvernante sont, vous l'avez vu, trop vagues sur ce sujet. Il vous faudra, avant toute chose, éclaircir ces quelques détails. Vous pourrez même, le cas échéant, obtenir du médecin légiste de la capitale les précisions supplémentaires qui vous intéresseraient.

Wallas dit :

— Votre aide aurait sans doute facilité ma tâche.

— Mais vous pouvez compter sur moi, mon cher Monsieur. Dès que vous aurez quelqu'un à faire arrêter, je vous enverrai deux ou trois hommes solides. J'attends avec impatience votre coup de téléphone; demandez le cent vingt-quatre — vingt-quatre, c'est une ligne directe.

La figure poupine accentue son sourire. Les petites mains s'étalent sur la table, paumes tendues, doigts écartés. Wallas écrit : « C. Laurent, 124-24 ». Une ligne directe qui le rattache à quoi?

Wallas mesure à nouveau l'isolement de sa situation. Les derniers cyclistes s'éloignent en groupe vers leur travail; resté seul, soutenu par une faible rampe, il abandonne à son tour cet appui et se met en route, à travers les rues désertes, dans la direction qu'il a choisie. Personne en apparence ne s'intéresse à son entreprise : les portes restent closes, aucun visage ne se penche aux fenêtres pour le regarder passer. Pourtant sa présence en ces lieux est nécessaire : personne d'autre ne s'occupe de cet assassinat. C'est son affaire à lui; on l'a fait venir de loin pour la conduire à bien.

Le commissaire, comme les ouvriers de ce matin, le regarde avec étonnement — hostilité peut-être — et détourne la tête : son rôle est fini déjà; il n'a pas accès, de l'autre côté des murs de brique, dans le domaine où se déroule cette histoire; ses discours ne veulent que faire sentir à Wallas la quasi-impossibilité de s'y introduire. Mais Wallas a confiance. Bien qu'à première vue la difficulté soit encore plus grande pour lui — étranger à cette ville et n'en connaissant ni les secrets ni les détours — il sait qu'on ne l'a pas fait venir ici pour rien : une fois le joint trouvé, il avancera sans hésitation jusqu'au but.

Il demande, par acquit de conscience :

— Qu'auriez-vous fait, si vous aviez continué l'enquête?

— Elle n'est pas de mon ressort, répond le commissaire, c'est pour cette raison justement qu'on me l'enlève.

— Quel est donc le rôle de la police, à votre avis?

Laurent se savonne les mains un peu plus vite.

— Nous maintenons les malfaiteurs dans certaines limites, plus ou moins fixées par la loi.

— Eh bien?

— Celui-ci nous échappe, il ne fait pas partie de la catégorie des malfaiteurs ordinaires. Les malfaiteurs de cette cité, je les connais tous : ils sont numérotés sur mes fiches; je les arrête lorsqu'ils oublient les conventions que la société leur impose. Si l'un d'eux avait tué Dupont pour le voler, ou même pour recevoir un salaire d'un parti politique, croyez-vous que nous en serions, plus de douze heures après le meurtre, à nous demander s'il ne s'agit pas d'un suicide? Ce district n'est pas bien grand, les indicateurs y sont légion. Nous n'arrivons pas toujours à empêcher le crime, quelquefois même le criminel parvient à s'enfuir, mais sans exception nous trouvons au moins sa trace, alors que cette fois nous sommes au milieu d'empreintes sans nom et de courants d'air qui poussent les portes. Nos agents de renseignements ne sont ici d'aucun secours. S'il s'agit, comme vous l'assurez, d'une organisation de terroristes, il faut croire qu'ils se sont préservés des contaminations; dans ce sens ils ont les mains pures, plus pures que celles d'une police qui entretient des rapports si intimes avec ceux qu'elle surveille. Chez nous, entre le policier intègre et le criminel, on rencontre tous les intermédiaires. C'est sur eux que repose notre système. Malheureusement le coup de pistolet qui a tué Daniel Dupont est parti d'un autre monde!

— Vous savez pourtant qu'il n'y a pas de crime parfait, il faut chercher le défaut qui doit exister quelque part.

— Chercher où? Ne vous y trompez pas, mon cher Monsieur : c'est une œuvre de spécialistes, ils ont visiblement laissé peu de choses au hasard; mais ce qui rend inutilisables les maigres indices que nous possédons, c'est l'impossibilité où nous sommes de les recouper avec quoi que ce soit.

— Ce cas est déjà le neuvième, dit Wallas.

— Oui, mais vous convenez que seules les opinions politiques des victimes et l'heure de leur mort ont permis le rapprochement. Je ne suis d'ailleurs pas aussi persuadé que vous qu'il corresponde à quelque chose de réel. Et même en le supposant, nous ne sommes guère plus avancés : à quoi me servirait, par exemple, qu'un deuxième assassinat tout aussi anonyme soit commis ce soir dans cette ville? Quant aux services centraux, ils n'ont pas plus de chances que moi de parvenir à un résultat : ils ont le même fichier et les mêmes méthodes. Ils m'ont enlevé le cadavre, je le leur abandonne d'autant plus volontiers que vous me dites qu'ils en possèdent huit autres dont ils ne savent que faire. Avant votre visite, j'avais l'impression déjà que l'affaire ne relevait pas de cette police, votre présence ici achève de m'en persuader.

Malgré le parti pris évident de son interlocuteur, Wallas s'entête : on pourrait interroger les parents et les amis de la victime. Mais Laurent n'espère rien trouver d'utile de ce côté-là non plus :

— Dupont menait, dit-on, une existence très solitaire, entre ses livres et sa vieille bonne. Il ne sortait guère de chez soi et n'y recevait que de rares visites. Avait-il des amis? Quant à des parents, on ne lui en connaît pas, mise à part sa femme...

Wallas s'étonne :

— Il avait une femme? Où était-elle au moment du crime?

— Je l'ignore. Dupont a été marié pendant quelques années seulement; sa femme, beaucoup plus jeune que lui, n'a sans doute pas supporté son caractère d'ermite. Ils se sont séparés très vite. Mais ils se voyaient encore de temps en temps, paraît-il; allez donc lui demander ce qu'elle faisait hier soir à sept heures et demie.

— Vous ne dites pas ça sérieusement?

— Si, au contraire. Pourquoi pas? Elle connaissait bien la maison et les habitudes de son ex-mari; elle avait ainsi plus de facilités que d'autres pour commettre ce meurtre discrètement. Et comme elle était en droit d'attendre de lui un legs important, elle est une des rares personnes, à ma connaissance, qui pouvaient avoir intérêt à le faire disparaître.

— Alors pourquoi ne m'en parliez-vous pas?

— Vous me disiez qu'il s'agissait d'un assassinat politique!

— Elle peut y avoir pris part.

— Bien sûr. Pourquoi pas?

Le commissaire Laurent a repris son ton enjoué. Il dit avec un demi-sourire :

— Peut-être aussi est-ce la gouvernante qui l'a tué, et qui a imaginé tout le reste avec la complicité de ce docteur Juard, dont la réputation — soit dit en passant — n'est pas tellement bonne.

— Ça paraît assez invraisemblable, fait observer Wallas.

— Tout à fait invraisemblable même, mais vous savez que cela ne doit jamais arrêter le soupçon.

Wallas trouve cette ironie de mauvais goût. Il se rend compte, d'autre part, qu'il ne tirera pas grand-chose de ce fonctionnaire jaloux de ses attributions, mais bien décidé à ne rien faire. Ne cherche-t-il vraiment qu'à se dégager? Ou bien voudrait-il décourager ses rivaux afin d'effectuer seul sa propre enquête? Wallas se lève pour prendre congé; il ira d'abord voir ce docteur. Laurent lui indique où il pourra le joindre :

— Clinique Juard, onze rue de Corinthe. C'est de l'autre côté de la préfecture, pas très loin d'ici.

— Je croyais, dit Wallas, avoir lu sur le journal : « une clinique du quartier »?

Laurent fait un geste désabusé :

— Oh! les journaux, vous savez! D'ailleurs ce n'est pas si éloigné de la rue des Arpenteurs.

Wallas note l'adresse sur son carnet.

— Il y a bien un journal, ajoute le commissaire, qui a confondu les prénoms et annoncé la mort d'Albert Dupont, un des plus gros exportateurs de bois de la ville. Il a dû être assez surpris en lisant, ce matin, son éloge nécrologique!

Laurent s'est levé de son fauteuil. Il cligne de l'œil pour conclure :

— En somme je n'ai pas vu le cadavre; c'était peut-être celui d'Albert Dupont.

Cette idée l'amuse énormément, son corps trop bien nourri en est tout secoué par le rire. Wallas sourit poliment. Le commissaire général reprend son souffle et lui tend la main avec cordialité.

— Si j'apprends du nouveau, dit-il, je vous le ferai savoir. A quel hôtel êtes-vous descendu?

— J'ai pris une chambre dans un café, rue des Arpenteurs, à deux pas du pavillon.

— Tiens! Qui vous avait indiqué cela?

— Personne; je l'ai découvert par hasard. C'est au numéro dix.

— Il y a le téléphone?

— Oui, je crois.

— Eh bien, je le trouverai dans l'annuaire, si j'ai quelque chose à vous dire.

Sans attendre, Laurent se met à feuilleter rapidement le volume, en mouillant son index.

— Arpenteurs; voilà. Numéro dix : Café des Alliés?

— Oui, c'est cela.

— Téléphone : deux cent deux—zéro trois. Mais ce n'est pas un hôtel.

— Non, dit Wallas, ils louent seulement quelques chambres.

Laurent va choisir un registre sur un rayon. Après une minute de recherches infructueuses, il demande :

— C'est curieux, il n'est pas déclaré ; y a-t-il beaucoup de chambres ?

— Non, je ne pense pas, répond Wallas. Vous voyez que votre police n'est pas si bien faite !

Un large sourire illumine la figure du commissaire général.

— Admirez au contraire ses ressources, dit-il : la première personne qui couche dans ce café vient d'elle-même me le signaler, sans en laisser le temps à l'hôtelier !

— Pourquoi la première personne ? Supposez que l'assassin y ait logé hier, qu'en sauriez-vous ?

— L'hôtelier m'aurait fait sa déclaration, comme il va la faire pour vous tout à l'heure. Il a jusqu'à midi.

— Et s'il ne la faisait pas ? dit Wallas.

— Eh bien, dans ce cas, on pourrait rendre hommage à votre flair, d'avoir repéré si vite le seul garni clandestin de la ville. Ça serait même mauvais pour vous, en définitive ; vous seriez en somme le premier suspect sérieux que je rencontre : arrivé de fraîche date, logé à vingt mètres de la maison du crime, et le tout à l'insu de la police !

— Mais je ne suis arrivé là qu'hier soir, à onze heures, proteste Wallas.

— Si vous n'êtes pas déclaré, quelle preuve y a-t-il ?

— J'étais, au moment du crime, à cent kilomètres d'ici ; on pourrait le vérifier.

— Évidemment ! Les bons assassins n'ont-ils pas toujours un alibi ?

Laurent se rassied derrière son bureau et contemple

Wallas avec un visage épanoui. Puis il demande à brûle-pourpoint :

— Vous avez un revolver?

— Oui, répond Wallas. Exceptionnellement j'en ai pris un, sur les conseils de mon chef.

— Pour quoi faire?

— On ne sait jamais.

— C'est vrai, on ne sait jamais. Vous pouvez me le montrer, s'il vous plaît?

Wallas lui tend l'objet, un pistolet automatique de sept millimètres soixante-cinq, un modèle très courant de fabrication étrangère. Laurent l'examine avec soin, après en avoir extrait le chargeur. Il dit enfin, sans regarder Wallas, comme un commentaire évident :

— Il manque une balle.

Il rend l'arme à son propriétaire. Ensuite, très rapidement, il croise les mains, écarte les paumes en gardant les doigts enchevêtrés, rapproche à nouveau les poignets et frotte les pouces l'un contre l'autre. Les mains se séparent et s'étirent ; chacune se plie en deux avec un léger claquement, s'étend encore une fois et vient pour finir se poser sur la table, à plat, les doigts régulièrement écartés.

— Oui, je sais, répond Wallas.

En cherchant une place pour compulser ses registres, le commissaire a dérangé les dossiers qui encombrent sa table, faisant ainsi réapparaître le morceau de gomme grisâtre, une gomme à encre probablement, dont l'usure, légèrement brillante par endroits, trahit la mauvaise qualité.

5   Une fois la porte refermée, le commissaire regagne son fauteuil à petits pas. Il se frotte les mains de satisfaction. C'est donc Roy-Dauzet qui a fait enlever le cadavre! Une pareille histoire de complot est bien digne de l'imagination funambulesque de ce vieux fou. Le voilà en train de lancer à travers le pays toute sa clique d'agents secrets et de détectives, le grand Fabius et consorts.

Crime politique? Ça serait une explication, évidemment, du complet insuccès de son enquête, à lui Laurent — il trouve en tout cas l'excuse bonne— mais il se méfie beaucoup de la tendance du ministre à la mythomanie, aussi se réjouit-il de voir d'autres que lui s'embarquer sur cette voie périlleuse. Il imagine sans peine le gâchis où ils vont se débattre : il semble bien, pour commencer, que l'homme de confiance dépêché sur place n'ait pas eu connaissance du transfert précipité du corps vers la capitale — sa surprise n'était pas feinte. Il a l'air plein de bonne volonté, ce Wallas ; mais que pourra-t-il en faire? D'ailleurs quelle est exactement sa mission? Il n'a guère été loquace ; que sait-il au juste sur ces « terroristes »? Rien probablement ; et pour cause! Ou bien a-t-il reçu l'ordre de se taire? Peut-être Fabius, le plus fin limier d'Europe, aurait-il démontré qu'il était, lui Laurent, à la solde du gang? Il faut s'attendre à tout, de la part de ces génies.

Ils opèrent d'abord comme si leur principal souci était de voir la police arrêter ses recherches (c'était là le plus pressé : on lui a même prescrit d'abandonner le pavillon, purement et simplement, sans poser de scellés ni laisser de factionnaire, alors que la vieille domestique qui y reste seule ne paraît pas avoir tout son bon sens) et ils font ensuite semblant de venir solliciter ses avis. Eh bien, ils devront continuer de s'en passer.

Avant de s'asseoir, le commissaire remet un peu d'ordre sur son bureau ; il range les annuaires, il replace les feuilles volantes dans les dossiers. La chemise marquée « Dupont » rejoint la pile de gauche, celle des affaires classées. Laurent se frotte à nouveau les mains et répète intérieurement : « C'est parfait ! »

orderly

Mais un peu plus tard, alors qu'il achève la lecture du courrier, le planton lui annonce la visite du docteur Juard. Que veut-il encore, celui-là ! On ne peut donc pas le laisser tranquille avec cette histoire, dont il est censé ne pas s'occuper ?

Laurent est frappé, lorsqu'il le fait entrer, par la mine fatiguée du médecin.

— Monsieur le Commissaire, commence celui-ci presque à voix basse, je viens au sujet de la mort de ce pauvre Dupont. Je suis le docteur Juard.

— Mais, Docteur, nous avons déjà travaillé une fois ensemble, si ma mémoire est bonne ?

— Oh, « travaillé » ! fait le petit docteur d'un air modeste. Mon concours a été si faible. Je ne pensais même pas que vous vous en souveniez.

— Nous avons tous fait ce que nous pouvions, Docteur, dit le commissaire.

Après un léger silence, le médecin reprend, comme à contre-cœur :

— Je vous ai fait porter un certificat de décès, mais j'ai pensé que, peut-être, vous voudriez me voir...

Il s'arrête. Laurent le regarde tranquillement, les mains posées sur sa table qu'il tapote distraitement d'un doigt.

— Mais vous avez bien fait, Docteur, prononce-t-il enfin.

C'est un encouragement de pure forme. Le docteur Juard commence à regretter d'être accouru si vite, au lieu d'attendre sagement que la police le convoque. Il essuie ses lunettes pour gagner du temps, et continue avec un soupir :

— Et pourtant je ne sais pas ce que je pourrais vous dire sur ce crime bizarre.

S'il n'a rien à dire, pourquoi est-il venu? Il a préféré se présenter de lui-même, plutôt que de paraître redouter l'interrogatoire. Il croyait qu'on allait lui poser des questions précises — auxquelles il s'est préparé — et voilà qu'on le laisse se débrouiller tout seul, comme s'il était dans son tort.

— Pourquoi « bizarre »? demande le commissaire.

Il ne trouve pas cela bizarre. C'est le médecin qu'il trouve bizarre de rester là, à tortiller des phrases creuses, au lieu de dire simplement ce qu'il sait. Ce qu'il sait à quel sujet? On n'a pas fait appel à son témoignage. Il a eu peur, surtout, que la police n'aille fureter dans sa clinique : c'est pour cette raison qu'il est ici.

— Je veux dire : peu ordinaire ; il n'y a pas souvent de meurtre dans notre cité. Et c'est très rare qu'un cambrioleur pénétrant dans une villa habitée, se trouble, à la vue du propriétaire, au point de se croire obligé de le tuer.

Ce qui l'a empêché de rester chez lui, c'est aussi le besoin de savoir, de savoir avec justesse ce que les autres savent et ne savent pas.

— Vous dites « un cambrioleur »? s'étonne Laurent ; a-t-il emporté quelque chose?

— Non, pas à ma connaissance.

— S'il n'a rien emporté, ce n'est pas un cambrioleur.

— Vous jouez sur les mots, Monsieur le Commissaire, insiste le petit docteur : il avait sans doute l'intention de le faire.

— Oh, « l'intention »! Vous allez bien vite en besogne.

Le commissaire se décide heureusement à sortir de son mutisme et demande :

— C'est la gouvernante qui vous a prévenu, n'est-ce pas?

— Oui, c'est la vieille Madame Smite.

— N'avez-vous pas trouvé curieux qu'elle s'adresse à un gynécologue pour soigner un homme blessé?

— Mon Dieu, Monsieur le Commissaire, je suis chirurgien; j'ai pratiqué beaucoup d'opérations de ce genre pendant la guerre. Dupont le savait : nous étions restés camarades depuis le collège.

— Ah, Daniel Dupont était votre ami? Excusez-moi, Docteur.

Juard a un mouvement de demi-protestation :

— N'exagérons rien; nous nous connaissions depuis longtemps, c'est tout.

Laurent reprend :

— Vous êtes allé seul chercher la victime?

— Oui, pour éviter de déranger un infirmier : j'ai très peu de personnel à ma disposition. Le pauvre Dupont ne paraissait pas en danger de mort; il nous a suffi de le soutenir, Madame Smite et moi, pour descendre l'escalier...

— Il pouvait encore marcher? N'avez-vous pas dit, hier soir, qu'il était sans connaissance?

— Non, Monsieur le Commissaire, je ne l'ai sûrement pas dit. Quand je suis arrivé, le blessé m'attendait sur son lit; il m'a parlé, et, devant son insistance, j'ai accepté de le transporter sans civière, pour perdre le moins de temps possible. C'est au cours du trajet en voiture qu'il s'est affaibli brusquement. Il m'assurait jusque-là qu'il n'avait rien de grave, mais à ce moment j'ai compris que le cœur était touché. Je l'ai opéré immédiatement : la balle s'était logée dans la paroi du ventricule, il pouvait en réchapper. Le cœur s'est arrêté quand j'ai pratiqué l'extraction; tous mes efforts pour le ranimer sont restés vains.

Le docteur soupire, d'un air de grande lassitude.

— Peut-être, dit le commissaire, faut-il accuser quelque insuffisance cardiaque?

Mais le praticien hoche la tête :

— Ce n'est pas sûr : un individu normal peut, aussi

bien qu'un autre, succomber à une blessure de cette sorte. Une question de chance, plutôt.

— Dites-moi, Docteur, demande Laurent après un instant de réflexion, pouvez-vous indiquer, approximativement, à quelle distance le coup a été tiré?

— Cinq mètres... Dix mètres? fait Juard d'un ton évasif. C'est difficile de donner un chiffre exact.

— En tout cas, conclut le commissaire, pour une balle tirée par un homme en fuite, elle était placée avec adresse.

— Le hasard... dit le médecin.

— Il n'y avait pas d'autre blessure, n'est-ce pas?

— Non, celle-là seulement.

Le docteur Juard répond encore à quelques questions. S'il n'a pas téléphoné tout de suite au commissariat, c'est parce que le poste du pavillon était en dérangement; et, une fois arrivé à la clinique, l'état du blessé ne lui en laissait plus le loisir. C'était d'un café voisin que Mme Smite l'avait appelé. Non, il ne connaît pas le nom de ce café. Il confirme aussi l'enlèvement du corps par un fourgon de la police, et remet au commissaire, pour finir, la seule pièce à conviction qu'il lui reste : une petite boule de papier de soie...

— Je vous ai apporté la balle, dit-il.

Laurent le remercie. Le juge d'instruction aura sans doute besoin de la déposition du médecin.

Ils se séparent sur quelques paroles aimables.

Laurent contemple le petit cône de métal noir, un projectile de sept soixante-cinq qui pourrait aussi bien provenir du pistolet de Wallas que de n'importe quelle arme du même type. Si seulement on avait retrouvé la douille.

Ce docteur Juard a décidément une allure louche. La première fois que Laurent a eu affaire à lui, il n'a pas réussi à se défendre tout à fait contre cette impression : les phrases embarrassées du médecin, ses explications suspectes, ses réticences, avaient fini par lui faire supposer quelque comédie. Il voit maintenant que c'est là son comportement naturel. Est-ce que ce sont ses lunettes qui lui donnent cet air faux? Ou sa politesse déférente, son humilité, ses « Monsieur le Commissaire »? Si Fabius le voyait, il le classerait sans hésiter dans les complices! Laurent lui-même ne vient-il pas, instinctivement, d'essayer par des questions déconcertantes de le troubler davantage? Le pauvre n'en avait pourtant pas besoin : les paroles les plus simples prennent, dans sa bouche, un aspect équivoque.

« ...Mon concours a été si faible... »

Comment s'étonner de ce que les gens racontent sur son activité professionnelle? Peut-être, aujourd'hui, est-il en plus affecté par la mort d'un de ses amis sous son scalpel. Mort d'une maladie de cœur ! Pourquoi pas?

« Le hasard... »

Le hasard, pour la deuxième fois, met ce petit docteur dans une situation assez trouble. Laurent ne sera complètement tranquillisé que lorsqu'il aura reçu de la capitale les conclusions du médecin légiste. Si Dupont s'est suicidé, un spécialiste peut reconnaître que le coup a été tiré à bout portant : Juard s'en est aperçu et cherche, par amitié, à faire accepter la thèse du meurtre. Il est venu ici pour juger de l'effet produit par ses déclarations; il a peur que le cadavre — même après l'opération — ne trahisse la vérité. Il ignore, semble-t-il, que le fourgon mortuaire l'a emporté vers une autre destination.

C'est un ami vraiment dévoué. N'a-t-il pas, hier soir, « par respect pour le défunt », demandé que la presse ne fasse pas trop de bruit autour de ce « fait divers »! Il n'avait, du reste, rien à craindre : les journaux du matin ne pouvaient accueillir qu'une courte note de dernière heure; quant aux éditions du soir, elles auront tout le temps de recevoir les consignes du clan. Quoique universitaire et vivant à l'écart, Daniel Dupont appartenait à cette grande bourgeoisie industrielle et commerçante qui n'aime guère voir sa vie, ou sa mort, discutée sur la place publique. Or aucun journal, à travers tout le pays, ne se flatterait d'une indépendance totale à leur égard ; à plus forte raison dans cette ville de province où leur bloc tout-puissant paraît sans fêlure. Armateurs, fabricants de papier, marchands de bois, filateurs, tous marchent la main dans la main pour la sauvegarde d'intérêts identiques. Dupont — il est vrai — dénonçait, dans ses livres, les faiblesses de leur système, mais il s'agissait de conseils plus que d'attaques et même ceux qui ne les écoutaient pas respectaient le professeur.

Crime politique ? Cet homme effacé exerçait-il l'influence occulte que certains lui prêtaient ? Même dans ce cas, il faut être un Roy-Dauzet pour échafauder de pareilles absurdités : un assassinat chaque jour à la même heure... Heureusement, il n'a pas, cette fois-ci, confié ses hallucinations à la police régulière. Laurent conserve un mauvais souvenir de la dernière lubie du ministre : des quantités importantes d'armes et de munitions étaient — prétendait-il — débarquées quotidiennement dans le port, pour le compte d'une organisation révolutionnaire ; il fallait mettre fin sans tarder à ce trafic et arrêter les coupables ! Pendant près de trois semaines la police a été sur les dents : les entrepôts minutieusement inspectés, les cales des navires fouillées de haut en bas, les caisses ouvertes une à une, les balles de coton défaites (puis refaites) parce que leur poids dépassait la normale. Ils avaient récolté, pour tout butin, deux revolvers non déclarés et le fusil de chasse qu'un malheureux passager dissimulait dans une malle pour ne pas payer la douane. Personne ne prenait l'affaire au sérieux et la police, au bout de quelques jours, était la risée de la ville.

Le commissaire général n'est pas près de se lancer à nouveau dans une aventure de cette espèce.

6 En quittant les bureaux de la police, Wallas a été repris par cette impression de vide dans la tête qu'il avait d'abord attribuée au froid. Il a pensé, à ce moment, que la longue marche faite à jeun — et qu'un petit déjeuner trop sommaire n'a pas ensuite compensée — y était peut-être aussi pour quelque chose. Pour être en mesure de réfléchir avec fruit aux propos du commissaire et mettre de l'ordre dans ses propres idées, il a jugé utile de prendre une collation plus sérieuse. Il est donc entré dans une brasserie, déjà remarquée une heure plus tôt, où il a mangé de bon appétit deux œufs au jambon avec du pain noir. Il s'est en même temps fait expliquer, par la serveuse, le chemin le plus commode pour se rendre rue de Corinthe. En repassant devant la statue qui orne la place de la Préfecture, il s'est approché pour lire, contre la face ouest du socle, l'inscription gravée dans la pierre : « Le Char de l'État — V. Daulis, sculpteur. »

Il a trouvé facilement la clinique, mais le docteur Juard venait de sortir. L'infirmière qui l'a reçu lui a demandé de quoi il s'agissait ; il a répondu qu'il désirait parler au docteur en personne ; elle lui a proposé alors un entretien avec Mme Juard qui — disait-elle — était docteur également et, en outre, dirigeait la clinique. Wallas s'en est tiré en déclarant qu'il ne venait pas pour une question médicale. Cette explication a fait sourire l'infirmière — sans raison apparente — mais elle n'a plus rien demandé. Elle ne savait pas quand le docteur rentrerait ; il faudrait revenir plus tard, ou téléphoner. Pendant qu'elle refermait la porte, elle a murmuré, assez fort pour que Wallas l'entende : « Tous les mêmes ! »

Il est revenu jusqu'à la place et a contourné la préfecture sur la droite, avec l'intention de rejoindre le Boulevard Circulaire du côté de la rue des Arpenteurs ; mais il s'est fourvoyé dans un labyrinthe de petites rues, où les coudes brusques et les détours l'ont obligé à faire beaucoup plus de chemin qu'il n'était nécessaire.

to lead astray
go astray

Après avoir traversé un canal, il a enfin atteint un quartier connu : la rue de Brabant et les maisons de brique apparente des exportateurs de bois. Pendant tout ce trajet son attention a été entièrement accaparée par le souci de garder la bonne direction ; et quand, ayant franchi le boulevard, il s'est trouvé devant le petit pavillon entouré de fusains, celui-ci lui a paru soudain sinistre, alors que, le matin, il avait été frappé au contraire par son apparence coquette. Il a essayé de chasser ces idées déraisonnables, mises sur le compte de sa fatigue, et il a décidé d'utiliser désormais le tramway pour ses déplacements.

C'est à ce moment qu'il s'est aperçu que, depuis près d'une demi-heure, son esprit avait été uniquement occupé par la mine et le ton de l'infirmière : polis, mais comme remplis de sous-entendus. Elle avait presque l'air de supposer qu'il était à la recherche d'un médecin complaisant — pour Dieu sait quelle besogne.

Wallas longe la haie, derrière la grille de fer et s'arrête à la porte, d'où il considère une minute la façade de la maison. Il y a deux fenêtres au rez-de-chaussée, trois au premier étage, dont l'une (celle de gauche) est entrouverte.

Contrairement à son attente, il ne déclenche aucun signal avertisseur en pénétrant dans le jardin. Il referme la grille, traverse le rond-point de gravier et monte les quatre marches du perron. Il presse le bouton de la sonnette ; un timbre lointain lui répond. Au centre de la porte en chêne verni, une ouverture rectangulaire est ménagée, garnie d'une vitre que protège une ferronnerie tarabiscotée : quelque chose qui ressemble à des tiges de fleurs emmêlées, avec de longues feuilles souples... cela pourrait aussi représenter des fumées...

Au bout de quelques instants, Wallas sonne à nouveau. Comme personne ne vient lui ouvrir, il jette un regard par le judas — mais sans pouvoir rien distinguer à l'intérieur. Il lève alors la tête vers les fenêtres du premier étage. A celle de gauche, une vieille femme se tient légèrement penchée, juste assez pour l'apercevoir.

— Qui demandez-vous? crie-t-elle en se voyant découverte. Il n'y a plus personne ici. Vous feriez mieux de vous en aller, mon garçon.

Son ton est sec et méfiant, mais on devine, malgré tout, la possibilité de l'amadouer. Wallas prend son air le plus aimable :

— Madame Smite, n'est-ce pas?

— Comment dites-vous?

— Vous êtes bien Madame Smite? répète-t-il un peu plus fort.

Elle répond cette fois comme si elle avait compris depuis longtemps :

— Eh bien, oui! Que lui voulez-vous à Madame Smite? » Et sans attendre elle ajoute de sa voix perçante : « Si c'est pour le téléphone, j'aime mieux vous dire que vous arrivez trop tard, mon garçon : il n'y a plus personne ici!

— Non, Madame, ce n'est pas de ça qu'il s'agit. Je voudrais vous parler.

— Je n'ai pas le temps de rester parler! Je fais mes valises.

Gagné par la contagion, Wallas crie maintenant presque aussi fort qu'elle. Il insiste :

— Écoutez, Madame Smite, je n'aurai que quelques petits renseignements à vous demander.

La vieille dame ne paraît pas encore décidée à le recevoir. Il s'est reculé sur le perron, pour lui permettre de l'examiner plus à l'aise : sa mise convenable plaide certainement en sa faveur. En effet la gouvernante finit par déclarer, avant de disparaître dans la chambre :

— Je ne comprends rien à ce que vous racontez, mon garçon. Je vais descendre.

Mais un long moment s'écoule, et rien de notable ne se produit. Wallas est sur le point d'appeler, dans la crainte qu'on ne l'ait oublié, quand tout à coup la vitre du judas s'ouvre sans qu'il ait entendu le moindre bruit dans le vestibule, et la figure de la vieille femme vient se coller contre la grille.

— Alors c'est pour le téléphone, hein? crie-t-elle obstinée (et sans baisser le ton, bien qu'elle soit maintenant à cinquante centimètres de son interlocuteur). Cela fait une semaine qu'on vous attend, mon garçon! Vous ne venez pas d'une maison de santé, au moins, comme l'autre, hier soir?

Wallas est un peu interloqué.

— C'est-à-dire, commence-t-il croyant qu'elle fait allusion à la clinique, j'y suis passé mais...

La vieille gouvernante l'interrompt aussitôt, indignée :

— Comment? Il n'y a donc que des fous dans cette poste! Et vous avez traîné dans tous les cafés, sans doute aussi, avant de venir?

Wallas garde son calme. Laurent lui a laissé entendre que la dame disait parfois de drôles de choses, pourtant il ne pensait pas qu'elle fût folle à ce point. Il faut lui expliquer l'affaire posément, en articulant bien les mots pour qu'elle puisse les saisir :

— Écoutez, Madame, vous faites erreur...

Mais Wallas se souvient subitement des deux cafés où il est entré ce matin — en plus de celui dans lequel il a dormi; ce sont des faits qu'il ne peut nier, bien qu'il ne voie pas pourquoi on les lui reproche. Pour ce qui est de la poste, il possède plus d'assurance — cependant ne s'est-il pas informé de l'emplacement du bureau central? Il n'y a pas pénétré — mais il ne pouvait pas le faire, de toute façon, puisqu'il en a trouvé la porte fermée... Et puis, que va-t-il s'embarrasser de ces accusations grotesques?

— C'est un malentendu, reprend-il. Ce n'est pas la poste qui m'envoie. (Cela du moins il peut l'affirmer sans arrière-pensée.)

— Alors qu'est-ce que vous me chantez, mon garçon? répond la figure soupçonneuse.

L'interrogatoire ne va pas être facile, dans ces conditions ! Probablement l'assassinat de son maître a-t-il dérangé le cerveau de la gouvernante.

— Je vous dis que je ne viens pas pour le téléphone, lui répète Wallas qui se force à la patience.

— Eh bien, s'exclame-t-elle, vous n'avez pas besoin de crier si fort, vous savez. Je ne suis pas sourde ! (Elle lit sur les lèvres, c'est visible.) Et s'il ne s'agit pas du téléphone, ce n'était pas la peine d'en parler.

Préférant ne pas recommencer sur ce sujet, Wallas expose brièvement le but de sa visite. A sa grande surprise il se fait comprendre sans aucune peine : Mme Smite accepte de le faire entrer. Mais au lieu d'ouvrir la porte, elle reste à le surveiller, derrière la grille qui cache à moitié son visage. Par l'entrebâillement de la vitre qu'elle s'apprête à refermer, elle lui lance enfin, avec une nuance de reproche (n'aurait-il pas dû le savoir depuis longtemps ?) :

— On n'entre pas par cette porte-ci, mon garçon. Elle est trop difficile à manœuvrer. Vous pouvez bien faire le tour par derrière.

Et le judas se clôt d'un coup sec. Wallas, tout en descendant les marches vers l'allée de gravier, sent le regard qui continue de l'épier, dans l'obscurité du vestibule.

Cependant la vieille Anna se hâte à petits pas vers la cuisine. Ce monsieur a l'air mieux élevé que les deux qui sont venus hier soir, avec leurs figures rouges et leurs gros souliers. Ils entraient partout pour faire leurs manigances et n'écoutaient même pas ce qu'on leur disait. Elle a dû les observer de près, de peur qu'ils n'emportent quelque chose, car leurs mines n'inspiraient guère confiance. Si c'étaient des complices qui venaient chercher ce que le bandit n'a pas pu voler, dans sa fuite ? Celui-ci semble moins dégourdi — et se perd dans bien des considérations inutiles avant d'en arriver au fait — mais il est mieux élevé, certainement. M. Dupont voulait toujours qu'on fasse entrer le monde par la porte de devant. Les verrous sont trop compliqués. Ils n'ont qu'à faire le tour, maintenant qu'il est mort.

Wallas arrive à cette petite porte vitrée dont lui a parlé le commissaire. Il frappe au carreau, de son index replié. La vieille gouvernante ayant de nouveau disparu, il essaye de tourner la poignée; la porte n'est pas fermée. Il pousse le battant, qui grince sur ses gonds, comme dans une maison abandonnée — hantée peut-être — où chaque geste déchaîne un vol de hiboux et de chauves-souris. Mais une fois le vantail refermé, aucun froissement d'ailes ne trouble le silence. Wallas fait en hésitant quelques pas; ses yeux qui s'habituent au demi-jour glissent sur les boiseries, les moulures compliquées, la colonne de cuivre qui trône au seuil de l'escalier, les tapis, tout ce qui faisait, au début du siècle, l'ornement d'une demeure bourgeoise.

Wallas sursaute en entendant tout à coup la voix de Mme Smite qui l'appelle au bout du couloir. Il se retourne et aperçoit la silhouette qui se détache sur le vitrage de la petite porte. L'impression l'effleure, un instant, qu'il vient de se laisser prendre dans un piège.

C'est dans la cuisine qu'on le fait entrer, une cuisine sans vie qui ressemble à une maquette : fourneau parfaitement astiqué, peintures impeccables, série de casseroles en cuivre rouge alignées contre le mur, et si bien fourbies qu'on n'oserait pas s'en servir. Aucun indice n'évoque la préparation quotidienne des repas; les rares objets qui ne sont pas à l'abri dans les placards semblent, sur les étagères, fixés à leur place pour l'éternité.

La vieille dame, habillée de noir, est presque élégante malgré ses chaussons de feutre; c'est d'ailleurs là le seul détail qui montre qu'elle est ici chez soi, et non pas en train de visiter un appartement vacant. Elle

fait asseoir Wallas en face d'elle et commence aussitôt :
— Eh bien, quelle histoire !

Mais sa voix trop forte, au lieu de paraître émue,
sonne comme une exclamation maladroite sur la scène
d'un théâtre. On jurerait, maintenant, que la rangée de
casseroles est peinte en faux-semblant sur le mur.
La mort de Daniel Dupont n'est plus qu'un événement
abstrait dont discutent des mannequins.

— Il est mort, n'est-ce pas ? » hurle la gouvernante,
avec une telle vigueur que Wallas en recule son siège
de quelques centimètres. Il prépare déjà une phrase de
condoléances, mais sans lui laisser le temps de la
placer, elle poursuit en se penchant un peu plus vers
lui : « Eh bien, je vais vous dire, mon garçon, je vais
vous dire qui l'a tué, moi !

— Vous savez qui a tué Dupont ? s'étonne Wallas.

— C'est le docteur Juard ! Ce docteur à figure sour-
noise que je suis allée appeler moi-même, parce que —
c'est vrai — j'oubliais de vous dire : ici ils ont coupé
le téléphone. Oui ! Depuis avant-hier... non, avant ça
encore ; je perds le compte à présent. Nous sommes
aujourd'hui... lundi...

— Mardi, corrige Wallas timidement.

— Comment dites-vous ?

— Nous sommes mardi aujourd'hui, répète Wallas.
Elle remue les lèvres en le regardant parler, puis
écarquille des yeux incrédules. Mais elle passe outre : il
faut bien faire de petites concessions aux enfants têtus.

— Bon, mettons mardi. Eh bien je vous disais que
le téléphone ne marche plus depuis... dimanche, samedi,
vendredi...

— Vous dites bien, Madame, interrompt Wallas, que
c'est le docteur Juard qui a assassiné Daniel Dupont ?

— Bien sûr que je le dis, mon garçon ! Du reste, tout
le monde le sait que c'est un assassin ; vous n'avez
qu'à demander à n'importe qui dans la rue. Ah, je regrette bien maintenant d'avoir écouté Monsieur Dupont ;
il voulait à toute force que ce soit celui-là — il avait ses

idées, vous savez, et il ne faisait guère attention à ce
que je pouvais en penser. Enfin les gens sont ce qu'ils
sont ; je ne vais pas me mettre à en dire du mal à présent... J'étais ici, en train de faire la vaisselle après
le dîner, quand je l'ai entendu m'appeler du premier
étage ; j'ai vu, en passant, qu'on avait ouvert la porte —
celle par où vous venez d'entrer. Monsieur Dupont
était sur le palier — et bien en vie, vous savez ! — il
avait seulement le bras gauche replié contre la poitrine et un peu de sang sur la main. De l'autre main il
tenait son revolver. J'ai eu un mal de chien à enlever
les petites taches de sang qu'il m'a faites sur le tapis,
et j'ai mis au moins deux heures à nettoyer le dessus de
lit où je l'ai trouvé allongé en revenant — en revenant
de téléphoner. Ça ne part pas facilement, vous savez ;
heureusement il ne saignait pas beaucoup. Il m'a dit :
« C'est juste une petite blessure au bras ; ne vous inquié-
tez pas, ce n'est rien de grave. » Je voulais le soigner
moi-même, mais il ne m'a pas laissée, buté comme
il était — je vous ai dit — et il a fallu que j'aille appeler
ce médecin de malheur, qui l'a emmené en voiture.
Il ne voulait même pas qu'on le soutienne pour descendre l'escalier ! Mais quand je suis arrivée à la clinique, ce matin de bonne heure, pour lui porter du
linge, j'ai compris tout de suite qu'il était mort. « Arrêt du cœur », qu'il m'a dit, ce faiseur d'anges ! Et il
n'était pas plus fier que ça, allez, mon garçon. Je n'ai
pas insisté ; pourtant je voudrais bien savoir qui l'a
tué si ce n'est pas lui ! Pour une fois, Monsieur Dupont
aurait mieux fait de m'écouter...

C'est presque du triomphe qui perce dans le ton de
la vieille femme. Il est probable que son maître l'empêchait de parler, pour ne pas être assourdi par cette
voix effrayante ; maintenant elle tâche de se rattraper.
Wallas essaye de mettre un peu d'ordre dans ce
flot de paroles. Mme Smite, semble-t-il, s'est plus
inquiétée des taches à laver que de la blessure de son
maître. Elle n'a pas vérifié si c'était vraiment le bras

qui était atteint : d'ailleurs Dupont ne l'a pas laissée
y regarder de trop près ; et le sang sur sa main ne prouve
pas grand-chose. Il était blessé à la poitrine et n'a pas
voulu affoler sa gouvernante en le lui avouant. Il a
même réussi, pour lui donner le change, à se tenir
debout et à marcher jusqu'à l'ambulance ; c'est peut-
être cet effort qui l'a achevé. Le médecin, en tout cas,
n'aurait pas dû le lui permettre. C'est lui, évidemment,
qu'il faudrait interroger.

« Clinique Juard. Gynécologie. Accouchements. »
L'infirmière qui lui a ouvert ne l'a même pas fait entrer ; elle se tenait dans l'entrebâillement de la porte,
prête à la refermer : on aurait dit un gardien craignant
qu'un étranger ne veuille forcer le passage, mais en
même temps elle insistait pour le retenir :
— C'est à quel sujet, Monsieur ?
— J'aurais voulu parler au docteur.
— Madame Juard est au bureau, c'est toujours elle
qui reçoit les clients.
— Mais je ne suis pas un client. Il faut que je voie
le docteur en personne.
— Madame Juard est docteur aussi, Monsieur. Elle
est directrice de la clinique, si bien qu'elle est nécessairement au courant de toutes les...
Quand il lui a dit, pour finir, qu'il n'avait pas besoin
des services de la clinique, elle s'est tue, comme si
elle avait obtenu ce qu'elle désirait ; et elle l'a regardé
avec le sourire vaguement supérieur de quelqu'un qui
aurait parfaitement su, depuis le début, ce qu'il cherchait. Sa politesse prenait un air d'impertinence :
— Non, Monsieur, il n'a pas dit quand il rentrerait.
Vous ne voulez pas laisser votre nom ?
— C'est inutile, mon nom ne lui dirait rien.
Il avait nettement entendu : « Tous les mêmes ! »
— ... qu'il m'a dit, ce faiseur d'anges...

Sur la moquette du corridor, au premier étage, la vieille femme lui montre les traces, à peine perceptibles, de cinq ou six petites taches de n'importe quoi. Wallas demande si les inspecteurs venus la veille au soir ont emporté le revolver de la victime.

— Bien sûr que non! s'écrie Mme Smite. Vous ne croyez pas que j'ai laissé ces deux-là vider toute la maison? Je l'ai remis dans son tiroir. Il pouvait en avoir encore besoin.

Wallas voudrait le voir. On le mène dans la chambre à coucher : c'est une pièce assez grande, du même luxe impersonnel et démodé que le reste de la maison, toute capitonnée de tentures, de rideaux et de tapis. Un silence complet devait régner dans ce pavillon, où tout est prévu pour l'étouffement du moindre bruit. Dupont portait-il aussi des chaussons de feutre? Comment faisait-il pour parler à cette domestique sourde sans élever la voix? L'habitude sans doute. Wallas constate que le dessus de lit a été changé — on ne peut l'avoir nettoyé si parfaitement. Tout est aussi propre et bien rangé que s'il ne s'était encore rien produit.

Mme Smite ouvre le tiroir de la table de nuit et tend à Wallas un pistolet qu'il reconnaît au premier coup d'œil : il est du même modèle que le sien, une arme sérieuse pour se défendre, pas un jouet. Il enlève le chargeur et s'aperçoit qu'une balle a déjà été tirée.

— Monsieur Dupont a-t-il tiré sur le fuyard? interroge-t-il, bien qu'il connaisse d'avance la réponse : quand Dupont est revenu avec son revolver, le meurtrier avait disparu. Wallas montrerait volontiers l'objet au commissaire Laurent, mais la gouvernante hésite à le lui laisser prendre, puis elle cède avec un haussement d'épaules :

— Emportez-le, mon garçon. A qui voulez-vous qu'il serve maintenant?

— Ce n'est pas un cadeau que je vous demande. Ce pistolet est une pièce à conviction, vous comprenez?

— Prenez-le, je vous dis, puisque vous y tenez tant.

— Et vous ne savez pas si votre maître s'en était servi auparavant, pour autre chose?

— Pour quoi donc voudriez-vous qu'il s'en serve, mon garçon? Monsieur Dupont n'était pas un homme à tirer des coups de revolver à travers la maison pour s'amuser. Non, heureusement! Il avait ses défauts, mais...

Wallas met le pistolet dans la poche de son manteau.

La gouvernante laisse son visiteur; elle n'a plus rien à lui apprendre : le caractère difficile de son feu maître, le lavage délicat des taches de sang, le médecin criminel, l'incurie qui règne à la compagnie des Téléphones... Elle a déjà répété plusieurs fois tout cela; il faut maintenant qu'elle aille terminer ses valises pour ne pas rater le train de deux heures, qui la conduira chez sa fille. Ce n'est pas un temps bien agréable pour se rendre à la campagne; il faut quand même qu'elle se dépêche. Wallas regarde sa montre-bracelet : elle marque toujours sept heures et demie. Dans la chambre de Dupont, sur la cheminée, la pendule de bronze était également arrêtée, entre les candélabres sans bougies.

Cédant aux instances de l'agent spécial, Mme Smite finit par admettre qu'elle doit laisser les clefs du pavillon à la police; elle lui remet, d'assez mauvaise grâce, celle de la petite porte vitrée. Il la fermera lui-même en partant. La gouvernante s'en ira par la porte de devant, dont elle possède aussi les clefs. Quant à la grille du jardin, sa serrure ne fonctionne plus depuis longtemps.

Wallas reste seul dans le cabinet de travail. Dupont vivait dans cette pièce minuscule, il n'en sortait que pour aller dormir et pour prendre ses repas, à midi et sept heures du soir. Wallas s'approche de la table; les inspecteurs semblent n'avoir rien dérangé : sur le sous-main s'étale la feuille blanche où Dupont n'avait encore écrit que quatre mots : « ne peuvent pas empêcher... » — «... la mort », évidemment. C'est le mot qu'il cherchait quand il est descendu dîner.

chapitre deux

1 C'est bien un bruit de pas ; des pas dans l'escalier, qui se rapprochent. Quelqu'un monte. Quelqu'un monte lentement — non : posément ; peut-être avec circonspection? Tenant la rampe, à ce qu'il semble. Une personne que l'ascension trop raide essouffle, ou bien fatiguée d'être venue de loin. C'est un pas d'homme, mais un pas discret, aux trois quarts étouffé par le tapis — ce qui lui donne, par instants, comme un air timoré, ou clandestin.

Cette impression cependant ne dure pas. De plus près, on reconnaît là un pas précis, probablement sans fard : celui d'un homme aux idées sereines qui monte tranquillement.

Les trois dernières marches sont franchies avec plus de vigueur, dans la hâte sans doute d'atteindre le palier. L'homme est maintenant devant la porte ; il s'arrête un moment pour reprendre haleine...

(... un coup, trois petits coups rapides...)

Mais il ne s'attarde pas plus de quelques secondes et commence à gravir la volée suivante. Les pas s'éloignent vers le haut de l'immeuble.

Ce n'était pas Garinati.

Il est dix heures, pourtant : Garinati devrait arriver. Il devrait même être là depuis près d'une minute ; c'est déjà trop. Ces pas dans l'escalier auraient dû être les siens.

Il monte un peu de cette façon, mais il fait encore moins de bruit, quoique posant le pied plus fermement, marche après marche sans arrière-pensée, sans la plus petite...

Non ! Il est impossible de confondre plus longtemps Garinati avec cette fiction : un autre dès ce soir devra le remplacer dans sa tâche. Pour quelques jours au moins il faudra le tenir à l'écart et le surveiller ; ensuite, peut-être pourra-t-on le charger d'une nouvelle mission, sans courir de risque important toutefois.

Voilà plusieurs jours qu'il paraissait un peu fatigué. Il se plaignait de maux de tête ; et, une ou deux fois, il lui a échappé des paroles bizarres. Au cours de la dernière entrevue il s'est même montré franchement difficile : inquiet, susceptible, s'informant sans cesse de détails réglés depuis longtemps, présentant par surcroît, à plusieurs reprises, des objections tout à fait déraisonnables qu'il s'irritait de voir rejeter trop vite.

Son travail en a souffert : Daniel Dupont n'est pas mort sur le coup — tous les rapports le confirment. Cela n'a guère d'importance puisqu'il est mort quand même et, qui plus est, « sans avoir repris connaissance » ; mais du point de vue du plan, il y a là quelque chose d'irrégulier : Dupont n'est pas vraiment mort à l'heure fixée. Sans aucun doute, c'est la nervosité exagérée de Garinati qui en est la cause. Ensuite il n'est pas venu au rendez-vous prévu. Ce matin, enfin, malgré la convocation écrite, il est en retard. Décidément ce n'est plus le même homme.

Jean Bonaventure — dit « Bona » — est assis sur une chaise de jardin, au milieu d'une pièce vide. Auprès de lui, une serviette en cuir repose à plat sur le plancher — un plancher de sapin que ne distingue aucun signe particulier, mis à part le manque évident d'entretien. Les murs, par contre, sont recouverts d'une tapisserie en très bon état, sinon neuve, où de petits bouquets multicolores fleurissent uniformément un papier gris-perle. Le plafond lui-même est visiblement blanchi de fraîche date ; au centre, une ampoule électrique pend au bout de son fil.

Une fenêtre carrée, sans rideaux, éclaire l'ensemble. Deux portes, toutes les deux grandes ouvertes, donnent, la première sur une chambre plus obscure, la seconde sur un petit vestibule qui conduit à la porte d'entrée de l'appartement. Il n'y a absolument aucun mobilier

dans cette pièce, si l'on excepte deux chaises pliantes,
en fer, peintes en vert foncé comme c'est l'habitude.
Bona est assis sur l'une ; l'autre, disposée en face de lui,
à deux mètres environ, reste inoccupée.

Bona n'est pas en costume d'intérieur. Son pardessus est même étroitement boutonné jusqu'au col, ses deux mains sont gantées, il a gardé son chapeau sur la tête.

Il attend, immobile sur ce siège inconfortable, très
droit, les mains croisées sur les genoux, les pieds vissés
au sol ne trahissant aucune impatience. Il regarde,
devant soi, les petites taches laissées par les pluies
sur la poussière des carreaux et, au-delà, par-dessus
l'immense verrière bleue des ateliers qui occupent
l'autre côté de la rue, les constructions irrégulières des
faubourgs, moutonnant vers un horizon grisâtre hérissé
de cheminées et de pylônes.

En temps ordinaire, ce paysage paraît de profondeur
très modeste et plutôt dépourvu d'attrait, mais ce matin
le ciel gris-jaune des jours de neige lui confère des
dimensions inhabituelles. Certains contours s'accusent,
d'autres s'estompent ; çà et là des espaces se creusent,
des masses insoupçonnées surgissent ; l'ensemble s'or-
ganise en une série de plans découpés, où le relief, soudain mis en lumière, semble du même coup perdre son
naturel — et peut-être sa réalité — comme si cette netteté trop grande n'était possible qu'en peinture. Les
distances en sont tellement affectées qu'elles en devien-
nent à peu près méconnaissables, sans que l'on puisse
dire exactement dans quel sens elles se sont transfor-
mées : étirées, ou bien réduites — ou les deux à la fois —
à moins qu'elles n'aient acquis une qualité nouvelle ne
relevant plus de la géométrie... Ainsi parfois en advient-
il de cités perdues, pétrifiées pour des siècles par quelque cataclysme — ou seulement pour quelques secondes
avant l'écroulement, un clignement comme d'hésitation entre la vie et ce qui déjà porte un autre nom :
après, avant, l'éternité.

Bona regarde. D'un œil tranquille, il contemple son œuvre. Il attend. Il vient de frapper la ville de stupeur. Daniel Dupont est mort, hier, assassiné. Ce soir, à la même heure, un crime identique viendra donner l'écho à ce scandale, sortant à la fin la police de sa routine, les journaux de leur mutisme. En une semaine l'Organisation a déjà semé l'inquiétude à tous les coins du pays, mais les pouvoirs feignent encore de croire à des actes sans lien, à des accidents sans importance. Il faudra cette coïncidence très improbable qui se prépare pour faire éclater la panique.

Bona prête l'oreille. Les pas se sont arrêtés devant sa porte.

Un silence. Personne.

Légèrement, mais distinctement, le signal convenu se fait entendre... un coup sec, trois coups rapides à peine perceptibles, un coup sec...

— N'en parlons plus, puisque tout s'est arrangé.

Mais Garinati ne comprend pas bien le sens de ces paroles ; il insiste : il recommencera et, cette fois, il ne manquera pas son but. Enfin l'aveu lui échappe : il éteindra la lumière, si cette précaution est indispensable, quoique, d'un autre côté...

— Vous n'aviez pas éteint ? demande Bona.

— Je n'ai pas pu. Dupont est remonté trop tôt. J'ai à peine eu le temps de reconnaître les choses autour de moi.

— Pourtant vous l'avez vu descendre et vous êtes monté aussitôt ?

— Il fallait bien attendre aussi que la vieille bonne ait quitté la cuisine.

Bona ne dit rien. Garinati est encore plus coupable qu'il ne le pensait. C'est la peur qui a embrouillé ses actes, comme elle embrouille à présent ses phrases :

— Je suis monté tout de suite. Il n'avait pas faim sans doute. Je ne pouvais pas, non plus, voir dans l'obscurité? Mais je recommencerai et cette fois...,

Il s'arrête, quêtant un encouragement sur le visage fermé de son chef. Pourquoi celui-ci a-t-il abandonné tout à coup le tutoiement dont il usait depuis plusieurs jours? Ce détail stupide de bouton électrique n'est qu'un prétexte...

— Vous deviez éteindre, dit Bona.

— Je retournerai, j'éteindrai la lumière. J'irai ce soir.

— Ce soir, c'est l'affaire d'un autre.

— Non, c'est mon affaire : c'est à moi de terminer l'ouvrage que j'ai commencé.

— Vous divaguez, Garinati. De quoi parlez-vous?

— Je retournerai à la villa. Ou bien j'irai le chercher ailleurs, s'il se cache. Je le trouverai et je le tuerai.

Bona cesse de scruter l'horizon pour dévisager son interlocuteur :

— Vous dites bien que vous allez *maintenant* tuer Daniel Dupont?

— Je le jure !

— Ne jurez pas, Garinati : c'est trop tard.

— Il n'est jamais...

Il n'est jamais trop tard. L'acte manqué revient de lui-même à son point de départ pour la seconde échéance... Un tour de cadran et le condamné recommence son geste théâtral, désignant à nouveau sa poitrine : « Visez le cœur, soldats ! » Et de nouveau...

— Vous ne lisez pas les journaux? demande Bona.

Il se penche pour chercher quelque chose dans sa serviette. Garinati prend la feuille pliée qu'on lui tend et lit un entrefilet au hasard :

« Un cambrioleur audacieux s'est introduit hier à la nuit tombée,... » Il lit lentement, avec attention; quand il arrive à la fin, il reprend le début pour être sûr de ne rien perdre : « Un cambrioleur audacieux... » Il lève les yeux sur Bona, qui regarde ailleurs, par-dessus sa tête, sans sourire.

Garinati lit encore une fois l'article. Il dit, à voix basse :

— Il est mort. Évidemment. J'avais éteint la lumière.
Allons, cet homme est fou.

— C'est sans doute une erreur, dit Garinati; je l'ai
seulement blessé.

— Il en est mort. Vous avez de la chance.

— Peut-être ce journal se trompe-t-il?

— Rassurez-vous: j'ai mes informateurs privés.
Daniel Dupont est mort — à peine en retard, somme
toute.

Après une pause, Bona ajoute moins sèchement:

— C'est quand même toi qui l'as tué.

Comme on lance un os à un chien.

Garinati essaye d'obtenir des explications; il n'est
pas convaincu; il veut exposer ses scrupules. Mais son
chef se lasse bientôt des « sans doute » et des « peut-
être » de cet homme faible:

— En voilà assez, voulez-vous. N'en parlons plus
puisque tout s'est arrangé.

— Vous avez retrouvé le nommé Wallas?

— Je sais où il a passé la nuit.

— Que fait-il ce matin?

— Ce matin, il fallait...

— Vous l'avez laissé s'échapper. Et vous n'avez pas
retrouvé sa trace?

— Je devais venir ici et...

— Vous êtes arrivé en retard. De toute façon vous
aviez plusieurs heures devant vous. Où et quand comptez-vous le trouver, maintenant?

Garinati ne sait plus quoi répondre.

Bona le considère sans bienveillance:

— Vous deviez venir me rendre compte dès hier soir.
Pourquoi ne vous ai-je pas vu?

Il voudrait expliquer son échec, la lumière, le temps qui lui a manqué... Mais Bona ne lui en laisse pas le loisir ; il l'interrompt durement :

— Pourquoi n'êtes-vous pas venu ?

C'est justement de cela que Garinati allait parler, mais comment faire comprendre les choses à quelqu'un qui ne veut pas écouter ? Il faut pourtant commencer par cette lumière qui est cause de tout : Dupont a rallumé trop tôt et l'a découvert avant qu'il ne tire, si bien qu'il n'a pas...

— Et ce Wallas qu'on nous envoie, qu'a-t-il fait depuis son arrivée ?

Garinati expose ce qu'il sait : la chambre au Café des Alliés, rue des Arpenteurs ; le départ, ce matin de très bonne heure...

— Vous l'avez laissé s'échapper. Et vous n'avez pas retrouvé sa trace ?

C'est tout à fait injuste naturellement : rien ne laissait prévoir un départ aussi matinal, et ça n'est guère facile de retrouver quelqu'un qu'on n'a jamais vu, dans une ville de cette étendue.

D'ailleurs, quel intérêt y a-t-il à espionner ce policier qui ne peut rien faire de plus que les autres ? Ne vaudrait-il pas mieux s'occuper du travail de ce soir ? Mais Bona semble réticent ; il fait semblant de ne pas entendre. Garinati continue néanmoins : il veut réparer son échec, retourner chez Daniel Dupont, et le tuer.

Bona paraît surpris. Il cesse de scruter l'horizon, pour dévisager son interlocuteur. Puis il se penche vers sa serviette, l'ouvre et en tire une feuille pliée :

— Vous ne lisez pas les journaux ?

Garinati tend la main sans comprendre.

Ses pas eux-mêmes ont changé : ils sont las, presque

veules ; ils ont perdu leur contenance. Leur bruit peu à peu décroît dans l'escalier.

Très loin, de la même couleur gris-bleuté que les cheminées et les toits, se confondant avec eux malgré de légers déplacements dont le sens d'ailleurs échappe à cause de la distance, deux hommes — des ramoneurs peut-être, ou des couvreurs — préparent la venue, précoce, de l'hiver.

On entend, au rez-de-chaussée, la porte de l'immeuble qui se referme.

2   Le pêne claque en reprenant sa place dans la gâche ; en même temps le battant de la porte vient frapper lourdement contre le chambranle et toute la masse de bois se met à vibrer bruyamment, entraînant des résonances inattendues jusque dans les montants et dans les panneaux de côté. Mais, sitôt né, ce tumulte soudain s'apaise ; dans le calme de la rue se distingue alors un léger sifflement — comme un jet de vapeur, mince et continu — qui provient sans doute des ateliers d'en face, mais si bien fondu dans l'air qu'aucune source précise ne pourrait, en toute rigueur, lui être attribuée — à tel point, même, qu'on se demande en fin de compte s'il ne s'agirait pas plutôt d'un simple bourdonnement d'oreille.

Garinati reste indécis, devant la porte qu'il vient de refermer. Il ne sait dans quel sens il va suivre cette rue au milieu de laquelle il se trouve et qui, d'un côté comme de l'autre... Comment Bona peut-il être tellement sûr de la mort de Daniel Dupont ? Il n'a même pas été question d'en discuter. Pourtant l'erreur — ou le mensonge — des journaux du matin s'explique facilement, et de multiples façons. Personne d'ailleurs, dans une affaire aussi sérieuse, ne se contenterait de ce genre d'information et il est bien évident que Bona s'est renseigné lui-même, ou par l'intermédiaire d'hommes de confiance. Garinati, d'autre part, sait que sa victime ne paraissait pas blessée mortellement — qu'elle n'avait pas, en tout cas, perdu connaissance sur le coup, et qu'il est peu probable qu'elle l'ait fait avant l'arrivée des secours. Alors? Les hommes de confiance se sont-ils trompés? Peut-être la confiance de Bona n'est-elle pas toujours suffisante...

Garinati porte la main à son oreille droite, dont il obture et libère alternativement le conduit, à plusieurs reprises; ensuite il recommence pour l'autre oreille... Cependant la certitude de son chef n'est pas sans le troubler; il n'est pas, non plus, absolument certain de n'avoir atteint le professeur qu'au bras; celui-ci, touché à mort, a pu faire quelques pas pour battre en retraite, guidé par l'instinct de conservation, et s'écrouler un peu plus loin...

De nouveau Garinati se bouche les oreilles pour chasser ce bruit irritant. Cette fois-ci il opère avec les deux mains, qu'il garde une minute hermétiquement appliquées de chaque côté de sa tête.

Quand il les enlève, le sifflement a disparu. Il commence à marcher, avec précaution, comme s'il craignait de le faire renaître par des mouvements trop vifs. Wallas peut-être lui donnerait le mot de l'énigme. Ne faut-il pas de toute manière qu'il le retrouve? Il en a reçu l'ordre. C'est cela qu'il doit faire.

Mais où le chercher? Et comment le reconnaître? Il n'en possède aucun signalement et la ville est grande. Il décide néanmoins de s'orienter vers le centre, ce qui l'oblige à rebrousser chemin.

Au bout de quelques pas il se trouve à nouveau devant l'immeuble d'où il vient de sortir. Il porte la main à son oreille avec agacement: cette machine d'enfer ne s'arrêtera donc jamais?

3   Wallas, à demi retourné déjà, entend le pêne
reprendre sa place dans la gâche; il lâche
la poignée de fer et lève les yeux vers la
maison qui lui fait face. Immédiatement il
reconnaît, à une fenêtre du second étage,
ce même rideau brodé qu'il a remarqué plusieurs fois
au cours de sa promenade matinale. Ça ne doit pas être
très sain de faire ainsi boire un bébé à la mamelle
des brebis : anti-hygiénique au possible. Derrière les
mailles lâches du filet, Wallas perçoit un mouvement, il devine une silhouette; quelqu'un l'observe
qui, se voyant découvert, se déplace insensiblement
dans la pièce obscure pour se mettre à l'abri des
regards. Quelques secondes plus tard il n'y a plus,
dans l'encadrement de la fenêtre, que deux bergers
se penchant avec sollicitude sur le corps d'un nou-
veau-né.

Wallas s'avance le long de la grille du jardin en direction du pont, tout en se demandant si, dans un immeuble de cette importance habité bourgeoisement, on
peut compter qu'il y a toujours au moins un locataire
en train de regarder dans la rue. Cinq étages, deux
appartements par étage sur la façade sud, plus, au
rez-de-chaussée... Afin d'évaluer le nombre probable
de locataires, il jette un coup d'œil en arrière; il voit le
rideau de filet brodé qui retombe — on l'avait écarté
pour observer plus à l'aise. Si cette personne était
restée à l'affût toute la journée d'hier, elle pourrait
être un témoin précieux. Mais qui pousserait la curiosité jusqu'à guetter, une fois la nuit tombée, les allées
et venues de quelque problématique passant? Il faudrait
avoir une raison précise — que l'attention ait été mise
en alerte par un cri, par un bruit anormal... ou d'une
façon quelconque.

Fabius, ayant refermé la porte du jardin, inspecte
les alentours; mais il n'en laisse rien paraître : il est

un paisible agent d'assurances qui sort de chez un client et regarde le ciel à droite et à gauche, pour savoir d'où vient le vent... Tout de suite il remarque un personnage louche qui l'épie derrière ses rideaux, à la croisée d'un second étage. Aussitôt il détourne les yeux, pour éviter de donner l'éveil, et se dirige d'un pas neutre vers le boulevard. Mais, dès qu'il a franchi le pont, il amorce sur la droite un trajet sinueux qui le ramène, au bout d'une heure environ, au Boulevard Circulaire ; sans perdre de temps il passe le canal, grâce à la passerelle qui s'offre à lui en cet endroit. Puis, longeant furtivement les maisons, il revient à son point de départ, devant l'immeuble qui fait le coin de la rue des Arpenteurs.

Il y pénètre d'un air assuré, par la porte qui ouvre du côté du canal, et va frapper à la loge du concierge. Il représente une maison de stores et parasols ; il voudrait avoir la liste des locataires dont les fenêtres donnent au midi, ce qui les expose immodérément aux ravages du soleil : tapisseries jaunies, photographies passées, rideaux cuits, ou même pire — chacun connaît ces tableaux de maîtres qui éclatent d'un seul coup avec un bruit sinistre, ces portraits d'ancêtres qui se mettent brusquement à loucher, créant au sein d'une famille cette impression de trouble dont les conséquences fatales sont l'insatisfaction, la mauvaise humeur, les disputes, la maladie, la mort...

— Maintenant, c'est l'hiver qui vient, fait remarquer judicieusement le concierge.

Qu'à cela ne tienne : Fabius le sait parfaitement, mais il prépare sa campagne de printemps et, du reste, le soleil d'hiver, dont on se méfie le moins, n'en est que plus à craindre !

Wallas sourit à cette pensée. Il traverse la rue et s'engage sur le boulevard. Devant l'entrée principale de l'immeuble un gros homme en tablier bleu, au visage placide et jovial, nettoie la poignée de cuivre de la porte — le concierge sans doute. Il tourne la tête vers Wallas, qui lui fait en réponse un signe de politesse. L'homme dit, en clignant un œil malin :

— Si vous avez froid, il y a encore la sonnette à faire briller !

Wallas rit aimablement :

— Je vous la laisse pour demain, vous en aurez besoin : les beaux jours ont l'air fini.

— Maintenant c'est l'hiver qui vient, répond en écho le concierge.

Et il se remet à astiquer avec vigueur.

Mais Wallas veut profiter de l'heureuse disposition du bonhomme pour engager la conversation :

— Dites-moi, vous vous occupez aussi de l'autre aile du bâtiment, n'est-ce pas ?

— Oui bien sûr ! Vous croyez que je ne suis pas assez gros pour entretenir deux sonnettes ?

— Ce n'est pas ça, mais j'ai cru reconnaître derrière un carreau la figure d'une vieille amie de ma mère. J'irais bien la saluer, si j'étais sûr de ne pas me tromper. Au deuxième étage, l'appartement du bout...

— Madame Bax ? interroge le concierge.

— Oui : Madame Bax ! C'était donc bien elle. C'est drôle comme les choses arrivent : hier nous en parlions à table et nous nous demandions justement ce qu'elle était devenue.

— Mais Madame Bax n'est pas vieille...

— Non, non ! Elle n'est pas vieille du tout. J'ai dit une « vieille amie » mais je ne parlais pas de son âge. Je crois que je vais monter. Elle ne doit pas être tellement occupée ?

— Madame Bax ? Toujours collée aux vitres à regarder dehors ! Au contraire, vous lui ferez plaisir.

Et sans attendre, l'homme ouvre sa porte toute grande, puis s'efface en un geste plaisamment cérémonieux :

— Passez par ici, mon Prince ! Ça revient au même :

les deux escaliers communiquent. Porte vingt-quatre,
au deuxième.

Wallas remercie et entre. Le concierge rentre à sa
suite, referme la porte et pénètre dans sa loge. Il a terminé son travail. Il astiquera la sonnette un autre
jour.

Wallas est accueilli par une femme d'âge incertain
— peut-être encore jeune, en effet — qui, contrairement
à ce qu'il redoutait, ne manifeste aucun étonnement de
cette visite.

Il lui dit simplement, en montrant sa carte de police,
que les nécessités d'une enquête difficile l'obligent à
interroger, un peu au hasard, toutes les personnes du
quartier qui risquent de fournir le moindre indice. Sans
poser de question elle l'introduit dans un salon très
encombré, meublé à l'ancienne mode, où elle lui désigne un siège en tapisserie. Elle-même s'assied en face
de lui, mais à quelque distance, et attend, les mains
croisées, en le regardant avec sérieux.

Wallas parle : un crime a été commis hier soir dans
l'hôtel particulier, juste en face...

D'une mine bienséante, Mme Bax manifeste un
intérêt légèrement surpris — et peiné.

— Vous ne lisez pas les journaux? demande Wallas.

— Non, très rarement.

Elle lui adresse, en disant cela, un demi-sourire presque triste, comme si elle n'avait pas en général de quotidien à sa disposition, ou bien pas le loisir de les lire.
Sa voix est à l'image de sa figure, douce et fanée. Wallas est une vieille relation venue lui rendre visite, à
son jour, après une longue absence : il lui annonce le
décès d'un ami commun, dont elle déplore la perte
avec une indifférence de bon ton. Il est cinq heures de
l'après-midi. Tout à l'heure elle lui offrira une tasse de
thé.

— C'est une histoire bien lamentable, dit-elle.

Wallas, qui n'est pas là pour recueillir des condoléances, lui pose la question de façon précise : la position de sa fenêtre a pu lui permettre de voir ou d'entendre quelque chose.

— Non, dit-elle, je n'ai rien remarqué.

Elle le regrette beaucoup.

N'aurait-elle pas au moins surpris quelque rôdeur, des personnages aux allures suspectes dont elle pourrait donner le signalement : un passant, par exemple, qui aurait porté une attention anormale au pavillon?

— Oh! Monsieur, il ne passe jamais personne dans cette rue.

Sur le boulevard, oui, il passe beaucoup de gens, à certaines heures ; ils vont vite et disparaissent immédiatement. Aucun ne vient de ce côté.

— Pourtant, dit Wallas, il a bien fallu que quelqu'un vienne hier soir.

— Hier... » On sent qu'elle cherche dans ses souvenirs. « C'était lundi?

— Avant-hier aussi bien, ou même la semaine dernière ; car il semble que leur affaire ait été préparée à l'avance. Le téléphone, en particulier, était hors d'usage : cela pourrait être un sabotage.

— Non, dit-elle après un moment de réflexion, je n'ai rien remarqué.

Hier soir un homme en imperméable a détraqué quelque chose à la grille d'entrée. On voyait mal à cause de la nuit qui venait. Il s'est arrêté à la limite des fusains, il a sorti de sa poche un petit objet qui pouvait être une pince, ou une lime, et il a passé le bras vivement entre les deux derniers barreaux pour atteindre le haut de la porte, à l'intérieur... Ça n'a pas duré une demi-minute : il a retiré la main aussitôt et continué sa route, du même pas nonchalant.

Puisque cette dame assure ne rien savoir, Wallas se dispose à prendre congé d'elle. Il aurait évidemment été bien extraordinaire qu'elle se fût trouvée à sa fenêtre juste au bon moment. Même, à la réflexion, ce « bon moment » a-t-il existé ? Il est assez improbable que les meurtriers soient venus là, en plein jour, prendre tranquillement leurs dispositions d'attaque — repérer les lieux, fabriquer une fausse clef, ou faire des tranchées dans le jardin pour couper la ligne téléphonique.

Ce qu'il faut, avant tout, c'est entendre ce docteur Juard. Ensuite seulement, si aucune piste ne se présente de ce côté-là et si le commissaire n'a rien appris de neuf, on pourra interroger d'autres locataires de l'immeuble. On ne doit pas négliger la plus petite chance. En attendant, on va demander à Mme Bax de ne pas démentir auprès de son concierge la légende qui a servi de prétexte.

Pour prolonger un peu cette trêve avant de reprendre ses pérégrinations, Wallas pose encore deux ou trois questions ; il suggère différents bruits qui ont pu frapper l'oreille de la jeune femme, à son insu : un coup de revolver, des pas précipités sur le gravier, une porte qui claque, un moteur d'automobile... Mais elle secoue la tête, et dit avec son drôle de sourire :

— N'y mettez pas trop de détails : vous finiriez par me faire croire que j'ai assisté à tout le drame.

Hier soir un homme en imperméable a fait quelque chose à la porte et depuis ce matin on n'entend plus, quand elle s'ouvre, le grésillement de la sonnerie automatique. Hier, un homme... Sans doute va-t-elle finir par livrer son secret. Elle ne sait d'ailleurs pas exactement ce qui la retient.

Wallas, qui depuis le début de l'entretien cherche comment lui demander poliment si elle est restée beaucoup à sa fenêtre ces derniers jours, se lève enfin. « Vous permettez ? » Il s'approche de la croisée. C'est bien dans cette pièce qu'il a vu bouger le rideau. Il reconstitue maintenant l'image qui, à l'endroit et de si près, ne lui semblait plus la même. Il soulève le tissu pour mieux voir.

Sous cet angle nouveau le pavillon lui apparaît, au milieu de son jardin méticuleux, comme isolé par l'objectif d'un instrument d'optique. Son regard plonge vers les hautes cheminées, la toiture en ardoise — qui, dans cette région, donne une note de préciosité — la façade de brique coquettement encadrée par des chaînes d'encoignure en pierre de taille, que rappellent, au-dessus des fenêtres, des linteaux en saillie, l'arc de la porte et les quatre marches du perron. D'en bas l'on ne peut apprécier si pleinement l'harmonie des proportions, la rigueur — la nécessité, dirait-on — de l'ensemble, dont la simplicité est à peine troublée — ou, au contraire, mise en valeur? — par les ferronneries compliquées des balcons. Wallas essaye de débrouiller quelque dessin dans ces courbes entremêlées, quand il entend derrière lui la voix doucement ennuyée qui déclare, comme une chose insignifiante et sans rapport avec le sujet :

— Hier soir, un homme en imperméable...

Wallas n'a pas cru, tout d'abord, au sérieux d'une réminiscence aussi tardive. Assez perplexe il s'est retourné vers son interlocutrice : elle avait toujours le même visage trop calme et son air de lassitude polie. La conversation a continué sur le même ton de mondanité.

Comme il s'étonnait discrètement qu'elle eût affirmé à plusieurs reprises n'avoir rien remarqué, la jeune femme a répondu qu'on hésite toujours avant de livrer un homme à la police mais que, du moment que c'était un assassin, elle avait fait taire ses scrupules.

Restait l'explication la plus probable : Mme Bax cachait sous son apparence tranquille un peu trop d'imagination. Mais elle a semblé deviner cette pensée et, pour donner du poids à son témoignage, elle a pré-

cisé qu'une autre personne au moins avait vu le malfaiteur : avant que celui-ci n'ait atteint le boulevard, un
homme qui, visiblement, était ivre est sorti du petit
café — à vingt mètres sur la gauche — et a pris la même
direction en titubant légèrement ; il chantait, ou bien
parlait tout seul à haute voix. Le malfaiteur s'est
retourné et l'ivrogne lui a crié quelque chose, en s'effor-
çant de marcher plus vite pour le rattraper ; mais
l'autre, sans faire plus attention à lui, a continué son
chemin vers le pont.

Malheureusement Mme Bax était incapable d'en
fournir un signalement plus détaillé : un homme en
imperméable, avec un chapeau mou de couleur
claire. Quant à son compagnon de route improvisé,
elle pensait l'avoir rencontré fréquemment dans le
quartier ; à son avis, il devait être connu dans tous les
débits de boisson des environs.

Sorti de l'immeuble par la seconde issue, celle de la
rue des Arpenteurs, Wallas a traversé la chaussée pour
examiner la porte de la grille : il a pu vérifier que le dis-
positif avertisseur avait été tordu, de manière à empêcher le contact pendant l'ouverture ; ce travail, exécuté
à bout de bras, lui a paru révéler une force musculaire
peu commune.

En levant la tête il entrevoit, une fois de plus,
derrière les mailles du filet brodé, la silhouette de
Mme Bax.

4 — Bonjour, dit Wallas en refermant la porte.
Le patron ne répond pas.

Il est immobile, à son poste. Son buste massif s'appuie sur les deux bras tendus, largement écartés ; les mains s'accrochent au
rebord du comptoir, comme pour empêcher le corps
de bondir en avant — ou de tomber. Le cou, déjà court,
disparaît complètement entre les épaules relevées ;

la tête penche, presque menaçante, la bouche un peu tordue, le regard vide.

— Pas chaud ce matin ! dit Wallas — pour dire quelque chose.

Il s'approche du poêle de fonte, d'allure moins rébarbative que ce molosse, enfermé par prudence derrière son bar. Il tend les mains vers le métal brûlant. Pour le renseignement qu'il cherche, il ferait sans doute mieux de s'adresser ailleurs.

— Bonjour, dit alors une voix dans son dos — voix avinée, mais pleine de bonnes intentions.

La pièce n'est pas très claire, et le poêle à bois, qui tire mal par temps de neige, épaissit l'air d'un brouillard bleuâtre. Wallas n'a pas aperçu l'homme en entrant. Il est affalé à la table du fond, client solitaire content de trouver enfin quelqu'un à qui parler. Il doit connaître, lui, cet autre ivrogne cité comme garantie par Mme Bax. Mais il regarde maintenant Wallas, en ouvrant la bouche, et prononce avec une sorte de rancune pâteuse :

— Pourquoi tu voulais pas causer, hier ?

— Moi ? demande Wallas surpris.

— Ah, tu crois donc que je te reconnais pas ? s'exclame l'homme, dont la face s'anime d'une grimace hilare.

Il se tourne vers le comptoir et répète :

— Il croit que je le reconnais pas !

Le patron, les yeux vides, n'a pas bougé.

— Vous me connaissez ? demande Wallas.

— Voui mon vieux ! Même que je t'ai pas trouvé bien poli... » Il compte sur ses doigts avec application... « C'était hier.

— Ah, dit Wallas, ça doit être une erreur.

— Il dit que c'est une erreur ! hurle l'ivrogne à l'adresse du patron. Moi, une erreur !

Et il éclate d'un rire tonitruant.

Dès qu'il s'est un peu apaisé, Wallas s'informe — pour entrer dans le jeu :

— Où était-ce donc? Et à quelle heure?

— Ça, l'heure, faut pas me la faire! Je sais jamais l'heure qu'il est... Il faisait pas encore nuit. Et c'était là, en sortant... là... là... là...

Le ton s'élève à chaque nouveau « là »; en même temps le bonhomme exécute avec son bras droit de grands gestes incertains en direction de la porte. Puis, soudain calmé, il ajoute à voix presque basse et comme pour soi-même :

— Où tu veux que ça soit?

Wallas désespère de tirer quelque chose de lui. Cependant la température agréable de la salle le retient encore de s'en aller. Il s'assoit à la table voisine.

— Hier, à cette heure-là, j'étais à plus de cent kilomètres d'ici...

Lentement le commissaire recommence à se frotter les paumes l'une contre l'autre :

— Évidemment! Les bons assassins n'ont-ils pas toujours un alibi?

Un sourire satisfait. Les deux mains grasses viennent s'appliquer sur la table, doigts écartés...

— A quelle heure-là? demande l'ivrogne.

— A l'heure que vous dites.

— Ben, justement, j'ai pas dit d'heure! clame l'ivrogne d'une voix triomphante. Tu paies la tournée.

Drôle de jeu, pense Wallas. Mais il ne bronche pas. *more a*
Le patron pose maintenant sur lui un regard réproba- *muscle*
teur.

— Tout ça c'est faux », conclut l'ivrogne au bout d'un temps de réflexion laborieuse. Il inspecte Wallas et ajoute avec mépris : « Tu as même pas de voiture.

— Je suis venu en chemin de fer, dit Wallas.

— Ah, dit l'ivrogne.

Sa gaîté l'a quitté; il a l'air fatigué par la discussion. Il traduit quand même pour le patron, mais sur un ton tout à fait morne :

— Il dit qu'il est venu en chemin de fer.

Le patron ne répond pas. Il a changé de position;

la tête redressée, les bras pendants, on voit qu'il s'apprête à quelque action. En effet il saisit son chiffon et en donne trois coups sur le dessus du comptoir.

— Quelle est la différence, commence l'ivrogne avec difficulté.. quelle est la différence entre un chemin de fer... un chemin de fer et une bouteille de blanc ?

C'est à son verre qu'il parle. Wallas, machinalement, essaye de trouver une différence.

— Alors ? lance brusquement son voisin, ragaillardi par la perspective d'une victoire.

— Je ne sais pas, dit Wallas.

— Alors, pour toi, y a aucune différence ? Vous entendez, patron : il trouve qu'y a aucune différence !

— Je n'ai pas dit cela.

— Si ! hurle l'ivrogne. Le patron est là pour témoigner. Tu l'as dit ! Tu paies la tournée !

— Je paie la tournée, admet Wallas. Patron, donnez-nous deux vins blancs.

— Deux blancs ! répète son compagnon qui a retrouvé toute sa bonne humeur.

— Te fatigue pas, fait le patron, je ne suis pas sourd.

L'ivrogne a vidé son verre d'un trait. Wallas commence à boire le sien. Il s'étonne de se trouver tellement à son aise dans ce bistro malpropre ; est-ce seulement parce qu'il y fait chaud ? Après l'air vif de la rue, un bien-être légèrement engourdi pénètre son corps. Il se sent plein de bienveillance pour ce clochard ivre, et pour le patron lui-même qui pourtant n'encourage guère la sympathie. Celui-ci en effet ne détache plus les yeux de son client ; et il y met une telle affectation de méfiance que Wallas finit, malgré tout, par en être un peu troublé. Il se détourne vers l'amateur de devinettes, mais le vin que ce dernier vient d'absorber semble l'avoir replongé dans des méditations moroses. Dans l'espoir de le dérider, Wallas demande :

— Alors, quelle était la différence?

— La différence? » L'ivrogne a l'air complètement obscurci, cette fois. « La différence entre quoi?

— Eh bien, entre le chemin de fer et la bouteille!

— Ah, oui... la bouteille... » fait l'autre mollement, comme s'il revenait de très loin. « La différence... Ben, elle est énorme, la différence... Le chemin de fer!... C'est pas du tout la même chose...

Il aurait certainement mieux valu l'interroger avant de le faire boire à nouveau. Le bonhomme, la bouche ouverte, regarde à présent dans le vague, un coude posé sur la table étayant sa tête d'abruti. Il bredouille des paroles indistinctes; puis, avec un effort évident de clarté, il réussit à prononcer non sans quelques arrêts et reprises :

— Tu me fais rire avec ton chemin de fer... Si tu crois que je t'ai pas reconnu... pas reconnu... Juste en sortant d'ici... On a fait toute la route ensemble... toute la route... Ça serait trop commode! Suffit pas de changer de manteau...

Le monologue devient ensuite plus obscur. Un mot qui ressemble à *enfant trouvé* y revient à plusieurs reprises, sans raison apparente.

A moitié endormi sur sa table, il remâche des phrases incompréhensibles, coupées d'exclamations et de gestes ébauchés qui retombent lourdement, ou se dissolvent dans la brume des souvenirs...

Devant lui une espèce de grand type en imperméable longe la grille.

— Hé! Tu m'attends pas? Hé! Copain!

Il est sourd celui-là!

— Hé, là-bas! Hé!

Bon, il a entendu cette fois-ci.

— Attends un peu! Hé! J'ai une devinette pour toi!

Oh! la la! Pas poli le copain. C'est drôle comme le monde n'aime pas les devinettes.

— Hé, attends-moi ! Tu vas voir : elle est pas difficile !

Pas difficile ! Ils les trouvent jamais.

— Hé ! Copain !

— ...

— Eh ben, tu m'as fait courir !

D'un mouvement brusque l'homme se dégage de
l'étreinte.

— Bon, ça va ! Si tu veux pas me donner le bras...
Eh, va pas si vite ! Laisse-moi respirer, que je retrouve
ma question...

Mais l'autre opère un demi-tour menaçant, et l'ivrogne s'écarte d'un pas.

— Quel est l'animal...

Il s'étrangle en apercevant la grimace inquiétante de
l'homme, qui visiblement s'apprête à le réduire en
bouillie. Il trouve plus sage de battre en retraite, tout
en bégayant quelques mots d'apaisement ; mais dès que
l'autre, qui juge l'effet suffisant, a repris sa marche, il
se remet à le suivre, trottinant et geignant.

— Eh là, t'es pas si pressé !... Hé !... Va pas si vite !...
Hé !...

Sur leur chemin des passants s'arrêtent, se retournent, s'écartent pour laisser la place à ce couple surprenant : un homme grand et fort, légèrement étriqué dans
un imperméable trop juste et coiffé d'un feutre clair
dont le bord rabattu masque le haut du visage, s'avance
d'un pas sûr, la tête baissée, les mains dans les poches ;
il marche sans hâte excessive et ne paraît pas prêter
la moindre attention au personnage — pourtant curieux
— qui l'accompagne, tantôt sur sa droite, tantôt sur sa
gauche, le plus souvent derrière lui, où il effectue une
série de courbes inattendues dans le seul but, dirait-
on, de se maintenir à ses côtés. Il y parvient d'ailleurs
tant bien que mal, mais au prix d'une gymnastique
considérable, parcourant un trajet double ou triple
de celui qui serait nécessaire, avec des sautes de vitesse
et des arrêts si brusques que l'on craint à chaque ins-

tant de le voir s'écrouler. Malgré ces difficultés inces-
santes avec lesquelles il est aux prises, il réussit encore
à tenir des discours, fragmentaires il est vrai, mais où
certains éléments demeurent intelligibles : « Hé!
attends-moi... poser une devinette... » et quelque chose
qui ressemble à « enfant trouvé ». Il a évidemment
trop bu. Il est court et ventripotent, enveloppé de vêtements incertains, pour la plupart en lambeaux.

Mais, de temps à autre, l'homme qui marche en tête
se retourne sans crier gare et l'ivrogne, saisi d'effroi,
recule d'un pas pour se mettre hors de portée ; puis,
aussitôt que le danger lui semble moins grand, il
reprend sa course avec obstination, essayant à nouveau
de rejoindre son compagnon et même parfois de s'ac-
crocher à lui pour le retenir — ou bien le dépassant
d'une enjambée, pour se voir, une seconde plus tard,
trottinant à nouveau loin par derrière — comme s'il
cherchait à rattraper le temps.

La nuit est maintenant presque complète. Les
lumières que répandent d'insuffisants becs de gaz et
quelques rares boutiques, n'arrivent à créer qu'une
clarté douteuse et fragmentaire — coupée de trous,
plus ou moins largement frangés de zones de passage,
où l'esprit hésite à s'aventurer.

Cependant le petit homme vacillant s'entête dans sa
poursuite, bien que peut-être il l'ait entreprise un peu
au hasard et qu'il n'en ait même jamais éclairci nettement l'origine.

Devant lui, le large dos inaccessible a pris peu à peu
des dimensions effrayantes. Le minuscule accroc en
forme de L, qui marquait l'épaule droite de l'imperméable, s'est agrandi de telle façon que tout un pan du
vêtement se trouve détaché et flotte dans son sillage,
comme un oriflamme, battant les jambes avec des cla-
quements et des envols de tempête. Quant au chapeau,
qui déjà tombait exagérément sur la figure, il forme à

présent une immense cloche d'où s'échappe, semblable aux tentacules d'une méduse géante, le tourbillon de rubans entremêlés à quoi s'est réduit, finalement, le reste du costume.

Le petit homme, dans un effort suprême, parvient à saisir un de ces bras ; il s'y suspend de toutes ses forces, décidé à ne pas lâcher prise ; Wallas a beau le secouer, il ne peut plus se dégager. L'ivrogne s'agrippe à lui avec une énergie dont on ne l'aurait guère cru capable ; mais sa tête ayant heurté le sol dans une convulsion, il desserre d'un coup son étreinte, les mains s'ouvrent et le corps roule à terre, détendu, inanimé...

Le patron n'a pas l'air très ému par cette scène. L'ivrogne ne doit pas en être à sa première crise. Une poigne vigoureuse le soulève et le dépose sur sa chaise, tandis qu'un torchon mouillé lui rend à l'instant la conscience. Le bonhomme est guéri comme par enchantement ; il passe la main sur son visage, regarde autour de lui en souriant et déclare au patron, qui a déjà regagné son bar :

— Il a voulu me tuer aussi !

Néanmoins, comme il ne paraît pas lui garder rancune de cette tentative d'assassinat, Wallas, qui commence à s'intéresser au personnage, en profite pour lui demander des éclaircissements. L'ivrogne, heureusement, a les idées beaucoup plus claires qu'avant sa chute ; il écoute avec attention et répond aux questions avec complaisance : oui, il a rencontré Wallas, hier soir à la tombée de la nuit, en sortant de ce même café ; il l'a suivi, rattrapé et accompagné, malgré le peu d'amabilité de Wallas ; celui-ci portait un feutre clair légèrement trop grand et un imperméable étriqué, marqué sur l'épaule droite d'une petite déchirure en forme de L.

« Hier soir, un homme en imperméable... » C'était donc celui-là le clochard ivre aperçu de sa fenêtre par Mme Bax, et le malfaiteur lui-même ne serait autre que... Wallas ne peut s'empêcher de sourire

devant l'absurdité de sa conclusion. Peut-on seulement
affirmer que l'individu lui ressemble? Il est difficile
de se fier au jugement d'un pareil témoin.

Celui-ci, en tout cas, s'obstine à les confondre, malgré les nouvelles dénégations de Wallas. L'autre a marché auprès de lui assez longtemps — dit-il — pour
qu'il le reconnaisse le lendemain. D'après les indications assez vagues qu'il donne sur leur itinéraire,
il semble qu'ils aient suivi la rue de Brabant, puis la
rue Joseph-Janeck dans toute sa longueur, jusqu'au
boulevard, où le prétendu sosie de Wallas serait entré
dans un bureau de poste.

L'ivrogne serait ensuite revenu boire au Café des
Alliés.

Le patron, lui, ne trouve pas l'histoire catholique :
pourquoi ce type ne veut-il pas admettre qu'on l'ait
aperçu la veille? Il faut qu'il ait quelque chose à cacher...
Hier soir? C'est lui qui a fait le coup! Il sortait du petit
pavillon quand le vieux l'a surpris; il est allé le perdre
à l'autre bout de la ville et, ensuite, il est revenu tranquillement dormir ici. Maintenant, il voudrait bien
savoir ce que l'autre a retenu de l'équipée. Il doit même
lui trouver la mémoire trop bonne, puisqu'il vient
d'essayer de le supprimer : cogné la tête... c'est vite dit.
C'est sûrement lui qui a fait le coup.

Les heures malheureusement ne coïncident pas :
lorsque la vieille bonne est accourue pour appeler l'ambulance, il était... Quand même, il vaut mieux se
méfier et signaler tout de suite ce drôle de client à la
police; passé midi, l'hôtelier négligent risque une
amende, et s'il arrivait quoi que ce soit...

Le patron va prendre l'annuaire du téléphone, qu'il
compulse longuement, tout en jetant par-dessus le
comptoir des coups d'œil soupçonneux vers les tables.
Enfin, il compose un numéro.

— Allô ! C'est le Service des étrangers?

Il fixe en même temps Wallas d'un regard accusateur.

— Ici le Café des Alliés, dix rue des Arpenteurs... Un voyageur à déclarer.

Un long silence. L'ivrogne ouvre une bouche démesurée. On entend, derrière le comptoir, un robinet qui goutte régulièrement dans son bac.

— Oui, une chambre à la journée.

— ...

— Ça arrive.

— ...

— J'enverrai la fiche, mais on aime mieux se mettre en règle le plus tôt possible... Surtout quand on a affaire à certaines gens...

Le sans-gêne avec lequel cet homme parle de lui, en sa présence, a quelque chose de tellement choquant que Wallas est sur le point de protester — quand il entend, à nouveau, la voix ironique du commissaire général :

— Si vous n'êtes pas déclaré, quelle preuve y a-t-il?

En somme, s'il cherche à lui faire du tort, le patron se trompe : en omettant de signaler sa présence, il permettait au contraire à Laurent de continuer sa petite plaisanterie. Et, avec ce curieux bonhomme, on ne sait jamais où s'arrête la plaisanterie — ni où elle commence. Wallas, bien que jugeant peu raisonnable de prêter attention à ces bagatelles, éprouve une sorte de contentement à se sentir justifié sur ce point.

— Il s'appelle Wallas. Double vé, a, deux èl, a, èss. Wallas. Du moins c'est ce qu'il prétend.

La phrase est volontairement blessante — injurieuse même — et la façon dont le patron toise son client en la prononçant, oblige à la fin celui-ci à intervenir. Il sort son portefeuille pour y prendre sa carte d'identité, dans l'intention de la fourrer sous les yeux de son logeur, mais il n'a fait qu'ébaucher son geste, qu'il se souvient de la photographie apposée sur la pièce officielle : celle d'un individu nettement plus âgé que lui, qu'une forte moustache brune apparente à quelque Turc d'opérette.

Naturellement ce « signe particulier » trop remarquable était incompatible avec les théories de Fabius sur l'aspect extérieur des agents de renseignement. Wallas a dû raser sa moustache et son visage s'en est trouvé transformé, rajeuni, presque méconnaissable pour un étranger. Il n'a pas encore eu le temps de faire changer ses anciens papiers; quant à la carte rose — le laissez-passer du ministère — il doit, bien entendu, éviter de s'en servir.

Apès avoir fait semblant de vérifier quelque chose sur un ticket pris au hasard dans son portefeuille — le coupon de retour de son billet de chemin de fer — il remet le tout dans sa poche, de l'air le plus naturel. Tout compte fait, il n'est pas censé entendre ce qui se passe au téléphone.

D'ailleurs le patron voit ses insinuations se retourner contre lui, et les questions qu'on lui pose, à l'autre bout du fil, lui font déjà perdre patience :

— Mais non, puisque je vous dis qu'il est arrivé hier soir !

— ...

— Oui, cette nuit seulement ! Pour la nuit d'avant, vous n'avez qu'à lui demander.

— ...

— En tout cas, moi, je vous aurai prévenu !

L'ivrogne voudrait ajouter son mot; il se soulève à moitié sur son siège :

— Et puis il a voulu me tuer !... Hé ! Faut leur dire aussi qu'il a voulu me tuer !

Mais le patron ne daigne pas répondre. Il raccroche l'écouteur et rentre derrière son bar, pour fouiller dans un tiroir plein de papiers. Il cherche ses fiches de police, mais il y a trop longtemps qu'il n'en a pas eu besoin et il a du mal à les retrouver. Quand il aura enfin mis la main sur une vieille formule jaune et tachée, Wallas devra la remplir, exhiber sa carte d'identité, expliquer sa métamorphose. Ensuite il pourra partir — pour aller demander, à ce bureau de poste, si l'on a vu hier soir un homme en imperméable...

L'ivrogne se rendormira sur sa chaise, le patron donnera un coup de torchon sur les tables et ira laver les verres, dans le bac. Cette fois-ci, il refermera le robinet avec plus de soin et les petites gouttes, qui frappent la surface de l'eau sur un rythme de métronome, cesseront.

La scène sera terminée.

Son buste massif appuyé sur les deux bras tendus largement écartés, les mains accrochées au rebord du comptoir, la tête en avant, la bouche un peu tordue, le patron continuera de fixer le vide.

5 Dans l'eau trouble de l'aquarium, des ombres passent, furtives — une ondulation, dont l'existence sans contour se dissout d'elle-même... et l'on doute ensuite d'avoir aperçu quelque chose. Mais la nébuleuse reparaît et vient décrire deux ou trois cercles, en pleine lumière, pour retourner bientôt se fondre, derrière un rideau d'algues, au sein des profondeurs protoplasmiques. Un dernier remous, vite amorti, fait un instant trembler la masse. De nouveau tout est calme... Jusqu'à ce que, soudain, une nouvelle forme émerge et vienne coller contre la vitre son visage de rêve... Pauline, la douce Pauline... qui, à peine entrevu, disparaît à son tour pour laisser la place à d'autres spectres et fantasmes. L'ivrogne compose une devinette. Un homme aux lèvres minces, au pardessus étroitement boutonné jusqu'au col, attend sur sa chaise au milieu d'une pièce nue. Son visage immobile, ses mains gantées croisées sur les genoux, ne trahissent aucune impatience. Il a le temps. Rien ne peut empêcher son plan de s'accomplir. Il s'apprête à recevoir une visite — non pas celle

d'un être inquiet, fuyant, sans force de caractère —
mais celle au contraire de quelqu'un sur qui l'on peut
compter : c'est à lui que l'exécution de ce soir, la seconde,
sera confiée. Dans la première on l'avait maintenu à
l'arrière-plan, mais son travail y fut sans bavure ;
tandis que Garinati, pour qui tout avait été si méti-
culeusement préparé, n'a même pas été capable
d'éteindre la lumière. Et voilà que, ce matin, il laisse
échapper son client :

— Ce matin à quelle heure ?

— Je n'en sais rien, dit le patron.

— Vous ne l'avez pas vu sortir ?

— Si je l'avais vu sortir, je saurais à quelle heure !

Appuyé à son comptoir, le patron se demande s'il
doit mettre Wallas au courant de cette visite. Non. Ils
n'ont qu'à se débrouiller entre eux : on ne l'a chargé
d'aucune commission.

D'ailleurs Wallas a déjà quitté le petit café pour rentrer en scène...

6 De nouveau Wallas marche en direction du
pont. Devant lui, sous un ciel de neige,
s'allonge la rue de Brabant — et les façades
sévères de ses maisons. Les employés sont
maintenant tous au travail devant leurs
livres de comptes et leurs machines à calculer : les
chiffres s'alignent en colonnes, les troncs de sapins
s'empilent sur les quais ; des bras mécaniques manœu-
vrent les commandes des grues, les palans, les touches
des additionneuses, sans perdre une seconde, sans un
à-coup, sans une erreur ; le commerce du bois bat son
plein.

La rue est déserte et silencieuse comme à la première heure. Seules quelques automobiles arrêtées
devant les portes, sous les plaques noires aux inscriptions d'or, témoignent de l'activité qui règne à présent

derrière les murs de brique. Les autres modifications
— s'il y en a — sont imperceptibles : rien de changé
aux portes de bois verni, perchées dans un renfoncement
en haut de leurs cinq marches, ni aux fenêtres sans
rideaux — deux à gauche, une à droite et, au-dessus,
quatre étages d'ouvertures rectangulaires toutes semblables. Il ne fait pas très clair, pour travailler, dans
ces bureaux où l'on n'a pas allumé l'électricité — par
économie — et les visages myopes penchent leurs
lunettes vers les gros registres.

Wallas se sent envahi par une grande lassitude.

Mais, ayant franchi le canal qui sépare en deux le
Boulevard Circulaire, il s'arrête pour laisser passer
un tramway.

A l'avant, la plaque signalant le numéro de la ligne
porte le chiffre 6, en jaune sur un disque vermillon.
La voiture, brillante de peinture neuve, ressemble
exactement à celle apparue ce matin au même endroit.
Comme ce matin, elle s'immobilise devant Wallas.

Celui-ci, qui redoutait la longue route fastidieuse par
la rue de Brabant et la rue Janeck, gravit le marchepied
de fer et va s'asseoir à l'intérieur : ce tramway ne peut
que le rapprocher de son but. Sur un coup de sonnette
la voiture s'ébranle, avec des gémissements de carrosserie. Wallas regarde défiler les maisons qui s'alignent
en bordure du canal.

Cependant, le contrôleur s'étant approché, Wallas
constate son erreur : le tramway numéro 6 ne continue
pas son trajet le long du boulevard, comme il l'avait
cru ; il le quitte au contraire dès le premier arrêt pour
s'enfoncer vers le sud, à travers les faubourgs. Et
comme aucune ligne ne suit cette portion peu fréquen-
tée du boulevard qui ramène à l'autre bout de la rue
Janeck — où doit se trouver le bureau de poste mentionné par l'ivrogne — Wallas reste assez perplexe.
C'est le contrôleur qui le tire d'affaire, en lui montrant

un plan du réseau de transport qui sillonne la ville : au lieu de se rendre directement à cette poste, Wallas va d'abord repasser par la clinique du docteur Juard — ce qui est préférable de tout point de vue. La ligne quatre, que celle-ci croise à la prochaine station, le conduira de ce côté.

Il remercie, acquitte le prix du billet, et descend.

Autour de lui le décor est toujours le même : le boulevard, le canal, les bâtiments irréguliers...

le décor

— Alors elle lui a dit que, puisque c'était comme ça, eh bien il n'avait qu'à s'en aller !

— Et il est parti ?

— Non, justement. Il aurait bien voulu savoir si tout ça c'était vrai, ce qu'elle venait de lui raconter. D'abord il disait que c'était idiot, qu'il la croyait pas et qu'on allait bien voir ; mais quand il a compris que les autres allaient rentrer, il a eu peur que ça tourne mal et il s'est rappelé qu'il avait des courses à faire. Des courses ! On les connaît ses courses. Alors tu sais pas ce qu'elle lui a répondu ? « Cours pas trop vite, elle lui a répondu, ou bien ça fera des pots cassés ! »

— Ah... qu'est-ce que ça voulait dire ?

— Ben ça veut dire qu'il pouvait encore le rencontrer, tu comprends : les pots cassés c'était la voiture et tous les trucs !

— Ah, dis donc !

Wallas est assis dans le sens de la marche, du côté de la vitre ; à sa droite une place est inoccupée. Les deux voix — des voix de femmes, aux intonations populaires — viennent de la banquette située juste derrière lui.

— « Bonne chance » elle lui a crié, quand il est parti.

— Et il l'a rencontré ?

— Ça, on n'en sait encore rien. En tout cas, s'il l'a rencontré, ça a dû faire du grabuge !

rempue

— Ah, dis donc.

— Enfin on verra ça demain, j'espère.

Elles ne semblent avoir, pas plus l'une que l'autre, d'intérêt particulier dans le dénouement de cette affaire. Les personnages en cause ne sont ni des parents ni des amis. On sent même que l'existence des deux femmes est à l'abri de ce genre de drame, mais les petites gens aiment à commenter les événements glorieux de la vie des grands criminels et des rois. A moins qu'il ne s'agisse, plus simplement, du roman-feuilleton publié par quelque quotidien.

Le tramway, après un parcours sinueux au pied de bâtisses sévères, arrive dans les quartiers centraux dont Wallas a déjà remarqué le relatif agrément. Il reconnaît au passage la rue de Berlin, qui mène à la préfecture. Il se tourne vers le receveur, qui doit lui faire signe quand ce sera le moment de descendre.

La première chose qu'il aperçoit est une pancarte rouge vif portant, sous une immense flèche, l'inscription :

Pour le dessin
Pour la classe
Pour le bureau

PAPETERIE VICTOR HUGO
2 bis, rue Victor Hugo
(à 100 mètres sur la gauche)
Articles de qualité.

Ce détour l'éloigne de la clinique ; mais comme il n'est pas à une minute près, il s'engage dans la direction indiquée. Après avoir tourné — sur l'injonction d'un deuxième panneau-réclame — il découvre une boutique dont le style ultra-moderne et le souci de publicité révèlent la récente ouverture. Son luxe et ses dimensions importantes surprennent d'ailleurs dans cette petite rue, un peu isolée quoique située à proximité des grandes artères. La devanture — matière plastique et aluminium — est flambant neuve et, si la vitrine de gauche n'est qu'une exposition assez banale de stylos, papier à lettres et cahiers d'écolier, celle de droite par contre est chargée d'attirer l'attention des badauds : elle représente un « artiste » en train de dessiner « d'après nature ». Un mannequin, vêtu d'une salopette toute maculée de peinture et dont le visage disparaît sous une vaste barbe « à la bohême », est en plein travail devant son chevalet; prenant un peu de recul pour embrasser du regard à la fois son œuvre et le modèle, il met la dernière main à un paysage au crayon d'une grande finesse — qui doit être en réalité quelque copie de maître. C'est une colline où s'élèvent, au milieu des cyprès, les ruines d'un temple grec; au premier plan, des fragments de colonnes gisent çà et là; au loin, dans la vallée, apparaît une ville entière avec ses arcs de triomphe et ses palais — traités, malgré la distance et l'entassement des constructions, avec un rare souci de détail. Mais devant l'homme, au lieu de la campagne hellénique, se dresse en guise de décor un immense tirage photographique d'un carrefour de ville, au vingtième siècle. La qualité de cette image et sa disposition habile confèrent au panorama une réalité d'autant plus frappante qu'il est la négation du dessin censé le reproduire; et tout à coup Wallas reconnaît l'endroit : ce pavillon entouré de grands immeubles, cette grille de fer, cette haie de fusains, c'est l'hôtel particulier qui fait l'angle de la rue des Arpenteurs. Évidemment.

Wallas entre.

— Eh bien, s'exclame-t-il, vous en avez une drôle de vitrine !

— N'est-ce pas que c'est amusant ?

La jeune femme l'accueille avec un petit rire de gorge tout à fait ravi.

— Vraiment, admet Wallas, c'est assez curieux.

— Vous avez reconnu? Ce sont les ruines de Thèbes.

— La photographie, surtout, est étonnante. Vous ne trouvez pas?

— Ah oui. C'est une très bonne photo.

Sa mine indique plutôt qu'elle n'y voit rien de remarquable. Mais Wallas voudrait en savoir plus long :

— Si, si, dit-il, on reconnaît le travail d'un spécialiste.

— Oui, bien entendu. J'ai fait faire l'agrandissement par un laboratoire outillé pour ça.

— Il fallait aussi que le cliché fût extrêmement net.

— Oui, probablement.

Déjà la commerçante l'interroge d'un regard aimablement professionnel : « Monsieur désire? »

— Je voudrais une gomme, dit Wallas.

— Oui. Quel genre de gomme?

C'est là justement toute l'histoire et Wallas entreprend une fois de plus la description de ce qu'il cherche : une gomme douce, légère, friable, que l'écrasement ne déforme pas mais réduit en poussière ; une gomme qui se sectionne avec facilité et dont la cassure est brillante et lisse, comme une coquille de nacre. Il en a vu une, il y a de cela plusieurs mois, chez un ami qui n'a pas su lui dire d'où elle venait. Il a cru pouvoir s'en procurer sans peine une semblable, mais depuis lors il cherche en vain. Elle se présentait sous la forme d'un cube jaunâtre, de deux à trois centimètres de côté, avec les angles légèrement arrondis — peut-être par l'usure. La marque du fabricant était imprimée sur une des faces, mais trop effacée pour être encore lisible : on déchiffrait seulement les deux lettres centrales « di » ; il devait y avoir au moins deux lettres avant et deux autres après.

La jeune femme essaye de compléter le nom, mais sans succès. Elle lui montre en désespoir de cause toutes les gommes de la boutique — et elle en possède en vérité une belle collection — dont elle vante avec chaleur les mérites respectifs. Mais elles sont toutes ou trop molles ou trop dures : des gommes « mie de pain » malléables comme de la terre à modeler, ou bien des matières grisâtres et sèches qui grattent le papier — bonnes tout au plus pour effacer les taches d'encre ; les autres sont des gommes à crayon de l'espèce ordinaire, rectangles plus ou moins allongés de caoutchouc plus ou moins blanc.

Wallas hésite à revenir au sujet qui le tracasse : il aurait l'air d'être entré dans le seul but d'obtenir Dieu sait quels renseignements sur la photographie du pavillon, sans vouloir seulement faire la dépense d'une petite gomme — préférant laisser bouleverser tout le magasin à la recherche d'un objet fictif, attribué à une marque mythique dont on était bien empêché d'achever le nom — et pour cause ! Sa ruse apparaîtrait même comme cousue de fil blanc, puisqu'en ne donnant que la syllabe centrale de ce nom il interdisait à sa victime de mettre en doute l'existence de la firme.

Il va donc être contraint, une fois de plus, à l'achat d'une gomme quelconque dont il ne saura que faire, du moment qu'elle n'est pas, de toute évidence, celle qu'il cherche et qu'il n'a besoin d'aucune autre — même si elle lui ressemblait par certains côtés — mais de *celle-là*.

— Je vais prendre celle-ci, dit-il ; peut-être fera-t-elle l'affaire.

— Vous verrez, c'est un très bon article. Tous nos clients en sont satisfaits.

A quoi bon expliquer davantage. Il faut maintenant ramener la conversation sur... Mais la comédie se poursuit à une telle vitesse qu'il n'a guère le temps de réfléchir : « Combien vous dois-je ? » le billet sorti du portefeuille, la monnaie qui tinte sur le marbre... Les ruines de Thèbes... Wallas demande :

— Vous vendez des reproductions de gravures ?

— Non, pour l'instant je ne tiens que la carte postale. (Elle désigne deux « tourniquets » garnis.) Si vous voulez regarder : il y a quelques tableaux de musée ; toutes

les autres, ce sont des vues de la ville ou des environs.
Mais si cela vous intéresse, il y en a plusieurs que j'ai
prises moi-même. Tenez, j'en ai fait faire une avec le
cliché dont nous parlions tout à l'heure.

Elle retire une carte glacée et la lui tend. C'est bien
celle qui a servi pour la vitrine. On voit, en plus, au
premier plan, les pierres de taille qui forment le bord
du quai et l'extrémité du garde-fou, à l'entrée du petit
pont tournant. Wallas prend un air admiratif :

— C'est un très joli pavillon, n'est-ce pas ?

— Mon Dieu oui, si vous voulez, répond-elle en riant.

Et il s'en va, emportant la carte postale — dont
l'acquisition s'imposait après les éloges prodigués
en entrant — et la petite gomme, qui a déjà rejoint au
fond de sa poche celle achetée le matin — inutile comme
elle.

Wallas se hâte ; il doit être près de midi. Il a encore
le temps de parler au docteur Juard avant le déjeuner.
Il lui faut obliquer vers la gauche pour rejoindre la rue
de Corinthe, mais la première voie qui s'offre à lui de
ce côté-là ne mène qu'à une rue transversale qui risque
de l'égarer ; il va plutôt poursuivre jusqu'au prochain
carrefour. Après sa visite à la clinique il cherchera ce
bureau de poste, au bout de la rue Janeck ; il pourra s'y
rendre à pied car il n'en est certainement pas très loin.
Avant toute chose : savoir l'heure exacte.

Un agent de police est justement en faction au milieu
de la chaussée, sans doute pour régler la circulation à
la sortie d'une école (il n'y a pas, autrement, assez de
voitures pour justifier sa présence à ce croisement
secondaire). Wallas revient en arrière de quelques pas
et s'approche. L'agent lui fait un salut militaire.

— Quelle heure est-il, s'il vous plaît ? demande
Wallas.

— Midi un quart, répond l'homme sans hésiter.

Il vient de regarder sa montre, probablement.

— La rue Joseph-Janeck, est-ce loin d'ici?

— Ça dépend du numéro où vous allez.

— Tout au bout, du côté du Boulevard Circulaire.

— Alors c'est très simple : vous continuez jusqu'au premier carrefour, où vous tournez à droite, et, tout de suite après, vous tournez à gauche ; ensuite c'est tout droit. Vous n'en avez pas pour longtemps.

— Il y a bien un bureau de poste, n'est-ce pas ?

— Oui... sur le boulevard, à l'angle de la rue Jonas. Mais ça n'est pas la peine d'aller chercher une poste jusque-là...

— Non, non, je sais, mais... il faut que j'aille à celle-là... pour la poste restante.

— Alors, la première à droite, la première à gauche, et puis tout droit. Il n'y a pas à se tromper.

Wallas remercie et reprend sa route mais, arrivé au croisement, au moment d'obliquer sur la gauche — vers la clinique — il se rend compte qu'ayant omis de signaler ce détail à l'agent, celui-ci va croire qu'il se trompe de chemin, malgré ses explications claires et répétées. Wallas se retourne pour voir si on l'observe : l'homme fait de grands gestes du bras pour lui rappeler que c'est à droite qu'il doit tourner d'abord. S'il va maintenant dans l'autre sens, il aura l'air d'un fou, d'un idiot ou d'un mauvais plaisant. Peut-être lui courra-t-on après pour le ramener dans le droit chemin. Quant à revenir sur ses pas pour rassurer l'agent de police, cela serait vraiment ridicule. Wallas a déjà amorcé son mouvement vers la droite.

Puisqu'il est si près de cette poste, ne vaut-il pas mieux s'y rendre sans tarder ? D'ailleurs il est plus de midi et le docteur Juard est en train de déjeuner ; tandis qu'à la poste, dont les guichets ne ferment pas, il ne dérangera personne.

Avant de disparaître, il aperçoit l'agent qui lui adresse un signe d'approbation — pour le rassurer : il est dans la bonne direction.

C'est stupide de poster un agent de la circulation dans

un endroit pareil, où il n'y a pas de circulation à régler.
A cette heure-là, les enfants des écoles sont déjà rentrés
chez eux. Y a-t-il même seulement une école?

Wallas, comme le lui a annoncé l'agent, arrive tout
de suite à un nouveau carrefour. S'il la prenait sur
la droite, cette rue Bernadotte le ramènerait franchement en arrière et lui permettrait ainsi de gagner la
rue de Corinthe, après un léger crochet; mais à présent il ne doit pas être plus près de la clinique que de la
poste et, en outre, il ne connaît pas assez bien le quartier : il risquerait de se retrouver nez à nez avec le
policeman. Cette invention de la poste restante n'était
pas fameuse : s'il s'était fait expédier du courrier à ce
bureau, il en aurait connu l'adresse, au lieu de savoir
approximativement où il était situé.

Quel mauvais sort le force donc, aujourd'hui, à donner des raisons partout sur son passage? Est-ce une
disposition particulière des rues de cette cité qui l'oblige
à demander sans cesse son chemin, pour, à chaque
réponse, se voir conduit à de nouveaux détours? Une
fois déjà il a erré au milieu de ces bifurcations imprévues et de ces impasses, où l'on se perdait encore plus
sûrement quand, par hasard, on réussissait à marcher
tout droit. Sa mère seule s'en inquiétait. Ils étaient
arrivés enfin à ce canal en cul-de-sac; les maisons
basses, au soleil, miraient leurs vieilles façades dans
l'eau verte. Cela devait être en été, pendant les vacan-
ces scolaires : ils avaient fait halte (alors qu'ils se ren-
daient comme tous les ans au bord de la mer, plus au
sud) pour rendre visite à une parente. Il croit se souvenir que celle-ci était fâchée, qu'il y avait une affaire
d'héritage, ou quelque chose du même genre. Mais
l'a-t-il jamais su exactement? Il ne se rappelle même
plus s'ils avaient fini par rencontrer la dame, ou bien
s'ils étaient repartis bredouilles (ils ne disposaient que
de quelques heures entre deux trains). D'ailleurs, est-ce

que ce sont là de vrais souvenirs? On a pu lui raconter souvent cette journée : « Tu te rappelles, quand nous sommes allés...

Non. Le bout de canal, il l'a vu lui-même, et les maisons qui se reflétaient dans son eau tranquille, et le pont très bas qui en fermait l'entrée... et la carcasse abandonnée du vieux bateau... Mais il est possible que cela se soit passé un autre jour, dans un autre endroit — ou bien encore dans un rêve.

Voici la rue Janeck et le mur de la cour de récréation, où s'effeuillent les marronniers d'Inde. « Attention citoyens. » Et voici la plaque enjoignant aux automobilistes de ralentir.

A l'entrée du pont-bascule, l'employé en vareuse bleu marine et casquette d'uniforme lui fait un petit signe de reconnaissance.

chapitre trois

1 Comme à l'ordinaire, la grande maison est silencieuse.

Au rez-de-chaussée, la vieille gouvernante sourde achève la préparation du dîner.

Elle porte des chaussons de feutre et l'on n'entend pas ses allées et venues le long du corridor — entre la cuisine et la salle à manger, où, sur l'immense table, elle dispose en un ordre immuable un unique couvert.

C'est lundi : le dîner du lundi n'est jamais très compliqué : une soupe de légumes, du jambon probablement et quelque crème « renversée » au goût trop imprécis — ou bien du riz au caramel...

Mais Daniel Dupont ne se soucie pas beaucoup de gastronomie.

Assis au bureau, il est en train d'examiner son revolver. Il ne faudrait pas qu'il vienne à s'enrayer — depuis tant d'années que personne ne s'en est servi. Dupont le manipule avec précaution ; il l'ouvre, enlève les balles, nettoie soigneusement le mécanisme, en vérifie le bon fonctionnement ; il remet enfin le chargeur en place et range son chiffon dans un tiroir.

C'est un homme méticuleux, qui aime que toute besogne soit exécutée proprement. Une balle dans le cœur, c'est ce qui fait le moins de gâchis. Si elle est tirée de façon convenable — il en a parlé longuement avec le docteur Juard — la mort est immédiate et la perte de sang très limitée. Ainsi la vieille Anna aura moins de mal à enlever les taches ; pour elle c'est ce qui importe. Il sait bien qu'elle ne l'aime pas.

D'une façon générale on l'a peu aimé, du reste. Évelyne... Ce n'est d'ailleurs pas pour ça qu'il se tue. Qu'on l'ait peu aimé, ça lui est égal. Il se tue pour rien — par lassitude.

Dupont fait quelques pas sur la moquette vert d'eau, qui étouffe les bruits. Il n'y a guère de place pour marcher dans le petit bureau. De tous les côtés les livres le cernent : droit, législation sociale, économie politique... ; dans le bas à gauche, au bout du grand rayonnage, s'alignent les quelques volumes qu'il a lui-même ajoutés à la série. Peu de chose. Il y avait deux ou trois idées malgré tout. Qui les a comprises? Tant pis pour eux.

Il s'arrête devant sa table de travail et jette un coup d'œil aux lettres qu'il vient d'écrire : une pour Roy-Dauzet, une pour Juard... pour qui encore? Une pour sa femme, peut-être? Non; et celle qu'il adresse au ministre a sans doute été postée la veille...

Il s'arrête devant sa table de travail et jette un dernier coup d'œil à cette lettre qu'il vient d'écrire au docteur Juard. Elle est claire et persuasive; elle donne toutes les explications nécessaires pour le camouflage de son suicide en assassinat.

Dupont avait pensé d'abord à simuler l'accident : « En nettoyant un vieux revolver, le professeur se tue d'une balle en plein cœur. » Mais tout le monde aurait compris.

Un crime, c'est moins suspect. Et l'on peut compter sur Juard et Roy-Dauzet pour bien garder le secret. La clique des marchands de bois n'aura pas à prendre de fausses mines lorsque son nom tombera dans la conversation. Quant au docteur, il ne devra pas s'étonner après leur entretien de la semaine dernière; il avait compris, probablement. Il ne peut pas, de toute manière, refuser de rendre ce service à un ami défunt. Ce qu'on lui demande n'est pas bien compliqué : transporter le cadavre à la clinique et prévenir immédiatement Roy-Dauzet par téléphone; ensuite : le rapport à la police municipale et le communiqué aux journaux locaux. L'amitié d'un ministre est donc quelquefois fort utile : il n'y aura ni médecin légiste ni enquête d'aucune sorte. Et plus tard (qui sait?) cette complicité pourra servir au médecin.

Tout est en ordre. Dupont n'a plus qu'à descendre dîner. Il doit paraître d'humeur égale pour que la vieille Anna ne soupçonne rien. Il donne des ordres pour le lendemain ; il règle, avec sa précision coutumière, quelques détails désormais sans importance.

A sept heures et demie il remonte et, sans perdre une minute, il se tire une balle dans le cœur.

Ici Laurent s'arrête ; il y a toujours quelque chose qui n'est pas clair : Dupont est-il mort sur le coup, ou non ?

Supposons qu'il se soit seulement blessé : il avait encore la force de tirer une seconde balle, puisque le docteur assure qu'il a pu descendre l'escalier et marcher jusqu'à l'ambulance. Et en admettant que le revolver se soit enrayé, le professeur avait d'autres moyens à sa disposition : s'ouvrir les veines par exemple ; il était homme à tenir une lame prête, en cas de défaillance du pistolet. Il faut pour s'achever, dit-on, un grand courage, mais que l'on prêterait plus volontiers au personnage que ce renoncement subit.

Par contre, s'il avait réussi à se tuer tout à fait, pourquoi le docteur et la vieille gouvernante auraient-ils inventé cette histoire : Dupont blessé appelant à l'aide du haut de l'escalier et, alors que sa vie jusque-là ne paraissait pas en danger, son décès soudain en arrivant à la clinique. On peut croire que Juard a préféré cette version afin qu'on ne vienne pas lui reprocher d'avoir enlevé un mort : il fallait que Dupont soit encore en vie pour qu'il ait le droit de le transporter ; il fallait d'autre part qu'il puisse se tenir debout, pour que les brancardiers n'aient pas eu à intervenir ; enfin cette brève survie permettait à la victime d'énoncer censément de vive voix les circonstances du meurtre. Il est possible que Dupont lui-même ait recommandé cette précaution dans sa lettre. Mais ce qui est curieux, c'est que le docteur ait insisté là-dessus, ce matin, au point de laisser entendre que la blessure lui avait paru d'abord sans gravité — cela, malgré tout, rend la mort un peu sur-

prenante. Quant à la gouvernante, elle ne semblait
même pas supposer que la victime pût avoir succombé.
Il est déjà étonnant que Dupont, ou Juard, ait adopté
une solution obligeant à mettre la vieille femme dans la
confidence, il l'est encore bien plus que celle-ci ait joué
son rôle avec tant d'adresse auprès des inspecteurs,
quelques heures à peine après le drame.

Il y a bien une autre hypothèse : Dupont se serait tiré
une deuxième balle une fois rendu à la clinique — ainsi
Mme Smite ignorait tout et son témoignage éventuel
devait être pris en considération par le médecin, dans
la confection du sien. Malheureusement, s'il est vraisemblable que celui-ci ait accepté de maquiller le
suicide de son ami, on n'imagine pas qu'il lui ait offert
la possibilité de le conduire à terme.

Récapitulons : il faut poser comme certain que
Dupont s'est tué sans l'aide du docteur ni de la gouvernante ; il l'a donc fait lorsqu'il était seul, c'est-à-dire :
soit dans son bureau à sept heures et demie, soit dans
sa chambre pendant que la gouvernante appelait la
clinique au téléphone, d'un café voisin. Après le retour
de la vieille femme, Dupont est resté sans cesse avec
quelqu'un — la gouvernante d'abord, le docteur ensuite
— et l'un comme l'autre l'auraient empêché de recommencer. Il peut aussi avoir tiré une première balle
dans le bureau et une seconde dans la chambre, mais
cette complication n'arrangerait rien car, de toute
façon, il ne paraissait pas grièvement blessé à l'arrivée
du docteur. En effet la bonne foi de la gouvernante ne
doit pas raisonnablement être mise en doute (seul le
docteur est complice dans le déguisement de la vérité).
En quittant son domicile Dupont n'était pas mort, il
pouvait même marcher tant bien que mal — le docteur
était forcé de le signaler, pour ne pas être contredit par
la gouvernante. Tout cela, d'ailleurs, pouvait être cal-
culé d'avance : la gouvernante ne devant pas être dans
le secret, il fallait éviter qu'elle ne se trouve en présence
du cadavre tenant un revolver — ce qui lui laissait plus

de chances de deviner le suicide et lui permettait, en outre, d'aller chercher n'importe quel médecin — ou même police-secours.

La solution est donc la suivante : Dupont se tire dans la poitrine une balle qu'il sait mortelle, mais qui lui laisse un répit suffisant pour crier à l'assassinat. Il profite de la surdité de la gouvernante pour lui faire admettre la fuite précipitée du meurtrier à travers la maison. Ensuite il attend tranquillement l'arrivée du docteur ami et il explique à ce dernier ce qu'il devra faire après sa mort. Juard emmène le blessé et tente, alors, de le sauver malgré lui...

Il y a toujours quelque chose qui ne va pas : Dupont, s'il paraissait en si bon état, ne pouvait pas être tellement sûr que sa blessure était sans remède.

Et l'on en revient à l'hypothèse de l'échec apparent suivi d'un recul au dernier moment devant la mort. Dupont a mal visé ; il s'est porté un coup d'allure bénigne qui l'a pourtant suffisamment effrayé pour lui faire renoncer à son projet. Il a donc appelé au secours, mais ne voulant pas avouer la vérité il a inventé une absurde histoire d'agression. Dès l'arrivée du médecin il a couru se faire opérer à la clinique, sans avoir la patience d'attendre une civière. Cependant sa blessure était plus grave qu'on ne croyait et, une heure après, il était mort. Ainsi, non seulement les déclarations de la gouvernante sont sincères (elle a même pu voir ouverte une porte qui n'aurait pas dû l'être), mais il reste possible que celles du docteur le soient également : le gynécologue n'est pas obligé d'avoir découvert que la balle avait été tirée à bout portant. Le ministre qui, lui, connaît le fin mot de l'affaire, grâce à une lettre reçue à temps, a fait stopper l'enquête et emporter le corps.

Le commissaire Laurent sait bien que, maintenant, il va recommencer encore une fois tous ses échafaudages, car c'est justement cette solution qui lui déplaît le plus. Il a beau, depuis ce matin, à chaque tentative nouvelle, aboutir à la même conclusion, il refuse de l'accepter. Il préférerait n'importe quelle invraisemblance à cette volte-face si fréquente, qu'on attribue généralement à l'instinct de conservation, mais qui cadre si mal avec la personnalité du professeur, le courage qu'il a montré en mainte circonstance, sa conduite au front pendant la guerre, son intransigeance dans la vie civile, sa force de caractère jamais démentie. Il pouvait décider de se tuer; il pouvait avoir des motifs pour désirer travestir cette mort; il ne pouvait pas y renoncer brusquement après avoir ébauché son geste.

Pourtant, cela mis à part, il ne reste qu'une explication : l'assassinat; et comme il n'y a pas d'assassin possible, il faut bien adopter la théorie Wallas : le « gang » fantôme, aux buts mystérieux et aux conjurés insaisissables... Le commissaire Laurent en rit tout seul, tant il trouve cocasse la dernière trouvaille du ministre. Cette affaire serait déjà suffisamment embrouillée sans aller chercher des idioties pareilles.

Et puis c'est vraiment trop bête de continuer à se tracasser pour une énigme dont on l'a si opportunément déchargé. D'ailleurs, il est l'heure d'aller déjeuner.

Mais le petit homme rubicond ne se décide pas à quitter son bureau. Il pensait avoir des nouvelles de Wallas dans la matinée, or il n'a reçu ni seconde visite ni coup de téléphone. L'agent spécial aurait-il été à son tour assassiné par les gangsters? Disparu pour toujours, englouti par les ténèbres?

On ne sait rien, au fond, sur ce Wallas, ni sur la nature exacte de sa mission. Quel besoin, par exemple, avait-il de venir chez Laurent avant de commencer son travail? Le commissaire ne possède pas autre chose que les témoignages du docteur et de la vieille domestique; l'envoyé de la capitale pouvait interroger ceux-ci

directement. Et il n'avait aucune autorisation particulière à demander pour pénétrer dans la maison du
mort — ouverte désormais à tous les vents, sous la
garde d'une demi-folle.

A cet égard, on peut dire que la conduite du ministère est pour le moins légère : dans une affaire crimi-
nelle on ne... Mais cette désinvolture n'est-elle pas la
meilleure preuve qu'il s'agit d'un suicide et qu'ils le
savent parfaitement, là-bas ? Cela risque, quand même,
de leur causer des embêtements plus tard, avec les
héritiers.

Et Wallas, alors, que fait-il là-dedans ? Est-ce par
une erreur de transmission dans les ordres de Roy-
Dauzet que l'illustre Fabius a déclenché cette contre-
enquête ? Ou bien l'agent spécial saurait-il également
que Dupont s'est suicidé ? Il peut avoir simplement pour
mission de récupérer des papiers importants dans le
pavillon de la rue des Arpenteurs, et sa visite au commissariat général n'était qu'une marque de courtoisie.
Si c'est de la courtoisie, de venir se moquer d'un haut
fonctionnaire en lui contant des histoires de bonne
femme...

Mais non ! On voit bien que Wallas est sincère : il
croit fermement à ce qu'il raconte ; quant à sa visite
inopinée, ne serait-elle pas un signe de plus qu'on se
méfie de Laurent dans la capitale ?

Le commissaire général en est là de ses réflexions,
quand il est interrompu par l'arrivée d'un étrange personnage.

Sans que l'huissier de service ait annoncé personne,
sans qu'on ait seulement frappé, Laurent voit la
porte s'ouvrir doucement et une tête s'avancer dans
l'entrebâillement, pour inspecter la pièce d'un regard
anxieux.

— Qu'est-ce que c'est ? interroge le commissaire,
prêt à éconduire le malappris.

Mais celui-ci tourne vers lui sa longue figure et, barrant verticalement ses lèvres de l'index pour demander le silence, il se livre à une mimique clownesque, à la fois impérative et suppliante. En même temps il achève son entrée, puis referme la porte avec mille précautions.

— Enfin, Monsieur, que voulez-vous? demande le commissaire.

Il ne sait plus s'il doit se fâcher, rire ou s'inquiéter. Mais sa voix trop forte semble effrayer vivement son visiteur. En effet celui-ci, qui cherche au contraire à faire le moins de bruit possible, étend le bras vers lui en une exhortation pathétique au calme, tout en s'approchant du bureau sur la pointe des pieds. Laurent, qui s'est levé, recule instinctivement vers le mur.

— Ne craignez rien, murmure l'inconnu, et surtout n'appelez pas! Vous me perdriez.

C'est un homme d'âge mûr, grand et maigre, habillé de noir. Son ton mesuré et la dignité bourgeoise de son costume rassurent un peu le commissaire.

— A qui ai-je l'honneur, Monsieur?

— Marchat, Adolphe Marchat, négociant. Je m'excuse de cette intrusion, Monsieur le Commissaire, mais j'ai une communication très importante à vous faire et, préférant que ma démarche reste ignorée de tous, j'ai pensé que la gravité des circonstances m'autorisait à...

Laurent l'interrompt d'un geste qui signifie « Dans ce cas, c'est bien naturel! » mais il est mécontent: il a déjà remarqué que le roulement des garçons d'étage n'était pas convenablement assuré entre les heures de service; il faudra qu'il y mette bon ordre.

— Asseyez-vous, Monsieur, dit-il.

Et retrouvant sa position familière, il étale ses deux mains sur son bureau, au milieu des papiers.

Le visiteur s'assoit dans le fauteuil qu'on lui désigne mais, le trouvant trop éloigné, il reste sur le bord et se penche en avant le plus qu'il peut, de manière à se faire comprendre sans élever la voix :

— Je viens au sujet de la mort de ce pauvre Dupont. .

Laurent n'est nullement surpris. Sans qu'il s'en fût tout à fait rendu compte, il attendait cette phrase. Il la reconnaît, comme s'il l'avait entendue d'avance. C'est la suite qui l'intéresse :

— J'ai assisté aux derniers moments de notre malheureux ami...

— Ah, vous étiez l'ami de Daniel Dupont.

— N'exagérons rien, Monsieur le Commissaire; nous nous connaissions depuis longtemps, c'est tout. Et je trouve, justement, que nos relations...

Marchat se tait. Puis, prenant une décision soudaine, il déclare d'une voix dramatique — mais toujours aussi basse :

— Monsieur le Commissaire, on doit m'assassiner ce soir !

Cette fois Laurent lève les bras au ciel. Il ne manquait plus que ça !

— Qu'est-ce que c'est encore que cette plaisanterie?

— Ne criez pas, Monsieur le Commissaire, et dites-moi si j'ai l'air de plaisanter.

Effectivement il n'en a pas l'air. Laurent repose les mains sur sa table.

— Ce soir, poursuit Marchat, je dois me rendre en un certain endroit où m'attendront les assassins — ceux qui ont tiré hier sur Dupont — et, à mon tour...

Il monte l'escalier — lentement.

Cette maison lui a toujours paru sinistre. Les plafonds trop élevés, les boiseries sombres, les angles où s'accumulent des ténèbres que la lumière électrique ne parvient jamais à chasser, tout y est fait pour renforcer l'angoisse dont on est saisi dès l'entrée.

Marchat, ce soir, remarque des détails qui jusqu'ici ne l'avaient pas frappé : portes qui grincent, perspectives inquiétantes, ombres inexplicables. Au bas de la rampe grimace une tête de fou.

De marche en marche l'ascension se ralentit. Devant la petite peinture à la tour foudroyée, le condamné s'arrête. Il voudrait bien savoir, maintenant, ce que signifie ce tableau.

Dans une minute il sera trop tard — car il n'y a plus que cinq marches avant d'arriver, là où il va mourir.

Le ton lugubre de son interlocuteur n'impressionne guère le commissaire. Il demande des précisions : qui doit tuer Marchat? Où? Pourquoi? Et comment le sait-il? D'autre part, le docteur Juard n'a pas fait mention de sa présence à la clinique; pour quelle raison? Laurent cache à peine sa pensée; il est à peu près persuadé d'avoir affaire à un détraqué, qui n'a peut-être même pas connu le professeur et que seul le délire de la persécution a pu conduire à des imaginations aussi dénuées de sens. S'il ne craignait pas les violences de ce fou, il le mettrait tout de suite à la porte.

Cependant Marchat parle avec véhémence. Ce qu'il dit est très sérieux. Il y a malheureusement certaines choses qu'il ne peut pas révéler, mais il implore l'aide du commissaire : il n'est pas possible de laisser tuer un innocent de cette façon! Laurent s'impatiente :

— Comment voulez-vous que je vous aide si vous ne pouvez rien me dire?

Marchat finit par raconter comment il s'est trouvé par hasard devant la clinique Juard, rue de Corinthe, au moment où le docteur ramenait un blessé. Il s'est approché par curiosité et a reconnu Daniel Dupont qu'il avait rencontré, en différentes circonstances, chez des amis communs. Il a proposé ses services pour aider à le transporter, car le médecin était seul. Si ce dernier n'a pas mentionné son intervention, c'est sur sa demande expresse : il désirait en effet que son nom ne soit mêlé en aucune façon à ce crime. Néanmoins le tour que prennent les événements l'oblige à se mettre sous la protection de la police.

Laurent s'étonne : le docteur Juard aurait donc accepté le concours d'un passant, alors qu'il avait du personnel spécialisé à sa disposition ?

— Non, Monsieur le Commissaire, il n'y avait personne à cette heure-là.

— Tiens ? Quelle heure était-il donc ?

Marchat hésite quelques secondes avant de répondre :

— Il devait être aux environs de huit heures, huit heures et demie ; je ne saurais pas le dire exactement.

C'est à neuf heures que Juard a téléphoné à la police pour annoncer le décès. Laurent demande :

— N'était-ce pas plutôt après neuf heures ?

— Non, non : à neuf heures le pauvre Dupont était déjà mort.

Donc Marchat est monté jusqu'à la salle de chirurgie. Le docteur affirmait n'avoir besoin d'aucun assistant pour l'opération, dont l'extrême gravité ne lui était d'ailleurs pas encore apparue. Cependant Dupont, craignant le pire, a profité des quelques instants dont il disposait avant qu'on l'endorme pour révéler les circonstances de l'agression. Marchat a dû promettre de ne pas les divulguer, bien qu'il ne comprenne pas pourquoi l'on garde le secret vis-à-vis de la police. De toute façon, il ne croit pas faillir à sa parole en dévoilant au commissaire général la mission dont le professeur l'a chargé — lui que rien ne désignait, il le répète, pour une pareille aventure. Il s'agit de pénétrer aujourd'hui même dans le petit pavillon de la rue des Arpenteurs, afin d'y prendre des dossiers, et de remettre ensuite ceux-ci à un personnage politique très en vue pour qui ces papiers sont de la plus haute importance.

Il y a deux choses que Laurent ne comprend pas. Pourquoi, d'abord, cette opération doit-elle être tenue secrète ? (Est-ce à cause des héritiers ?). Et, d'autre

part, que comporte-t-elle de si dangereux? Quant aux
« circonstances de l'agression », Marchat peut se tran-
quilliser : il est facile de les reconstituer !

En ajoutant cela, le commissaire — qui pense toujours au suicide — cligne de l'œil d'un air entendu vers
son interlocuteur. Il ne sait plus trop que penser de ce
Marchat : d'après les précisions que celui-ci donne
concernant la fin de son ami, on est forcé d'admettre
qu'il se trouvait effectivement à la clinique, la veille
au soir ; pourtant le reste de ses discours est tellement
déraisonnable et fumeux qu'il semble difficile d'écarter
pour autant l'hypothèse de la folie.

Enhardi par les signes de connivence qu'on lui
adresse, le négociant parle à présent — à mots couverts
— d'organisation terroriste et de la lutte engagée contre
un groupe politique qui... que... Laurent, qui voit enfin
où l'autre veut en venir, le tire d'embarras :

— Un groupe politique dont les membres sont abattus
systématiquement, un à un, chaque soir à sept heures
et demie !

Et Marchat, qui n'a pas aperçu le sourire ironique
dont s'accompagnait cette phrase, paraît en éprouver
un immense soulagement.

— Ah, dit-il, je me doutais bien que vous étiez au
courant. Cela simplifie beaucoup les choses. Tenir
la police dans l'ignorance de la vérité, comme Dupont
entendait le faire, ne pouvait avoir que de fâcheuses
conséquences. J'avais beau lui répéter ma conviction
que c'était elle, au contraire, que cela regardait —
et non pas moi ! — il n'y a pas eu moyen de le faire
renoncer à son mystère ridicule. C'est pourquoi j'ai
commencé par jouer cette comédie ; et, comme vous
me répondiez sur le même ton, nous avons eu du
mal à nous en sortir. Maintenant nous allons pouvoir
parler.

Laurent prend le parti de donner la réplique. Il est
assez curieux de voir ce qui va sortir de tout cela.

— Vous disiez donc que Daniel Dupont, avant de

mourir, vous avait chargé d'une mission secrète où vous risquiez votre vie?

Marchat ouvre de grands yeux. « Avant de mourir? » Il ne sait plus du tout ce qu'il peut dire et ce qu'il doit cacher.

— Eh bien, insiste Laurent, pourquoi croyez-vous qu'on va vous tendre un guet-apens dans cette maison?

— Le docteur, Monsieur le Commissaire, le docteur Juard! Il a tout entendu!

Le docteur Juard était présent quand Dupont a expliqué l'importance des dossiers en question et ce qu'il fallait en faire. Dès qu'il eut compris que Marchat devait aller les chercher, il s'est esquivé sous un prétexte futile et il est allé téléphoner au chef des bandits pour l'avertir. Marchat avait pris la précaution de répéter bien haut qu'il n'appartenait pas au groupe, mais il a vu que le docteur n'en croyait pas un mot; si bien que les autres ont immédiatement décidé de faire du négociant la victime de ce soir. Et cela, la police doit absolument l'empêcher, car c'est *une erreur*, une tragique erreur: il n'a jamais eu aucun rapport avec le groupe, il n'est même pas un partisan de leur système et il ne veut pas...

— Voyons, dit Laurent, calmez-vous. Vous avez entendu ce que le docteur disait au téléphone?

— Non... c'est-à-dire: pas précisément, mais... Rien qu'à voir sa mine, on comprenait ce qu'il allait faire.

Celui-là, décidément, il est à mettre dans le même sac que Roy-Dauzet. Mais d'où vient cette folie collective? En ce qui concerne Dupont, on comprend qu'il ait trouvé commode d'accuser les mystérieux anarchistes; cependant il aurait mieux fait d'expédier ses papiers lui-même, avant de se tuer. D'autres points encore ne sont pas extrêmement clairs. Il ne faut pas, malheureusement, espérer les éclaircir en interrogeant ce bonhomme.

Pour s'en débarrasser, le commissaire lui indique un

bon moyen d'échapper à ses meurtriers : puisque ceux-ci ne peuvent tuer qu'à sept heures et demie précises, il suffira qu'il aille prendre les dossiers à une autre heure.

Le négociant y a déjà pensé, mais on n'échappe pas si facilement à une organisation aussi puissante : les tueurs le garderont prisonnier et l'exécuteront à l'heure qu'ils ont choisie ; ils sont là-bas, en train de l'attendre ; car le docteur — qui l'ignorait — n'a pas précisé l'heure à laquelle Marchat se rendrait au domicile du professeur...

— Vous avez entendu ce que le docteur disait au téléphone ?

— Je n'ai pas entendu, à proprement parler, sauf un mot de temps en temps... Mais avec ce que j'ai compris, j'ai reconstitué toute la conversation.

Laurent commence à en avoir assez et il le fait de plus en plus sentir à son visiteur. Celui-ci, de son côté, s'énerve progressivement ; il en abandonne presque, par instant, son chuchotement et sa prudence :

— Me calmer, me calmer ! Vous êtes bon, Monsieur le Commissaire ! Si vous étiez comme moi, depuis ce matin, à compter les heures qui vous restent à vivre...

— Ah, dit Laurent, pourquoi depuis ce matin seulement ?

C'est « depuis hier soir » que le négociant a voulu dire. Il rectifie en hâte : il n'a pas fermé l'œil de la nuit.

Dans ce cas, le commissaire le lui déclare : il a eu tort. Il pouvait dormir sur ses deux oreilles : il n'y a pas plus de tueurs que de conspiration. Daniel Dupont s'est suicidé !

Marchat demeure un peu abasourdi. Mais il se reprend aussitôt :

— C'est impossible, voyons ! Je peux vous affirmer qu'il n'est pas question de suicide.

— Ah ? Comment le savez-vous ?

— Il m'a dit lui-même...

— Il a dit ce qu'il a voulu.

— S'il avait eu l'intention de se tuer, il aurait recommencé.

— C'était inutile, puisqu'il est mort quand même.

— Oui... bien sûr... Non, c'est impossible, voyons ! J'ai vu le docteur Juard aller téléphoner...

— Vous avez entendu ce que le docteur disait au téléphone ?

— Mais oui, j'ai tout entendu. Vous comprenez que je n'en ai pas perdu un mot ! Les dossiers rouges, le classeur du cabinet de travail, la victime toute désignée qui viendrait d'elle-même se prendre dans le traquenard...

— Alors allez-y maintenant : il n'est pas « l'heure du crime » !

— Je vous dis qu'ils m'attendent déjà !

— Vous avez entendu ce que le docteur...

....

2 Le négociant s'en va. A présent son opinion est faite. C'est Dupont qui avait raison : le commissaire général est à la solde des assassins. Sa conduite n'est pas explicable autrement. Il voulait endormir la méfiance de Marchat, en le persuadant qu'il n'y avait pas de conspiration du tout et que Dupont s'était suicidé. Suicidé ! Heureusement Marchat s'est arrêté à temps sur la voie des confidences...

Mais non ! Il n'y avait rien à craindre : le commissaire sait parfaitement que Dupont n'est pas mort, puisque le docteur Juard les tient au courant. Ils font semblant de le croire mort pour en venir à bout plus facilement dans quelques jours. Ce qu'ils veulent, maintenant, c'est attirer Marchat dans le petit pavillon pour l'exécuter à la place du professeur, en attendant.

Eh bien, c'est très simple : il n'ira pas chercher les

dossiers — ni à sept heures et demie, ni à une autre heure (car il n'est pas assez bête pour tomber dans le piège du commissaire : les tueurs, sans aucun doute, resteront en faction tout l'après-midi). Dupont lui-même, quand il connaîtra la situation exacte, n'insistera plus. Roy-Dauzet n'aura qu'à envoyer un autre commissionnaire.

Marchat ne va pas se contenter de ces mesures négatives ; les meurtriers trouveraient sans peine une occasion de se venger de leur échec. Il faut se mettre à l'abri de toute nouvelle tentative. Le meilleur moyen pour cela est de quitter la ville le plus vite possible, et d'aller se cacher dans quelque coin perdu de la campagne. Il serait peut-être même encore plus sage de prendre le premier bateau et de traverser la mer.

Mais le négociant Marchat n'en est pas à sa première résolution. Depuis le début de la matinée il oscille d'un parti à l'autre, convaincu, chaque fois, que celui auquel il vient de s'arrêter est le meilleur :

Mettre — ou non — la police dans le secret ; fuir sans tarder la ville — ou bien attendre ; informer — ou non — le professeur de cette décision ; aller tout de suite prendre les dossiers, rue des Arpenteurs — ou bien n'y pas aller du tout...

Il n'a pas encore, en effet, renoncé définitivement à rendre ce service à son ami. Et sans cesse il se retrouve, pour un nouvel essai, devant le pavillon entouré de fusains... Il pousse la lourde porte de chêne, dont Dupont lui a remis les clefs. Il monte l'escalier — lentement...

Mais de marche en marche l'ascension se ralentit. Jamais il ne la termine.

Il est certain, cette fois, de ce qui l'attend s'il poursuit jusqu'au cabinet de travail. Il n'ira pas. Il va prévenir le professeur et lui rendre ses clefs.

En chemin, cependant, il réfléchit aux difficultés de l'entreprise : Dupont — il le connaît — ne voudra pas admettre ses raisons. Et si le docteur Juard, qui ne manquera pas d'écouter à la porte, réussit à entendre leur discussion et apprend ainsi que Marchat renonce, celui-ci perdra par surcroît ses dernières chances d'échapper aux assassins ; car, au lieu de l'attendre jusqu'à sept heures et demie dans le piège où il est censé se rendre, ils vont le prendre dès à présent en filature, si bien qu'il n'aura même plus la liberté de se cacher ou de s'enfuir.

Mieux vaudrait encore aller immédiatement là-bas, pendant que les autres risquent de n'avoir pas commencé leur faction.

Il monte l'escalier. Comme à l'ordinaire, la grande maison est silencieuse...

3   Avant de s'immobiliser tout à fait, le tablier du pont-bascule est encore agité de quelques très minimes oscillations. Sans souci de ce mouvement quasi imperceptible, le cycliste a déjà franchi le portillon pour continuer sa route :

— Bonjour, Monsieur.

En sautant sur sa machine il a crié « Bonjour », au lieu de « Au revoir ». Ils avaient échangé deux ou trois phrases sur la température, en attendant que le passage fût rétabli.

Le pont est à volée unique ; l'axe de rotation du système se trouvait de l'autre côté du canal. La tête levée, ils regardaient, en dessous du tablier, l'encombrement des poutrelles métalliques et des câbles, en train de disparaître progressivement à la vue.

Ensuite est passée devant leurs yeux l'extrémité

libre, représentant comme une coupe de la chaussée ; et, d'un seul coup, ils ont aperçu toute la surface d'asphalte lisse qui fuyait vers l'autre rive, entre les deux trottoirs bordés de garde-fous.

Leurs regards ont continué de s'abaisser lentement, en suivant le mouvement de l'ensemble, jusqu'à ce que les deux cornières de fer polies par les roues des voitures soient arrivées exactement l'une en face de l'autre. Aussitôt le bruit de moteur et d'engrenage a cessé et, dans le silence, a retenti la sonnerie électrique annonçant aux piétons qu'ils avaient à nouveau le droit de passer.

— Ça m'étonnerait pas, moi ! a répété le cycliste.

— Peut-être que oui. Bon courage !

— Bonjour, Monsieur.

Mais, de l'autre côté de la barrière, on pouvait constater que tout n'était pas encore terminé : par suite d'une certaine élasticité de la masse, la descente du tablier n'avait pas pris fin avec l'arrêt du mécanisme ; elle s'était poursuivie pendant quelques secondes, sur un centimètre peut-être, créant un léger décalage dans la continuité de la chaussée ; une remontée infime s'effectuait qui amenait à son tour la bordure métallique à quelques millimètres au-dessus de sa position d'équilibre ; et les oscillations, de plus en plus amorties, de moins en moins discernables — mais dont il était difficile de préciser le terme — frangeaient ainsi, par une série de prolongements et de régressions successifs de part et d'autre d'une fixité tout illusoire, un phénomène achevé, cependant, depuis un temps notable.

Cette fois-ci le pont est ouvert à la circulation. Nul chaland ne demande le passage. L'employé en vareuse bleu marine, désœuvré, regarde le ciel d'un air absent. Il tourne les yeux vers le passant qui s'avance, reconnaît Wallas, et lui fait un petit signe de tête, comme à quelqu'un qu'il aurait l'habitude de voir chaque jour.

Des deux côtés de l'intervalle qui marque l'extrémité de la partie basculante, les cornières métalliques paraissent immobiles, et sensiblement au même niveau.

Au bout de la rue Joseph-Janeck, Wallas tourne à droite sur le Boulevard Circulaire. Quelque vingt mètres plus loin s'ouvre la rue Jonas, au coin de laquelle est effectivement placé un petit bureau de poste.

Un bureau de quartier: six guichets seulement et trois cabines téléphoniques; entre la porte d'entrée et les cabines: un grand vitrage dépoli et au-dessous la longue tablette, légèrement inclinée, où les usagers remplissent les formulaires.

A cette heure-ci la salle est vide èt, du côté des employés, on n'aperçoit que deux dames âgées en train de grignoter des sandwiches au-dessus de serviettes de table immaculées. Wallas juge préférable d'attendre, pour commencer l'enquête, que le personnel soit au complet. Il reviendra à une heure et demie. De toute façon il faudra bien, tôt ou tard, qu'il aille déjeuner.

Il se dirige vers un « Avis », placardé récemment lui semble-t-il, et pour justifier son entrée il fait semblant de le consulter avec intérêt.

C'est une suite d'articles annonçant certaines modifications de détail apportées par le ministre dans l'organisation des postes, télégraphes et téléphones — rien en somme dont puisse tirer parti le public, mis à part quelques problématiques spécialistes. Pour un profane la nature exacte de ces modifications n'apparaît pas clairement, si bien que Wallas en vient à se demander s'il y a vraiment une différence entre le nouvel état de choses et ce qui existait auparavant.

En sortant, il a l'impression que les deux dames l'observent avec perplexité.

Revenu sur ses pas, Wallas avise, de l'autre côté de la rue Janeck, un restaurant automatique de dimensions modestes mais équipé des appareils les plus récents. Contre les murs s'alignent les distributeurs nickelés; au fond, la caisse où les consommateurs se munissent de jetons spéciaux. La salle, tout en longueur, est occupée par deux rangées de petites tables rondes, en matière plastique, fixées au sol. Debout devant ces tables, une quinzaine de personnes — continuellement renouvelées — mangent avec des gestes rapides et précis. Des jeunes filles en blouses blanches de laborantines desservent et essuient, au fur et à mesure, les tables abandonnées. Sur les murs laqués de blanc, une pancarte maintes fois reproduite :

« Dépêchez-vous. Merci. »

Wallas fait le tour des appareils. Chacun d'eux renferme — placées sur une série de plateaux de verre, équidistants et superposés — une série d'assiettes en faïence où se reproduit exactement, à une feuille de salade près, la même préparation culinaire. Quand une colonne se dégarnit, des mains sans visage complètent les vides, par derrière.

Arrivé devant le dernier distributeur, Wallas ne s'est pas encore décidé. Son choix est d'ailleurs de faible importance, car les divers mets proposés ne diffèrent que par l'arrangement des articles sur l'assiette; l'élément de base est le hareng mariné.

Dans la vitre de celui-ci Wallas aperçoit, l'un au-dessus de l'autre, six exemplaires de la composition suivante : sur un lit de pain de mie, beurré de margarine, s'étale un large filet de hareng à la peau bleu argenté; à droite cinq quartiers de tomate, à gauche trois rondelles d'œuf dur; posées par-dessus, en des points calculés, trois olives noires. Chaque plateau supporte en outre une fourchette et un couteau. Les disques de pain sont certainement fabriqués sur mesure.

Wallas introduit son jeton dans la fente et appuie sur un bouton. Avec un ronronnement agréable de moteur électrique, toute la colonne d'assiettes se met à descendre ; dans la case vide située à la partie inférieure apparaît, puis s'immobilise, celle dont il s'est rendu acquéreur. Il la saisit, ainsi que le couvert qui l'accompagne, et pose le tout sur une table libre. Après avoir opéré de la même façon pour une tranche du même pain, garni cette fois de fromage, et enfin pour un verre de bière, il commence à couper son repas en petits cubes.

Un quartier de tomate en vérité sans défaut, découpé à la machine dans un fruit d'une symétrie parfaite.

La chair périphérique, compacte et homogène, d'un beau rouge de chimie, est régulièrement épaisse entre une bande de peau luisante et la loge où sont rangés les pépins, jaunes, bien calibrés, maintenus en place par une mince couche de gelée verdâtre le long d'un renflement du cœur. Celui-ci, d'un rose atténué légèrement granuleux, débute, du côté de la dépression inférieure, par un faisceau de veines blanches, dont l'une se prolonge jusque vers les pépins — d'une façon peut-être un peu incertaine.

Tout en haut, un accident à peine visible s'est produit : un coin de pelure, décollé de la chair sur un millimètre ou deux, se soulève imperceptiblement.

A la table voisine trois hommes sont installés, trois employés des chemins de fer. Devant eux, toute la place disponible est occupée par six assiettes et trois verres de bière.

Tous les trois découpent des petits cubes dans trois disques de pain au fromage. Les trois autres assiettes contiennent chacune un exemplaire de l'arrangement hareng - tomate - œuf dur - olives dont Wallas possède également une copie. Les trois hommes, outre leur uniforme identique en tout point, ont la même taille et la même corpulence; ils ont aussi, à peu de chose près, la même tête.

Ils mangent en silence, avec des gestes rapides et précis.

Quand ils ont achevé leur fromage, ils boivent chacun la moitié du verre de bière. Un bref dialogue s'engage :

— Quelle heure avez-vous dit qu'il était?

— Il devait être aux environs de huit heures, huit heures et demie.

— Et il n'y avait personne à cette heure-là? C'est impossible, voyons! Il m'a dit lui-même...

— Il a dit ce qu'il a voulu.

Après avoir modifié la disposition de la vaisselle sur la table, ils entament un second plat. Mais au bout d'un court moment, celui qui a parlé le premier s'interrompt pour conclure :

— C'est aussi invraisemblable dans un cas que dans l'autre.

Ensuite ils se taisent, absorbés par leur problème ardu de découpage.

Wallas éprouve une sensation désagréable du côté de l'estomac. Il a mangé trop vite. Il se force maintenant à continuer plus posément. Il faudra qu'il prenne une boisson chaude, sinon il risque d'avoir mal à l'estomac tout l'après-midi. En sortant d'ici, il ira boire un café dans un endroit où l'on peut s'asseoir.

Quand les employés des chemins de fer ont achevé leur deuxième assiettée, celui qui avait précisé l'heure reprend la discusssion :

— C'était hier soir, en tout cas.

— Ah? Comment le savez-vous?

— Vous ne lisez pas les journaux?

— Oh! les journaux, vous savez !

Cette phrase s'accompagne d'un geste désabusé. Ils ont tous les trois des mines graves, mais sans passion; ils parlent d'une voix égale et neutre, comme s'ils n'accordaient pas trop d'attention à leurs propres paro-

les. Sans doute s'agit-il d'une chose de peu d'intérêt —
ou bien dix fois rabâchée déjà.

— Et la lettre, qu'est-ce que vous en faites ?

— A mon avis, cette lettre ne prouve rien du tout.

— Alors on ne prouvera jamais quoi que ce soit.

D'un même mouvement, ils achèvent leur verre de
bière. Puis, en file indienne, ils se dirigent vers la sortie.
Wallas entend encore :

— Enfin on verra ça demain, j'espère.

Dans un bistro qui ressemble à s'y méprendre à celui
de la rue des Arpenteurs — pas très propre, mais bien
chauffé — Wallas boit du café brûlant.

Il s'efforce en vain de sortir de ce malaise cotonneux
qui l'empêche de réfléchir sérieusement à son affaire.
Il doit couver quelque grippe. Lui qui échappe généralement à tous les petits tracas de cette sorte, il faut
qu'aujourd'hui justement il ne se sente pas « dans
son assiette ». Il s'est pourtant réveillé en bonne forme,
comme d'habitude ; c'est au cours de la matinée qu'une
espèce de gêne mal localisée l'a envahi peu à peu. Il a
d'abord accusé la faim, puis le froid. Mais il mange
et se réchauffe, sans réussir pour cela à vaincre sa
torpeur.

Il aurait cependant besoin de toute sa lucidité, s'il
veut aboutir à un résultat ; car jusqu'ici, bien que la
chance l'ait servi dans une certaine mesure, il n'a pas
avancé beaucoup. Or il est de la plus grande importance pour son avenir qu'il fasse preuve en ce moment
de clairvoyance et d'adresse.

Lorsqu'il est entré au Bureau des Enquêtes, il y a
quelques mois, ses chefs ne lui ont pas caché qu'on le
prenait en somme à l'essai et que la situation qui lui
serait faite par la suite dépendrait surtout des succès
qu'il obtiendrait. Ce crime est la première chose importante qu'on lui confie. Bien entendu il n'est pas le seul
à s'en occuper : d'autres personnes, d'autres services

aussi dont il ignore jusqu'à l'existence, travaillent à la même affaire ; mais, puisqu'on lui a donné sa chance, il doit déployer tout son zèle.

Le premier contact avec Fabius n'a pas été très encourageant. Wallas venait d'une autre division du ministère, où il était très bien noté ; on lui avait proposé cette mutation pour remplacer un agent tombé gravement malade.

— Ainsi vous désirez entrer au Bureau des Enquêtes.

C'est Fabius qui parle. Il considère la nouvelle recrue d'un air irrésolu, craignant visiblement qu'elle ne soit pas à la hauteur de la tâche.

— C'est un travail difficile, commence-t-il d'un ton grave.

— Je le sais, Monsieur, répond Wallas, mais je ferai...

— Difficile et décevant.

Il parle avec hésitation et lenteur, sans se laisser distraire par les réponses, qu'il semble d'ailleurs ne pas entendre.

— Approchez-vous ; nous allons voir ça.

Il extrait d'un tiroir de son bureau un instrument bizarre, qui tient à la fois du pied à coulisse et du rapporteur. Wallas s'approche et penche la tête en avant, pour permettre à Fabius de procéder sur son front aux mensurations d'usage. Cette formalité est de règle. Wallas le sait ; il a déjà pris lui-même ses mesures tant bien que mal avec un double-décimètre : il dépasse légèrement les cinquante centimètres carrés obligatoires.

— Cent quatorze... Quarante-trois.

Fabius prend un bout de papier pour effectuer l'opération.

— Voyons. Cent quatorze multiplié par quarante-trois. Trois fois quatre, douze ; trois fois un, trois, et un quatre ; trois fois un, trois. Quatre fois quatre, seize ; quatre fois un, quatre, et un cinq ; quatre fois un, quatre. Deux ; six et quatre, dix : zéro ; cinq et trois, huit, et un neuf ; quatre. Quatre mille neuf cent deux... Ça ne marche pas, mon garçon.

Fabius le considère avec tristesse en hochant la tête.

— Pourtant, Monsieur, proteste poliment Wallas, j'ai fait moi-même le calcul et...

— Quatre mille neuf cent deux. Quarante neuf centimètres carrés de surface frontale; il faut au moins cinquante, vous savez.

— Pourtant, Monsieur, j'ai...

— Enfin, puisque vous m'êtes recommandé, je vais vous prendre quand même à l'essai... Peut-être qu'un travail assidu vous fera gagner quelques millimètres. On décidera de votre sort après votre première affaire importante.

Soudain pressé, Fabius saisit sur sa table une sorte d'oblitérateur à date, qu'il applique d'abord sur un tampon encreur, pour en donner ensuite un coup nerveux, en guise de signature, sur la feuille de mutation de son nouvel agent; puis, d'un même geste automatique, il appose avec vigueur un second cachet au beau milieu du front de Wallas, en hurlant:

— Bon pour le service!

Wallas se réveille en sursaut. Son front vient de heurter le bord de la table. Il se redresse et boit avec dégoût le reste de café refroidi.

Ayant consulté le ticket placé par le garçon sous la soucoupe, il se lève et jette en passant une pièce de nickel sur le comptoir. Il sort sans attendre la monnaie. « Pour le service » comme disait...

— Alors, Monsieur, vous l'avez trouvée, cette poste?

Wallas se retourne. Encore sous l'effet de sa brève somnolence, il n'a pas remarqué la femme en tablier qui est en train de nettoyer la vitre.

— Oui, oui; je vous remercie.

C'est la dame au balai qui lavait le trottoir ce matin — à cet endroit précisément.

— Et c'était ouvert?

— Non. A huit heures seulement.

— Alors vous auriez mieux fait de m'écouter! vous aviez celle de la rue Jonas qui était tout aussi bien.

— Eh oui! Tant pis, ça m'a fait une promenade, répond Wallas en s'éloignant.

Tout en se dirigeant vers la rue Jonas, il cherche le meilleur moyen d'obtenir des renseignements sur l'homme à l'imperméable déchiré. Malgré sa répugnance, et les conseils de Fabius, il sera forcé de révéler sa qualité de policier : il est impossible d'engager la conversation sous un prétexte anodin, et comme par hasard, avec les six employés successivement. Le mieux serait donc de s'adresser au receveur pour qu'il réunisse son personnel, en vue d'une petite conférence. Wallas donnera le signalement de l'homme, qui a dû venir hier soir entre cinq heures et demie et six heures — période, malheureusement, de grande affluence. (D'après les déclarations — sur ce point concordantes — de Mme Bax et de l'ivrogne, la scène de la grille s'est déroulée à la tombée de la nuit, c'est-à-dire aux environs de cinq heures.)

Le chapeau, l'imperméable, la taille approximative, l'allure générale... Il ne connaît pas grand-chose de précis. Doit-il ajouter que l'homme lui ressemble? Cela risque de troubler inutilement les témoins, car cette ressemblance est bien aléatoire — et, de toute façon, subjective.

Les employés sont tous à leur place maintenant, bien que la pendule électrique marque à peine une heure et demie. Wallas prend une mine affairée et passe devant les guichets tout en consultant les écriteaux qui les surmontent :

« Affranchissements. Timbres-poste en gros. Timbres-taxe. Colis postaux. Poste aérienne. »

« Colis postaux. Timbres-poste au détail. Lettres chargées. Lettres par exprès. Lettres et paquets recommandés. »

« Timbres-poste au détail. Emission des mandats : mandats-cartes, mandats-chèques, mandats internationaux. »

« Caisse d'épargne. Coupons de rentes. Pensions et Retraites. Timbres-poste au détail. Paiement des mandats de toute nature. »

« Télégrammes. Émission et paiement des mandats télégraphiques. Abonnements et redevances téléphoniques. »

« Télégrammes. Correspondance pneumatique. Poste restante. Timbres-poste au détail. »

Derrière le guichet, la jeune fille lève la tête et le regarde. Elle lui sourit et dit en se retournant vers un casier mural :

— Il y a une lettre pour vous.

Pendant qu'elle trie le paquet d'enveloppes qu'elle vient d'extraire d'une des petites cases, elle ajoute :

— Je ne vous avais pas reconnu tout de suite avec ce pardessus.

— C'est qu'il ne fait pas chaud aujourd'hui, dit Wallas.

— Maintenant, c'est l'hiver qui vient, répond la jeune fille.

Au moment de lui donner la lettre, elle demande en simulant par plaisanterie un soudain respect du règlement :

— Vous avez votre carte, Monsieur ?

Wallas porte la main à la poche intérieure de son pardessus. La carte d'abonné n'y est pas, évidemment ; il en expliquera l'oubli par son changement de costume. Mais il n'a pas le temps de jouer cette comédie.

— Vous savez bien que vous l'avez rendue hier soir, dit-elle. Je ne devrais plus vous remettre de courrier, puisque votre abonnement est fini ; mais, comme le numéro n'a pas de nouveau propriétaire, ça n'est pas bien grave.

Elle lui tend une enveloppe froissée : « Monsieur André VS. Bureau de Poste 5, 2 rue Jonas. No 326 D. » Le coin gauche porte la mention « Pneumatique ».

— Elle est arrivée depuis longtemps? demande
Wallas.

— Juste après votre passage, ce matin. Il devait être
midi moins le quart ou midi. Vous voyez, vous avez
bien fait de revenir malgré ce que vous m'aviez dit.
Il n'y a même pas d'adresse au dos pour la renvoyer.
Je n'aurais pas su quoi en faire.

— On l'a postée à dix heures quarante, remarque
Wallas en déchiffrant les cachets.

— Dix heures quarante?... Vous auriez dû l'avoir
ce matin. Il y a eu sans doute un petit retard de transmission. Vous avez bien fait de repasser une dernière
fois.

— Oh, dit Wallas, ça ne doit pas avoir une grande
importance.

4 — A mon avis, cette lettre ne prouve rien du
tout.

Laurent aplatit la feuille sur son bureau, de
sa main largement ouverte.

— Alors on ne prouvera jamais quoi que
ce soit.

— Mais, fait observer le commissaire, c'est précisément ce que je viens de vous dire.

Comme pour consoler Wallas, il ajoute :

— Mettons, pour présenter les choses différemment :
avec cette lettre, on peut prouver tout ce qu'on veut —
on peut toujours prouver tout ce qu'on veut — par
exemple, que vous êtes l'assassin : l'employée de la
poste vous a reconnu, et votre nom n'est pas sans
rappeler ce « VS » prudent qui le désigne. Vous ne vous
nommez pas André, par hasard?

Voilà Wallas retombé dans les jeux d'esprit du commissaire. Il répond quand même, par civilité :

— N'importe qui peut se faire adresser de la correspondance sous n'importe quel nom. Il suffit de s'a-

bonner à un numéro postal; personne ne s'inquiète de l'identité réelle du client. Celui-ci pouvait aussi bien se faire appeler « Daniel Dupont » ou « Commissaire Général Laurent ». C'est seulement regrettable que nous n'ayons pas découvert plus tôt l'endroit où il recevait son courrier; ce matin encore nous l'y aurions cueilli. Il faut, en toute hâte, je vous le répète, envoyer un inspecteur rue Jonas pour attendre son retour éventuel; mais comme il avait annoncé lui-même qu'il ne reviendrait plus, cette précaution sera probablement inutile. Il ne nous restera qu'à faire venir cette jeune fille pour l'interroger. Peut-être fournira-t-elle quelque indication.

— Ne nous emballons pas, commence Laurent, ne nous emballons pas. En réalité, je ne vois pas du tout pourquoi ce Monsieur VS serait le meurtrier. Que savez-vous au juste? Par l'intermédiaire d'une femme visionnaire et d'un homme saoul, vous avez été amené à retirer, à une poste restante, du courrier qui ne vous appartenait pas. (Notez, en passant, que c'est absolument irrégulier : la police, dans notre pays, n'a pas le droit de se faire remettre par la poste les correspondances privées; il faut un jugement, pour cela.) Bon. A qui était destinée cette lettre? A un homme qui vous ressemble. D'autre part, vous ressembleriez également (mais le témoignage est plus suspect) à un individu qui serait passé hier soir, vers cinq heures, devant le petit pavillon et aurait « introduit son bras entre les barreaux de la grille ». Vous avez cru comprendre, en outre, qu'il serait ensuite entré dans ce même bureau de poste. Bon. Il y aurait là, en effet, une coïncidence — que la lettre en question devrait éclairer. Mais que dit exactement cette lettre? Que l'expéditeur (qui signe J.B.) attendra cet « André VS » plus tôt qu'il n'avait été convenu précédemment entre eux (« à partir de midi moins le quart ») — malheureusement le lieu de rendez-vous n'est pas précisé; que, par suite de la défection d'un troisième personnage désigné par la lettre G, ce même VS aura besoin de tout son après-midi pour mener à bien une tâche, sur laquelle on ne nous permet de rien deviner, sinon qu'une partie en a déjà été exécutée hier (avouez, d'ailleurs, qu'on se demande ce qu'il resterait à terminer dans l'assassinat de Dupont). A part cela, je ne vois qu'une petite phrase, dont ni vous ni moi ne parvenons à démêler le sens, mais qui semble pouvoir être laissée de côté comme secondaire — vous êtes d'accord là-dessus. Enfin, pour être complet, notons qu'un mot est illisible dans une des phrases considérées par vous comme significative — un mot de sept ou huit jambages, qui ressemble à « ellipse » ou «éclipse » et qui peut aussi bien être « aligne », « échope », « idem » ou encore beaucoup d'autres choses.

Laurent déclare ensuite que la possession d'un casier postal, pas plus que l'emploi d'un pseudonyme, ne dénote des intentions nécessairement criminelles. Les six bureaux de poste de la ville totalisent plusieurs milliers d'abonnés de ce genre. Une partie de ceux-ci — moins du quart, selon toute vraisemblance — échange une correspondance strictement sentimentale ou para-sentimentale. Il faut compter à peu près autant d'entreprises commercialo-philanthropiques plus ou moins fictives telles que : agences de mariages, offices de placement, fakirs hindous, astrologues, directeurs de conscience... etc. Le reste, soit plus de la moitié, représente les gens d'affaires, dont une faible proportion seulement de véritables escrocs.

Le pneumatique a été posté au bureau numéro 3, celui qui dessert l'arrière-port et les entrepôts du nord-est. Il s'agit comme toujours d'une vente de bois, ou d'une opération s'y rapportant : adjudication, transport, chargement ou autre. Le cours subissant des fluctuations journalières très sensibles, il est essentiel pour les intermédiaires de savoir en profiter rapidement; un retard de vingt-quatre heures dans une transaction peut quelquefois ruiner un homme.

J.B. est un commissionnaire (peut-être un peu marron — ce n'est pas obligatoire). G. et André VS sont deux de ses agents. Ils ont opéré hier ensemble dans une affaire qui va se terminer ce soir. Privé du concours de G., le second doit être à pied d'œuvre plus tôt que prévu pour ne pas être pris par le temps.

5 Wallas est de nouveau seul, marchant à travers les rues.

Cette fois, il se rend chez le docteur Juard ; comme vient de le lui répéter Laurent : c'est la première chose à faire. Il a fini par obtenir le concours de la police municipale pour la surveillance du petit bureau de poste et l'interrogatoire de la jeune employée. Mais il a pu voir que l'opinion du commissaire était désormais bien établie : il n'y a pas d'organisation terroriste, Daniel Dupont s'est tué lui-même. C'est, pour lui, la seule explication raisonnable ; il admet que de « menus détails » s'accordent mal pour l'instant avec cette thèse, cependant chaque nouvel élément qu'on lui apporte devient aussitôt une preuve supplémentaire du suicide.

Ainsi en est-il, par exemple, du revolver que Wallas a trouvé chez le professeur. Le calibre de l'arme correspond à celui de la balle remise par le médecin ; et cette balle manque justement dans le chargeur. Enfin, chose très importante à ses yeux, le revolver est enrayé. Cette constatation, faite au laboratoire du commissariat, serait capitale : elle explique pourquoi Dupont, blessé seulement par sa première balle, n'en a pas tiré une seconde. Au lieu d'être éjectée normalement, la douille est restée coincée à l'intérieur ; c'est pour cette raison qu'on ne l'a pas retrouvée par terre dans le cabinet de travail. Quant aux empreintes assez brouillées relevées sur la crosse, leur disposition n'est pas incompatible avec le geste supposé par le commissaire :

l'index sur la gâchette comme pour tirer devant soi, mais le coude ramené en avant et le poignet tordu de manière à ce que le canon vienne s'appliquer, à peine un peu oblique, juste entre les deux côtes. Malgré cette position malcommode, il faut tenir l'arme avec fermeté pour qu'elle demeure bien en place...

Un choc assourdissant dans la poitrine, suivi tout aussitôt d'une douleur très aiguë au bras gauche; puis plus rien — qu'une nausée, qui n'est certainement pas la mort. Dupont contemple son revolver avec étonnement.

Son bras droit se meut sans aucune gêne, sa tête est lucide, le reste de son corps répondrait également s'il faisait appel à lui. Il est certain cependant d'avoir perçu la détonation et la déchirure de sa chair dans la région du cœur. Il devrait être mort; or il se retrouve assis devant sa table comme si rien ne s'était passé. La balle a dû dévier. Il faut en finir au plus vite.

Il tourne à nouveau le canon vers soi; il l'appuie contre l'étoffe du gilet, à l'endroit où devrait déjà se trouver le premier trou. De crainte d'une défaillance, il met toute sa force dans la contraction de son doigt... Mais cette fois-ci il ne se passe rien, absolument rien. Il a beau crisper la main sur la gâchette, l'arme reste inerte.

Il la pose sur le bureau et commande quelques exercices à sa main pour se prouver qu'elle fonctionne normalement. C'est le revolver qui s'est enrayé.

Bien que dure d'oreille, la vieille Anna, qui desservait la table de la salle à manger, a évidemment entendu la détonation. Que fait-elle? Est-elle sortie pour appeler au secours? Ou bien monte-t-elle l'escalier? Elle ne fait jamais aucun bruit avec ses chaussons de feutre. Il faut faire quelque chose avant qu'elle n'arrive. Il faut sortir de cette situation absurde.

Le professeur essaie de se lever; il y parvient facilement. Il peut même marcher. Il va jusqu'à la cheminée,

pour se regarder dans la glace; il déplace une pile de
livres. Il voit maintenant le trou, un peu trop haut;
l'étoffe du gilet, déchirée, est très légèrement tachée de
sang; presque rien. Il n'a qu'à boutonner son veston
et il n'y paraîtra plus. Un coup d'œil à son visage : non,
il n'a pas mauvaise mine. Il retourne à son bureau,
déchire la lettre qu'il a écrite à son ami Juard avant le
dîner, et la jette à la corbeille...

Daniel Dupont est assis dans son cabinet de travail.
Il est en train de nettoyer son revolver.

Il le manipule avec précaution.

Après avoir vérifié le bon fonctionnement du mécanisme, il remet le chargeur en place. Ensuite il range
son chiffon dans un tiroir. C'est un homme méticuleux,
qui aime que toute besogne soit exécutée proprement.

Il se lève et fait quelques pas sur la moquette vert
d'eau, qui étouffe les bruits. Il n'y a guère de place pour
marcher dans le petit bureau. De tous les côtés les livres
le cernent : droit, législation sociale, économie politique...; dans le bas à gauche, au bout du grand rayonnage, s'alignent les quelques volumes qu'il a lui-même
ajoutés à la série. Peu de chose. Il y avait deux ou trois
idées malgré tout. Qui les a comprises? Tant pis pour
eux; ce n'est pas une raison pour se tuer de désespoir !
Le professeur a un demi-sourire, un peu méprisant,
en repensant aux idées saugrenues qui lui sont venues
subitement tout à l'heure, pendant qu'il tenait en main
le revolver... On aurait cru à un accident.

Il s'arrête devant sa table de travail et jette un dernier coup d'œil à cette lettre qu'il vient d'écrire, pour un
confrère belge qui s'intéresse à ses théories. C'est une
lettre claire et sèche; elle donne toutes les explications
nécessaires. Peut-être, quand il aura dîné, ajoutera-
t-il un mot plus chaleureux.

Il faut qu'avant de descendre il aille remettre le pistolet dans le tiroir de la table de nuit. Il l'enveloppe

soigneusement, avec le morceau de chiffon qu'il venait
de ranger, par distraction. Puis il éteint la grosse lampe
à abat-jour, sur son bureau. Il est sept heures...

Quand il est remonté pour terminer sa lettre, il a
trouvé l'assassin qui l'attendait. Il aurait mieux fait de
garder son revolver dans sa poche... Mais qui donc a
dit qu'il l'avait examiné justement ce jour-là ? Il aurait
enlevé la vieille douille qui bloquait le mécanisme.
Le laboratoire a seulement signalé que l'arme était
« bien entretenue », et que la balle qui manquait avait
été tirée « récemment », c'est-à-dire après le dernier
nettoyage — cela pouvait quand même remonter à plusieurs semaines, voire plusieurs mois. Laurent, lui,
traduisait : Dupont l'a nettoyé hier, exprès pour s'en
servir le soir même.

Wallas pense maintenant qu'il aurait dû savoir convaincre le commissaire. Les arguments de celui-ci
paraissaient souvent sans valeur et il était certainement possible de le lui prouver. Au lieu de cela, Wallas
s'est laissé entraîner dans des discussions futiles sur des
points secondaires — ou même n'ayant aucun rapport
avec le crime — et quand il a voulu exposer les grandes
lignes de l'affaire, il l'a fait avec des phrases si mala-
droites que cette histoire de société secrète et d'exécu-
tions chronométrées a pris dans sa bouche un aspect
irréel, gratuit, « mal inventé ».

A mesure qu'il parlait, il sentait de plus en plus le
caractère incroyable de son récit. Peut-être, d'ailleurs,
cela ne tenait-il pas aux mots qu'il employait : d'autres,
choisis avec plus de soin, auraient eu le même sort ;
il suffisait de les prononcer pour qu'on n'ait plus envie
de les prendre au sérieux. Wallas en arrivait ainsi à
ne plus essayer de réagir contre les formules toutes
faites qui lui venaient naturellement à l'esprit ; c'étaient
elles en somme qui convenaient le mieux.

Pour comble de malheur, il avait en face de lui le

visage amusé du commissaire, dont l'incrédulité trop
visible achevait d'anéantir la vraisemblance de ses
constructions.

Laurent s'est mis à lui poser des questions précises.
Qui sont les victimes? Quel était exactement leur rôle
dans l'État? Leur disparition soudaine et massive ne
cause-t-elle pas déjà un vide appréciable? Comment
se fait-il que personne n'en parle dans les salons, dans
les journaux, dans la rue?

En réalité cela s'explique très bien. Il s'agit d'un
groupe d'hommes, assez nombreux, disséminés dans
tout le pays. Ils n'occupent, pour la plupart, aucune
fonction officielle; ils ne sont pas censés appartenir
au gouvernement; leur influence est néanmoins directe
et considérable. Économistes, financiers, chefs de
consortiums industriels, responsables de chambres
syndicales, juristes, ingénieurs, techniciens de toutes
sortes, ils restent volontairement dans l'ombre et mè-
nent le plus souvent une existence très effacée; leurs
noms sont peu connus du public, leurs visages complètement ignorés. Pourtant les conjurés ne s'y trompent *Conspirator*
pas : ils savent atteindre en eux l'armature même du
système économico-politique de la nation. On a fait
son possible jusqu'ici, en haut lieu, pour dissimuler
la gravité de la situation; aucune publicité n'a été don-
née aux neuf assassinats déjà enregistrés, plusieurs
ont même pu être présentés comme des accidents;
les journaux se taisent; la vie publique continue, normale en apparence. Comme des fuites étaient à craindre dans une administration aussi vaste et ramifiée que
la police, Roy-Dauzet a préféré que celle-ci ne soit pas
chargée directement de la lutte contre les terroristes.
Le ministre a plus de confiance dans les divers services
de renseignements qu'il contrôle et dont les cadres,
au moins, lui sont personnellement dévoués.

Wallas a répondu tant bien que mal aux questions
du commissaire général, sans trahir de secrets essen-
tiels. Mais il se rend compte lui-même des faiblesses

de sa position. Ces personnages de second plan qui dirigent clandestinement le pays, ces crimes dont personne ne souffle mot, ces polices multiples en marge de la vraie, ces terroristes enfin, plus mystérieux que tout le reste, il y a là de quoi indisposer un fonctionnaire positif qui en entend parler pour la première fois... Et, sans doute, l'histoire pourrait être inventée de toutes pièces qu'elle laisserait à chacun, de la même façon, la possibilité d'y croire — ou non — et ces déviations successives, dans un sens ou dans l'autre, n'en modifieraient la nature que d'une manière tout identique.

Laurent, rose et gras, bien assis dans son très officiel fauteuil entre ses indicateurs salariés et ses fiches, opposait à l'agent spécial un refus si formel, que celui-ci s'est senti tout à coup menacé jusque dans son existence : membre lui-même d'un de ces organismes sans consistance, il pouvait bien n'être, au même titre que le complot, qu'une pure création d'un ministre à l'esprit trop fertile ; c'est, en tout cas, à ce rang que semblait le reléguer son interlocuteur. Car le commissaire affirmait à présent son opinion, sans plus se soucier de ménagements ou de prudence : on avait affaire, une fois encore, à une imagination de Roy-Dauzet ; le fait que des gens comme Fabius y aient ajouté foi ne suffisait pas à la faire tenir debout. D'ailleurs, d'autres disciples allaient plus loin dans l'extravagance, tel ce Marchat — dont on pouvait redouter qu'il ne finisse par mourir ce soir à sept heures et demie, par persuasion...

L'intervention du négociant n'a évidemment rien arrangé.

Wallas est parti, en remportant le revolver du mort. Laurent ne voulait pas le garder : il n'avait rien à en faire ; puisque Wallas menait l'enquête, il n'avait qu'à conserver les « pièces à conviction ». Sur la demande du commissaire, le laboratoire avait rendu l'arme dans l'état où on l'avait découverte, c'est-à-dire avec la douille vide qui en empêchait le fonctionnement.

Wallas marche. La disposition des rues le surprend
sans cesse, dans cette ville. Il a, depuis la préfecture,
suivi le même itinéraire que ce matin, et cependant
il a l'impression de marcher depuis beaucoup plus de
temps qu'il ne lui en a fallu la première fois, pour se
rendre du commissariat général à la clinique du docteur Juard. Mais comme toutes les rues du quartier
se ressemblent, il ne pourrait pas jurer qu'il a toujours
emprunté exactement les mêmes. Il a peur d'avoir
pris trop à gauche et d'être ainsi passé à côté de celle
qu'il cherche.

Il se décide à entrer dans une boutique pour se faire
indiquer la rue de Corinthe. C'est une petite librairie
qui vend en même temps du papier à lettres, des
crayons et des couleurs pour enfants. La vendeuse se
lève pour le servir :

— Monsieur?

— Je voudrais une gomme très douce, pour le dessin.

— Mais oui, Monsieur.

Les ruines de Thèbes.

Sur une colline qui domine la ville, un peintre du
dimanche a posé son chevalet, à l'ombre des cyprès,
entre les tronçons de colonne épars. Il peint avec application, les yeux reportés à chaque instant sur le modèle ;
d'un pinceau très fin il précise maints détails qu'on
remarque à peine à l'œil nu, mais qui prennent, repro-
duits sur l'image, une surprenante intensité. Il doit
avoir une vue très perçante. On pourrait compter les
pierres qui forment le bord du quai, les briques du
pignon, et jusqu'aux ardoises du toit. Au coin de la
grille, les feuilles des fusains luisent au soleil, qui en
accuse quelques contours. Par derrière, un arbuste
dépasse au-dessus de la haie, un arbuste dénudé dont
chaque branchette est marquée d'un trait brillant,
du côté de la lumière, et d'un trait noir du côté de

178

l'ombre. Le cliché a été pris en hiver, par une journée exceptionnellement claire. Quelle raison la jeune femme pouvait-elle avoir de photographier ce pavillon ?

— C'est un très joli pavillon, n'est-ce pas ?

— Mon Dieu oui, si vous voulez.

Elle ne peut pas en avoir été locataire avant Dupont ; celui-ci y est installé depuis vingt-cinq ans et l'a lui-même hérité d'un oncle. Y a-t-elle été domestique ? Wallas revoit le visage gai, un peu provocant, de la commerçante ; trente à trente-cinq ans tout au plus, maturité avenante aux formes arrondies ; teint chaud, yeux brillants, cheveux noirs, un type peu courant dans le pays — qui ferait penser plutôt aux femmes de l'Europe méridionale ou des Balkans.

— Mon Dieu oui, si vous voulez.

Avec un petit rire de gorge, comme s'il venait de se permettre une plaisanterie galante. Sa femme ? Ce serait curieux. Laurent n'a-t-il pas dit qu'elle tenait maintenant une boutique ? Une quinzaine d'années de moins que son mari... brune aux yeux noirs... c'est elle !

Wallas sort de la librairie. Au bout de quelques mètres il arrive à un carrefour. En face de lui se dresse la pancarte rouge : « Pour le dessin, pour la classe, pour le bureau... »

C'est ici qu'il est descendu du tramway, avant le déjeuner. Il suit à nouveau la flèche en direction de la papeterie Victor-Hugo.

chapitre quatre

1   Tout en bas, à la verticale de l'œil, un câble
file au ras de l'eau.

En se penchant sur le parapet, on le voit sur-
gir de dessous l'arche, rectiligne et tendu, à
peine plus gros que le pouce dirait-on ; mais
la distance trompe quand on manque d'élément de
comparaison. Les torons enroulés se succèdent régulièrement, donnant l'impression d'une grande vitesse.
Cent spires à la seconde peut-être?... En réalité, cela
ne ferait encore qu'une vitesse peu considérable, celle
de l'homme qui marche d'un bon pas — celle du remorqueur qui tire un train de péniches le long d'un canal.

Derrière le câble métallique il y a l'eau, verdâtre,
opaque, clapotant faiblement dans le sillage du remorqueur déjà lointain.

La première péniche n'a pas encore paru sous le pont ;
le câble file toujours au ras de l'eau, sans que rien laisse
supposer qu'il doive bientôt s'interrompre. Pourtant
le remorqueur atteint maintenant la passerelle suivante
et, pour la franchir, commence à baisser sa cheminée.

2   — Daniel était un homme triste... Triste
et solitaire... Mais ce n'était pas un homme à
se suicider — absolument pas. Nous avons
vécu ensemble près de deux années, dans ce
pavillon de la rue des Arpenteurs (la jeune
femme étend le bras en direction de l'est — à moins
qu'elle n'indique seulement la grande photographie,
de l'autre côté de la cloison, dans la vitrine) et jamais,
au cours de ces deux années, il n'a laissé entrevoir le
moindre découragement ou le moindre doute. Ne voyez
pas là une simple façade : cette sérénité, c'était l'expression même de sa nature.

— Vous le disiez triste, à l'instant.

— Oui. Ça n'est sans doute pas le mot qui convient.
Il n'était pas triste... Il n'était pas gai, certainement :

la gaîté, ça n'avait plus de sens, passé la grille du jardin. Alors, pas de tristesse non plus, n'est-ce pas? Je ne sais pas comment vous dire... Ennuyeux? Ça n'est pas vrai non plus. J'aimais bien l'écouter parler, quand il m'expliquait quelque chose... Non, ce qui rendait insupportable la vie avec Daniel, c'est qu'on le sentait seul, définitivement. Il était seul et n'en souffrait pas. Il n'était pas fait pour le mariage, ni pour aucune espèce d'attachement. Il n'avait pas d'amis. A la Faculté, ses cours passionnaient les élèves — mais lui ne distinguait même pas leurs visages... Pourquoi m'avait-il épousée?... Moi, j'étais très jeune et j'avais pour cet homme plus âgé une sorte d'admiration; tout le monde l'admirait, autour de moi. J'avais été élevée par un oncle, chez qui Daniel venait dîner de temps en temps... Je ne sais pas pourquoi je vous raconte ça, qui n'a aucun intérêt pour vous.

— Si, si, proteste Wallas. Nous avons besoin au contraire de savoir si le suicide est plausible; s'il pouvait avoir des raisons de se tuer — ou bien s'il était capable de le faire sans raison.

— Oh! ça non! Il y avait toujours une raison — pour le moindre de ses gestes. Quand elle n'apparaissait pas sur le moment, on s'apercevait plus tard qu'il y en avait une tout de même, une raison précise, une raison longuement pesée qui ne laissait dans l'ombre aucun aspect de la question. Daniel ne faisait rien sans l'avoir décidé à l'avance et ses décisions étaient toujours raisonnables; sans appel aussi, bien entendu... Manque de fantaisie, si vous voulez, mais à un degré extraordinaire... Je n'ai eu en somme que des qualités à lui reprocher : de n'agir jamais sans réfléchir, de ne jamais changer d'avis, de ne jamais se tromper.

— Son mariage, pourtant, vous disiez que c'était une erreur?

— Ah oui, évidemment, dans ses rapports avec les êtres humains il risquait de commettre des erreurs. On peut même dire qu'il ne faisait que ça, commettre des erreurs. Mais en fin de compte c'était encore lui qui avait raison : son erreur était seulement de croire tout le monde aussi raisonnable que lui.

— Il lui restait peut-être une certaine amertume de cette incompréhension?

— Vous ne savez pas le genre d'homme que c'était. Absolument inébranlable. Il était sûr d'avoir raison et ça lui suffisait. Si les autres se plaisaient à des chimères, tant pis pour eux.

— En vieillissant il avait pu changer; vous ne l'aviez pas vu depuis...

— Mais si, nous nous sommes revus plusieurs fois : il était toujours le même. Il me parlait de ses travaux, de la vie qu'il menait, des rares personnes qu'il voyait encore. Il était heureux, à sa manière; à cent lieues, en tout cas, des idées de suicide; satisfait de son existence de moine entre sa vieille gouvernante sourde et ses livres... Ses livres... son travail... il ne vivait que pour ça! Vous connaissez la maison, sombre et silencieuse, calfeutrée de tapis, pleine d'ornements démodés auxquels on n'avait pas le droit de toucher. Dès l'entrée on ressentait une gêne, une impression d'étouffement qui vous enlevait toute envie de plaisanter, de rire, de chanter... J'avais vingt ans... Daniel, lui, y paraissait à l'aise et ne comprenait pas qu'il en soit autrement pour les autres. D'ailleurs il ne quittait guère son cabinet de travail, où personne n'avait le droit de le déranger. Même tout au début de notre mariage, il n'en sortait que pour aller faire ses cours, trois fois par semaine; aussitôt rentré il remontait s'y enfermer; et il y passait souvent une partie de la nuit. Je ne le voyais qu'aux heures des repas, quand il descendait à la salle à manger, très ponctuellement, à midi et sept heures du soir.

— Quand vous m'avez annoncé qu'il était mort, tout à l'heure, ça m'a fait un effet bizarre. Je ne sais

pas comment vous dire... Quelle différence pouvait-il
y avoir entre Daniel vivant et Daniel mort? Il était si
peu vivant déjà... Ce n'est pas qu'il ait manqué de personnalité, ou de caractère... Mais il n'a jamais été
vivant.

— Non, je ne l'ai pas encore vu. Je compte y aller en
sortant d'ici.
— Comment s'appelle-t-il?
— Le docteur Juard.
— Tiens... C'est lui qui a fait l'opération?
— Oui.
— Ah... C'est drôle.
— Ce n'est pas un bon chirurgien?
— Oh! si... Je pense.
— Vous le connaissez?
— De nom seulement... Je croyais qu'il était gynéco-
logue.

— Et il y a longtemps que cela s'est passé?
— On a commencé à en parler dans la ville un peu
avant le début de...

Wallas a soudain le sentiment désagréable qu'il est
en train de perdre son temps. Au moment où l'idée
l'a frappé que la papetière de la rue Victor-Hugo
était peut-être l'ancienne Mme Dupont, cette coïncidence lui a paru miraculeuse; il est retourné en toute
hâte vers le magasin, où, dès les premières paroles,
il a pu constater qu'il avait deviné juste. Il en a éprouvé
une grande joie, comme si une chance inespérée venait
de faire faire un pas considérable à son enquête. Cependant le fait d'avoir rencontré cette dame par hasard,
sur son chemin, ne changeait rien à l'importance des
renseignements qu'on était en droit d'attendre d'elle :

si Wallas avait pensé sérieusement qu'elle pût en fournir de précieux, il aurait dès ce matin recherché l'adresse de l'épouse divorcée dont le commissaire Laurent lui signalait l'existence. Il avait alors jugé plus urgent de procéder d'abord à d'autres interrogatoires — celui par exemple du docteur Juard, qu'il n'a pas encore trouvé le moyen de joindre.

Wallas s'aperçoit maintenant de ce que son récent espoir avait de déraisonnable. Il en reste un peu désemparé — non seulement de voir que cet espoir était vain, mais troublé surtout de ne pas s'en être rendu compte plus tôt. Assis dans l'arrière-boutique, en face de cette jeune femme avenante, il se demande ce qu'il est venu chercher là — peut-être à son insu.

En même temps la crainte lui vient de ne plus trouver le docteur à la clinique. Et, comme il se lève en s'excusant de ne pouvoir rester bavarder davantage, il est à nouveau surpris par le petit rire de gorge, qui a l'air de sous-entendre on ne sait quelle complicité. La phrase anodine qu'il vient de prononcer ne présentait pourtant pas de double sens... Dans le doute, Wallas essaie de la reconstituer; mais il n'y parvient pas : « Il va falloir que je... Il va falloir... »

Le timbre de la porte d'entrée met fin à ses recherches, comme une sonnerie qui voudrait lui rappeler l'heure. Mais au lieu de le libérer, cette intervention retarde encore son départ; en effet la papetière a disparu aussitôt en direction de sa boutique, le laissant seul avec quelques mots souriants :

— Une minute, s'il vous plaît. Il faut que j'aille servir un client.

« Je regrette, Madame, d'être obligé de... Une minute, s'il vous plaît, il faut que j'aille... Il va falloir que j'aille.. Il va falloir... Il va falloir...

Il n'y avait pas de quoi rire de cette façon.

Wallas se rassoit, ne sachant que faire en attendant le retour de la dame. Par la porte restée entrouverte il l'a entendue qui accueillait son visiteur, d'une courte phrase professionnelle — indistincte, d'ailleurs, la pièce où Wallas se trouve étant séparée du magasin par une série contournée de couloirs et d'antichambres. Aucune parole, ensuite, n'est plus arrivée jusqu'à lui. Le client a sans doute une voix plus sourde et la jeune femme elle-même se tait — ou bien a baissé le ton. Mais pourquoi baisserait-elle le ton?

L'oreille involontairement tendue, Wallas s'efforce d'imaginer la scène. Une suite d'essais défile avec rapidité devant ses yeux, muets pour la plupart, ou chuchotés si bas qu'on en perd complètement les mots — ce qui accuse encore leur caractère mimé, caricatural, voire grotesque. Par surcroît, presque toutes ces suppositions sont marquées d'une improbabilité si flagrante, que leur propre auteur est forcé de les reconnaître comme relevant plus du délire que de la conjecture raisonnée. Il s'en inquiète un instant : son métier ne consiste-t-il pas, au contraire... « C'est un travail difficile... Difficile et décevant... Enfin, puisque vous m'êtes recommandé, je vais vous prendre quand même... »

Tout cela n'est évidemment pas bien grave; s'il s'agissait d'une chose sérieuse — ayant trait à son affaire — il ne laisserait pas son esprit s'égarer dans de pareilles fantaisies. Il n'a aucune raison de s'intéresser à ce qui se dit là-bas.

Pourtant il écoute malgré lui — il essaie d'écouter, plutôt, car il ne perçoit absolument plus rien, que de très vagues bruits dont la provenance est aussi peu caractérisée que la nature... Rien, en tout cas, qui ressemble au petit rire de gorge... chaud et provocant...

C'est le soir. Daniel Dupont rentre de son cours. Les yeux au sol, il monte l'escalier d'un pas résolu, où se devine à peine une légère fatigue. Ayant atteint le premier étage, il se dirige, sans même réfléchir, vers la porte du cabinet de travail... Il sursaute en entendant, juste derrière lui, le petit rire de gorge qui salue son arrivée. Il n'a pas aperçu dans la pénombre du palier, où il a négligé de donner de la lumière, la jeune femme avenante qui l'attend devant la porte ouverte de sa chambre... avec son petit rire roucoulant, qui semble venir de tout son corps... provocant et complice... Sa femme.

Wallas chasse à son tour cette image. La porte de la chambre à coucher se referme sur la trop charnelle épouse. Le fantôme de Daniel Dupont continue son chemin vers le cabinet de travail, les yeux au sol, la main déjà tendue vers la poignée qu'il s'apprête à tourner...

Du côté de la boutique, la situation est toujours aussi imprécise. Wallas, qui trouve le temps long, soulève machinalement le bord de sa manche pour consulter sa montre-bracelet. Il se rappelle à ce moment qu'elle est arrêtée, et en effet il le constate de nouveau : elle marque toujours sept heures et demie. Il est inutile de la remettre à l'heure tant qu'elle ne marchera pas.

Sur la commode, en face de lui, de part et d'autre d'un motif en biscuit à la galanterie conventionnelle, deux cadres à portrait se font pendant. Celui de gauche montre la figure sévère d'un homme mûr ; il est tourné de trois-quarts, presque de profil, et paraît observer du coin de l'œil la statuette — à moins qu'il ne regarde la seconde photographie, plus ancienne celle-là, comme en témoignent le jaunissement du papier et les costumes désuets des personnages. Un petit garçon en habit de communiant lève les yeux vers une grande femme en robe froufroutante, chamarrée et chapeautée avec exubérance à la mode du siècle dernier. C'est sa mère probablement, une très jeune mère que l'enfant considère avec une admiration un peu perplexe — autant que l'on peut en juger sur ce cliché pâli, où les traits ont perdu beaucoup de leur vie. Cette dame doit être également la mère de la maîtresse de céans ; le monsieur sévère est peut-être Dupont. Wallas ne connaît même pas le visage du mort.

Vue de près, la photographie s'éclaire d'un imper-

ceptible sourire, sans que l'on sache au juste s'il vient
de la bouche ou du regard... Sous un autre angle,
l'homme prend une expression presque grivoise, qui
a quelque chose de vulgaire, de satisfait, d'un peu répu-
gnant. Daniel Dupont rentre de son cours. Il monte
l'escalier d'un pas lourd où l'on devine cependant de la
hâte. Arrivé au premier étage, il tourne à gauche vers
la chambre à coucher, dont il pousse la porte, sans
prendre la peine de frapper... Mais la silhouette d'un
adolescent a surgi du cabinet de travail, juste derrière
lui. Deux coups de revolver claquent. Dupont s'écroule,
sans un cri, sur la moquette du couloir.

Dans l'encadrement de la porte paraît la jeune femme :

— Je ne vous ai pas fait attendre trop longtemps ?
demande-t-elle de sa voix chaude.

— Non, non, répond Wallas ; mais il faut que je me
sauve à présent.

Elle l'arrête du geste :

— Un instant seulement ! Vous ne savez pas ce qu'il
a acheté ? Devinez !

— Qui donc ?

Le client, bien sûr. Et il a acheté une gomme, évidemment. Que voit-elle donc là de si surprenant ?

— Eh bien, le client qui vient de sortir !

— Je ne sais pas, dit Wallas.

— La carte postale ! s'exclame la jeune femme. Il
a acheté la carte postale où l'on voit le pavillon, celle
que vous m'avez prise vous-même ce matin !

Cette fois le rire de gorge se prolonge à n'en plus
finir.

Lorsqu'elle est arrivée dans la boutique, il y avait là
un petit homme à l'air malade, assez pauvrement vêtu
d'un chapeau sale et d'un long manteau verdâtre. Il
n'a pas dit tout de suite ce qu'il voulait, se contentant
de murmurer un vague « Bonjour » entre ses dents. Il
a fait, des yeux, le tour de la pièce et, au bout d'un

temps légèrement trop long pour paraître naturel, il
s'est décidé pour le tourniquet à cartes postales, qu'il
est allé consulter tranquillement. Il a dit quelque chose
comme :

— ...choisir une carte...
— Je vous en prie, a répondu la papetière.

Mais les manières de l'individu avaient une allure
tellement anormale qu'elle allait finir par appeler Wallas, sous un prétexte quelconque, pour montrer qu'elle
n'était pas seule, quand le bonhomme est tombé en
arrêt sur l'une des vues ; il l'a extraite du classeur et
l'a examinée avec soin. Ensuite, sans ajouter un mot,
il a déposé une pièce sur le comptoir (le prix des cartes
était affiché) et il est parti en emportant sa trouvaille.
C'était le petit hôtel de la rue des Arpenteurs, la « maison du crime » ! Un drôle de client, n'est-ce pas ?

Quand Wallas peut enfin sortir, il n'est plus question
de retrouver le bizarre amateur de photos. La rue Victor-Hugo est vide, d'un côté comme de l'autre. Il est
impossible de savoir dans quel sens est parti l'inconnu.

Wallas prend donc le chemin de la clinique Juard —
ou du moins ce qu'il croit être ce chemin, car il a omis
de demander le renseignement à la jeune femme et il
préfère — sans raison valable d'ailleurs — ne pas
retourner chez elle encore une fois.

Il vient à peine de s'engager dans la rue suivante,
qu'il aperçoit devant lui, arrêté à un carrefour tout
proche, le petit homme au manteau vert qui contemple
sa carte postale, debout au milieu du trottoir. Wallas
s'avance vers lui, sans avoir exactement déterminé ce
qu'il doit faire ; l'ayant sans doute remarqué, l'autre
se remet en marche et disparaît aussitôt sur la droite.
Quelques secondes plus tard, Wallas, qui presse le pas,
arrive au carrefour. Sur la droite s'étend une longue
rue rectiligne, sans boutique ni porche d'aucune sorte
où se dissimuler ; elle est complètement déserte, mis

à part, tout là-bas, un passant de haute stature, en
imperméable, qui s'éloigne rapidement.

Wallas continue jusqu'au premier croisement et
regarde de tous les côtés. Personne non plus. Le petit
homme s'est envolé.

3 Wallas s'est obstiné dans sa poursuite. Il a
exploré systématiquement toutes les rues
avoisinantes. Ensuite, ne voulant toujours
pas abandonner, bien que les chances de
retrouver la trace de l'inconnu soient désormais très faibles, il est revenu sur ses pas, tournant,
retournant, passant à deux ou trois reprises aux mêmes
endroits, n'arrivant pas à se détacher du carrefour où
il l'avait vu pour la dernière fois.

Assez mécontent de l'aventure, il ne s'est décidé à
quitter les lieux que lorsqu'il a vu l'heure, à l'enseigne
d'un horloger : il n'avait que le temps de se rendre au
commissariat général, où Laurent doit procéder en
sa présence à l'interrogatoire des employées de la
poste, convoquées d'urgence, sur sa propre demande,
par les soins de la police.

Mais chemin faisant, Wallas repasse encore dans son
esprit les circonstances de l'apparition, puis de la disparition de l'acheteur de cartes postales — le petit
homme debout au milieu du trottoir, les yeux fixés sur
la photographie qu'il tient à deux mains, tout près de
son visage, comme s'il espérait y découvrir quelque
secret — et puis les rues vides, dans toutes les directions.

Déjà irrité par son propre entêtement à courir après
une ombre, Wallas cherche en vain à remettre à sa
vraie place cet événement — de peu d'importance, en
somme. Il s'agit vraisemblablement d'un maniaque
qui fait collection de documents criminels ; il n'a pas
grand-chose à se mettre sous la dent, dans cette petite

ville trop calme : le meurtre relaté par les journaux du matin est pour lui une aubaine ; après le déjeuner, il est allé voir la « maison du crime » et, en rentrant chez soi, il a été frappé par la vitrine de la papeterie où il a reconnu le pavillon ; il est entré aussitôt, mais n'a pas su quoi demander à la commerçante, si bien que, pour se donner une contenance, il est allé manœuvrer le tourniquet à cartes postales qui contenait justement l'objet de sa convoitise ; il a tout de suite acheté la carte et n'a pu s'empêcher de la contempler en route. Quant à sa disparition, elle s'explique encore plus naturellement : après avoir tourné au carrefour il a pénétré dans une des premières maisons — il était arrivé à son domicile.

Cette construction est très plausible — c'est la plus plausible même — mais Wallas revient sans cesse à la vision du petit homme en manteau vert arrêté au milieu du trottoir, comme si cette présence avait quelque chose d'irréductible, dont aucune explication — si plausible soit-elle — ne puisse venir à bout.

Au commissariat général, Laurent et Wallas commencent par se mettre d'accord sur les questions qu'il convient de poser aux employées du bureau de poste : que savent-elles sur le soi-disant André VS ? Le connaît-on dans le quartier ? Sait-on où il habite ? Depuis quand possède-t-il un numéro de poste restante rue Jonas ? Vient-il souvent chercher son courrier ? En reçoit-il beaucoup ? D'où sont expédiées les missives ? Enfin : pourquoi ne doit-il plus revenir ? A-t-il donné une raison ? Quand est-il venu pour la dernière fois ?... etc. Il s'agit en outre d'établir un signalement, le plus précis possible, de l'homme à l'imperméable déchiré.

On fait entrer les employées, qui attendaient dans une pièce voisine. Il y en a trois ; la jeune fille du sixième guichet s'appelle Juliette Dexter, son air sérieux et réfléchi inspire confiance ; vient ensuite : Lebermann, Émilie, cinquante et un ans, célibataire, qui occupe le guichet voisin et s'intéresse volontiers à ce qui se passe autour d'elle ; on a convoqué également une femme qui ne fait plus partie du personnel de la poste : Mme Jean.

Mme Jean, grâce à un certificat d'études obtenu jadis, a rempli durant l'été les fonctions de commis stagiaire au bureau de la rue Jonas ; et, au mois de septembre, pendant le congé de Mlle Dexter, elle a remplacé celle-ci à son guichet. Il faut croire que son travail n'y a pas donné toute satisfaction, puisque l'administration a préféré ne pas prolonger l'expérience et se passer de ses services. Mme Jean, qui est actuellement simple domestique chez un commerçant du Boulevard Circulaire, n'a conservé aucune amertume de cette tentative malheureuse. Elle aime mieux les travaux manuels. L'attrait d'un salaire meilleur l'avait poussée à les abandonner ; elle les a retrouvés, au bout de trois mois, avec une sorte de soulagement : les besognes diverses qu'elle a connues pendant son séjour à la poste lui ont toutes paru un peu étranges, à la fois compliquées et futiles, comme l'est par exemple une partie de cartes ; les opérations intérieures, plus encore que celles qui s'accomplissaient aux guichets, étaient soumises à certaines règles secrètes et donnaient lieu à de multiples rites, le plus souvent incompréhensibles. Mme Jean, qui avait toujours eu jusque-là le sommeil très calme, s'était mise, après quelques semaines de ce nouveau métier, à souffrir de cauchemars obsédants où elle devait reproduire des volumes entiers d'écritures sibyllines, que faute de temps elle transcrivait tout de travers, dénaturant les signes et dérangeant leur ordonnance, si bien que le travail était perpétuellement à refaire.

Elle avait maintenant retrouvé sa tranquillité et la poste était presque redevenue pour elle la boutique sans mystère où l'on vend des timbres et des cartes-lettres, quand un inspecteur de police est venu tout à coup la questionner sur son activité du mois précédent. Aussitôt ses soupçons sont revenus, sa méfiance, ses

craintes : il se passait donc vraiment des choses ré-
préhensibles dans le bureau de la rue Jonas. A l'opposé
de son ancienne collègue, Émilie Lebermann, que
l'espoir du scandale excite énormément, Mme Jean
s'est rendue de très mauvaise grâce au commissariat,
bien décidée à n'ouvrir la bouche que juste assez pour
s'éviter des ennuis personnels. D'ailleurs c'est simple :
elle n'a rien vu, elle ne sait rien.

Néanmoins, elle n'est pas trop étonnée de retrouver
dans le bureau du commissaire le monsieur bien
habillé (mais aux réticences suspectes) qui lui a
demandé, ce matin, le chemin de la « poste centrale »
pour envoyer, disait-il, un télégramme. Il est donc
mêlé à cette affaire ! Qu'il ne craigne pas, en tout cas,
de la voir révéler à la police ses allées et venues de la
matinée.

C'est la troisième fois qu'elle le rencontre aujour-
d'hui, mais il ne l'a pas reconnue ; comme il ne l'a
encore vue qu'en tablier et sans chapeau, ce n'est
guère surprenant.

Mme Jean constate avec satisfaction que le commissaire interroge d'abord Juliette Dexter — aimablement, d'ailleurs.

— Vous connaissez, lui dit-il, l'abonné de la poste
restante qui se fait adresser du courrier sous le nom
de Albert VS...

La jeune fille écarquille de grands yeux et se tourne
vers l'expéditeur de télégrammes. Elle ouvre la bouche
pour parler... mais elle ne dit rien et reste là, toute
droite sur sa chaise, à considérer alternativement les
deux hommes.

Wallas doit donc commencer par expliquer qu'il
n'est pas André VS, ce qui plonge la jeune fille dans un
étonnement encore plus grand :

— Mais... la lettre... tout à l'heure ?...

Oui, c'est bien lui qui a pris la lettre, mais c'était la

première fois qu'on le voyait rue Jonas. Il a profité de sa ressemblance avec l'abonné en question.

— Eh ben... Eh ben... répète la vieille demoiselle un peu suffoquée.

Mme Jean, elle, ne sort pas de sa réserve et continue à fixer le plancher, droit devant elle.

Le témoignage de la jeune fille est formel : l'homme qui se fait appeler André VS ressemble trait pour trait à Wallas. Elle n'a pas eu d'hésitation en voyant celui-ci se présenter au guichet — malgré le changement de costume.

L'autre portait des vêtements très modestes et plutôt étriqués. On le voyait presque toujours avec un imperméable beige, trop étroit pour sa forte carrure ; il devait être, à la réflexion, plus corpulent que Wallas.

— Et il avait des lunettes.

C'est la vieille demoiselle qui ajoute ce détail. Mais Mlle Dexter proteste : André VS n'a jamais eu de lunettes. Sa collègue s'entête dans son affirmation : elle se rappelle très bien, elle a même fait la remarque, un jour, que ça lui donnait l'air d'un docteur.

— Quel genre de lunettes ? demande Laurent.

C'étaient des lunettes d'écaille, à monture épaisse, avec des verres légèrement teintés.

— Teintés de quelle couleur ?

— Dans les tons gris fumée.

— Les deux verres avaient-ils exactement la même couleur, ou bien l'un des deux était-il un peu plus foncé que l'autre ?

Elle n'a pas fait attention à cette particularité mais il est bien possible, en effet, que l'un des verres ait été plus foncé. On distingue mal les visiteurs — qui se présentent aux guichets à contre-jour — mais elle se rappelle maintenant que...

Laurent demande à Juliette Dexter l'heure exacte de la dernière visite du véritable abonné.

— Il était, répond-elle, environ cinq heures et demie, six heures ; c'est toujours vers cette heure-là qu'il

venait — un peu plus tard peut-être au début du mois,
quand la nuit tombait moins vite. De toute façon c'était
l'heure de la grande affluence.

Wallas l'interrompt : il avait cru comprendre à ce
que la jeune fille lui avait dit en lui remettant la lettre,
que l'autre était passé peu de temps auparavant, vers la
fin de la matinée.

— Oui, c'est vrai, dit-elle après un instant de réflexion ; à ce moment-là ce n'était pas encore vous. Il
est venu un peu après onze heures, comme ça lui arrive
de temps en temps, en plus de ses visites du soir.

Venait-il régulièrement chaque soir ? Et depuis
quand ? Non, il ne venait pas régulièrement : il restait
quelquefois plus d'une semaine sans se montrer et
ensuite on le voyait tous les soirs pendant quatre ou
cinq jours — et même quelquefois le matin. Quand il
venait, c'est qu'il attendait un message, ou une série
de messages ; il n'arrivait jamais de courrier pour lui
pendant ses périodes d'absence. Il recevait surtout des
pneumatiques et des télégrammes, rarement des lettres
ordinaires ; les pneumatiques venaient de la ville même,
évidemment, les télégrammes de la capitale ou d'ailleurs.

La jeune fille se tait et, comme personne ne lui
demande plus rien, au bout d'un petit moment elle
ajoute :

— Il aurait dû trouver son dernier pneumatique
quand il est passé ce matin. S'il ne l'a pas eu, c'est de la
faute du service central.

Mais son reproche a presque l'air de s'adresser à
Wallas. Et l'on ne sait pas si la nuance de regret qui
perce dans sa voix se rapporte à cette lettre urgente
qui n'a pas atteint son destinataire, ou bien au mauvais
fonctionnement des postes en général.

Mlle Dexter a vu pour la première fois l'homme
à l'imperméable étriqué lorsqu'elle est rentrée de

son congé, au début d'octobre; mais le numéro d'abonnement avait été pris depuis quelque temps déjà. Quand? Elle ne pourrait pas le dire exactement; il sera facile, bien entendu, de retrouver la date dans les archives de la poste. Quant à savoir si l'homme était déjà venu au cours du mois de septembre, c'est à sa remplaçante qu'il faut le demander.

Malheureusement, Mme Jean ne s'en souvient pas; elle n'a pas remarqué, à l'époque, ce nom d'Albert VS et ne se rappelle pas non plus avoir jamais vu ce visage — le visage de Wallas — avec ou sans lunettes.

Mlle Lebermann, elle, pense qu'il venait déjà, qu'il venait même depuis plus longtemps que cela, car cette remarque justement, qu'elle avait faite au sujet de son allure de médecin, devait remonter au mois d'août, parce que c'est au mois d'août que le docteur Gélin avait pris un assistant et elle avait d'abord cru que c'était...

— Pourriez-vous dire, lui demande le commissaire, si c'était le verre droit qui était le plus foncé, ou bien le gauche?

La vieille demoiselle reste quelques instants avant de répondre.

— Je crois, dit-elle à la fin, que c'était du côté gauche.

— C'est curieux, fait Laurent pensif; rappelez-vous bien: n'était-ce pas plutôt l'œil droit?

— Attendez, Monsieur le Commissaire, attendez! J'ai dit « du côté gauche », du côté gauche *pour moi* : à lui, c'était donc son œil droit.

— Ah bon, j'aime mieux ça, dit le commissaire.

Il voudrait savoir, à présent, si l'imperméable beige n'avait pas, hier soir, un accroc à l'épaule droite. La jeune fille n'a pas fait attention quand l'homme s'est retourné et, de face, elle n'a pas vu d'accroc. Mlle Lebermann, par contre, l'a suivi du regard pendant qu'il s'en allait: il y avait bien, sur l'épaule droite, une déchirure en forme de L.

Enfin elles ne sont pas d'accord non plus sur le contenu des télégrammes : la première a gardé le souvenir de textes très brefs et très ordinaires — des confirmations, des contre-ordres, des rendez-vous — sans aucune précision qui laisse deviner la nature des affaires dont il était question ; la seconde parle de longs messages, avec des phrases obscures qui devaient avoir une signification convenue.

— Les télégrammes sont toujours courts, à cause du prix, précise Juliette Dexter comme si elle n'avait rien entendu de ce que vient de déclarer sa collègue. On n'a pas l'habitude d'y répéter inutilement ce que le correspondant sait déjà.

Mme Jean n'a pas d'opinion sur ce que l'on dit, ou non, dans un télégramme.

Une fois seuls, Wallas et Laurent font le bilan de ce qu'ils viennent d'apprendre. Le bilan est vite fait car ils n'ont rien appris du tout. André VS n'a jamais rien dit à la postière qui puisse faire retrouver sa trace ni présumer de ses activités ; il n'était pas bavard. D'autre part il ne semble pas que ce soit quelqu'un du quartier : personne, du moins, ne l'y connaît.

Mlle Lebermann a donné, à la fin de l'interrogatoire, son opinion personnelle : un médecin qui ferait des opérations louches. « Il y a de drôles de médecins par ici, vous savez », a-t-elle ajouté d'un air entendu.

Il n'y a pas de raison pour rejeter a priori cette hypothèse, mais Laurent fait observer que la sienne — suivant laquelle il s'agirait tout simplement de trafic sur les bois — a quand même plus de chances d'être exacte ; ce qui, d'ailleurs, s'accorderait mieux avec la façon dont se trouvaient groupés les messages.

En outre, il n'est toujours pas plus certain que cet André VS soit l'individu que Mme Bax a vu de sa fenêtre, à la nuit tombante, devant la grille du petit pavillon. L'accroc signalé par l'ivrogne dans le dos de l'imperméable aurait pu servir à l'identification, mais la jeune postière a déclaré ne pas l'avoir aperçu ; or il est impossible, sur ce point, de tenir compte du témoignage affirmatif de la vieille demoiselle, et l'imperméable seul — sans la déchirure — n'est pas une preuve suffisante ; pas plus — il faut le dire — que la ressemblance avec Wallas, qui, si l'on devait la considérer comme significative, conduirait aussi bien à accuser ce dernier.

Avant de quitter le commissaire, Wallas prend encore connaissance d'un rapport de police, œuvre de l'un des deux inspecteurs qui ont effectué, hier soir, les premières constatations au domicile du mort.

— Vous verrez, a dit Laurent en lui remettant la petite liasse de feuillets dactylographiés, c'est un travail très intéressant. Ce garçon est un peu jeune, bien entendu ; on sent que c'est son premier crime. Notez qu'il a rédigé cette note de sa propre initiative, puisque notre enquête est officiellement interrompue. Je pense même qu'il a dû se livrer pour son compte personnel à des investigations supplémentaires, après avoir reçu l'ordre de classement. Le zèle des néophytes, vous comprenez.

Tandis que Wallas entreprend la lecture du document, le commissaire fait encore quelques remarques — ironiques semble-t-il — sur les conclusions du jeune inspecteur et la naïveté avec laquelle il aurait accueilli les suggestions de gens qui « se sont très évidemment moqués de lui ».

Le texte débute ainsi : « Le lundi vingt-six octobre, à vingt et une heures huit... »

Les premières pages racontent dans le détail, mais sans digressions ni commentaires, le coup de téléphone du docteur Juard avec les renseignements communiqués par celui-ci sur la mort du professeur et sur l'agression elle-même. Vient ensuite une description très précise du pavillon et de ses abords : l'angle de la rue des Arpenteurs, le petit jardin avec sa haie de fusains et sa grille, les deux portes d'entrée — l'une sur le devant de la maison, l'autre sur l'arrière — la disposition des pièces au rez-de-chaussée, l'escalier, les tapis, le cabinet de travail au premier étage ; l'arrangement intérieur du mobilier dans cette dernière pièce est également analysé avec minutie. Suivent les observations policières proprement dites : taches de sang, empreintes digitales, objets paraissant ne pas être à leur place normale ou dans leur position normale... « enfin les empreintes numéro 3 — main droite — figurent également avec netteté sur un presse-papier cubique, de sept à huit cents grammes, posé à gauche de la feuille manuscrite — à dix centimètres environ ».

Mises à part ces notations exagérément scrupuleuses, on retrouve à peu de chose près, jusque-là, le contenu des premiers rapports établis par les inspecteurs, dont Laurent a fait prendre connaissance à Wallas ce matin. Cependant deux indices nouveaux y figurent : la mise hors d'usage récente du système avertisseur à la porte de la grille (ce qui n'est pas nouveau pour Wallas) et des traces fraîches de pas relevées sur la pelouse étroite qui longe le pignon ouest du pavillon ; les mesures de ces empreintes sont notées, ainsi que la longueur moyenne des pas.

Un peu plus d'attention est accordée, cette fois-ci, aux paroles de la gouvernante. Wallas reconnaît même au passage, dans les phrases citées, les expressions favorites de la vieille femme. On peut lire en particulier l'historique complet du dérangement de la ligne téléphonique et des vains efforts de Mme Smite pour la faire réparer.

Après le témoignage de la gouvernante, l'inspecteur zélé a recueilli celui du concierge de l'immeuble qui occupe l'autre côté de la rue et celui du patron d'un

« petit café sis à vingt mètres de là, au numéro 10 » —
le Café des Alliés. Le concierge parle des habitués du
pavillon ; il va souvent s'asseoir l'après-midi — surtout
pendant la belle saison — sur le pas de sa porte, juste
en face de l'entrée du jardin ; il a ainsi pu constater qu'il
venait très peu de gens chez la victime : le facteur,
l'employé qui relève les compteurs électriques, de temps
à autre un représentant en stores ou en aspirateurs,
enfin quatre ou cinq messieurs qu'il est difficile à
première vue de distinguer des commis voyageurs
— car ils portent le même genre de costume et la
même serviette en cuir — mais qui sont, eux, des
bourgeois de la ville, professeurs, négociants, médecins, etc. On sent que l'auteur ne rapporte tous ces
discours oiseux que par souci d'objectivité ; et malgré
le soin qu'il prend de la présenter avec un égal détache-
ment, il est clair que la suite, au contraire, lui tient à
cœur. Il y est question d'un jeune homme, du genre
étudiant mais vêtu avec beaucoup de simplicité, petit,
un peu chétif même ; ce garçon serait venu plusieurs
fois dans le courant de l'été, puis, après une éclipse
de plus d'un mois, trois fois de suite pendant la seconde
semaine d'octobre — la semaine où il a fait si chaud ;
comme la fenêtre de la pièce où se tenait Dupont était
alors ouverte, le concierge a pu entendre le ton de la
conversation s'élever fréquemment au cours de ces
visites ; le dernier jour une violente dispute a terminé
l'entretien. C'est surtout le jeune homme qui criait,
pense le concierge ; ce garçon avait l'air très nerveux
et buvait peut-être un peu trop — il entrait quelquefois au Café des Alliés en sortant de chez le professeur.
Enfin, l'avant-veille du meurtre, il est passé le long du
canal en compagnie d'un ami — beaucoup plus grand
et plus fort que lui, plus âgé aussi certainement. Ils
se sont arrêtés devant le petit hôtel et l'étudiant a montré du doigt l'une des chambres au premier étage ; il était
visiblement surexcité, il expliquait quelque chose à
l'autre avec animation, en faisant des gestes menaçants.

Bien que Mme Smite soit très sourde (et « légèrement bizarre ») et qu'elle paraisse « ignorer complètement les fréquentations de son maître », il est possible qu'elle puisse donner le nom de ce jeune homme et dire ce qu'il venait faire là.

Il conviendrait d'interroger de nouveau la gouvernante ; malheureusement elle a quitté la ville. En son absence, l'inspecteur a essayé de faire parler le patron du Café des Alliés ; il rappelle, en passant, que « l'on est généralement très bien renseigné, dans cette profession, sur la vie privée de la clientèle ». Le patron n'avait pas envie de parler et il a fallu toute la patience et la diplomatie du policier pour apprendre le fin mot de l'affaire :

Dupont, il y a une vingtaine d'années, « entretenait des relations régulières » avec une femme « de condition modeste » qui, au bout de quelque temps, donna naissance à un fils. Le professeur, qui avait « tout fait pour que le regrettable événement n'eût pas lieu » (?) et à qui l'on voulait en somme forcer la main, refusa obstinément le mariage. Ne trouvant pas d'autre moyen pour mettre un terme aux « poursuites dont il était l'objet », il épousait bientôt après une jeune fille de son entourage. Mais le bâtard, devenu grand, revenait maintenant avec l'intention d'obtenir d'importants subsides, « ce qui donnait lieu aux discussions orageuses dont les voisins avaient perçu les échos ».

Dans ses conclusions, l'inspecteur commence par démontrer que Daniel Dupont a, sur un certain nombre de points, « dénaturé lui-même la vérité ».

« Le simple examen des indices matériels », écrit-il, « prouve, sans que l'on ait besoin de faire intervenir les révélations des témoins, que :

« Premièrement il y avait deux agresseurs et non un seul : l'homme aux petites mains (empreintes digitales numéro 3) et aux petits pieds (traces sur la pelouse) qui faisait de si petits pas, ne peut être celui, nécessairement grand et fort, qui a tordu la tige de contact de la sonnerie électrique, à la grille du jardin ; d'autre part, si le premier a été contraint de marcher sur la pelouse pour éviter les crissements du gravier, c'est *qu'il y avait déjà quelqu'un* qui marchait, à côté de lui, sur la bordure en brique de l'allée ; seul il aurait choisi lui-même cette bordure, large et commode.

« Deuxièmement, l'un au moins de ces deux hommes était un familier de la maison et non pas un malfaiteur anonyme : il est visible qu'il connaissait parfaitement les lieux et les habitudes domestiques.

« Troisièmement, il a certainement été reconnu par le professeur ; celui-ci a prétendu avoir été attaqué avant même d'avoir eu le temps d'ouvrir complètement la porte, expliquant ainsi qu'il n'ait pas vu le visage de son meurtrier ; en réalité il est entré dans le cabinet de travail et a parlé aux deux hommes : une lutte a même eu lieu entre eux, comme le montre le désordre de la pièce (piles de livres renversées, chaise déplacée, etc.) et les empreintes digitales (numéro 3) relevées sur le presse-papier.

« Quatrièmement, le motif du crime n'est pas le vol : quelqu'un qui connaissait si bien la maison devait savoir qu'il n'y avait rien à voler dans cette pièce.

« Dupont n'a pas voulu dénoncer son assassin, car celui-ci le touchait *de trop près*. Il a même dissimulé le plus longtemps possible la gravité de sa blessure, espérant que son ami le docteur Juard le tirerait d'affaire et que le scandale serait évité. C'est pour cette raison que la gouvernante le croyait seulement atteint d'une *légère blessure au bras*. »

Et toute la scène se reconstitue. Le jeune homme, après avoir essayé en vain l'appel au droit, à l'amour filial, à la pitié, enfin le chantage, s'est décidé en désespoir de cause à tenter un coup de force. Comme il est débile et que son père lui fait peur, il a requis pour cette entreprise les services d'un ami, plus fort et plus âgé, qu'il va présenter comme son avoué mais qui est plutôt un spadassin. Ils ont fixé l'expédition au lundi vingt-six octobre, à sept heures et demie du soir...

Daniel Dupont arrive devant la porte du cabinet de travail, les yeux au sol, la main déjà tendue vers la poignée qu'il s'apprête à tourner, quand il est brusquement frappé par cette pensée : « Jean est là qui l'attend ! » Le professeur s'arrête et retient son souffle. Jean n'est peut-être pas venu seul : ne l'a-t-il pas menacé, l'autre jour, d'amener son « homme d'affaires » ? On ne sait pas ce dont les enfants d'aujourd'hui sont capables.

Prudemment il fait demi-tour et, sur la pointe des pieds, va jusqu'à la chambre à coucher pour y chercher le revolver qu'il conserve, depuis la guerre, dans le tiroir de sa table de nuit. Mais au moment d'enlever le cran de sûreté, il est pris d'un scrupule : il ne va quand même pas tirer sur son fils ; c'est seulement pour lui faire peur.

De nouveau dans le couloir, le poids du pistolet dans sa main lui semble sans commune mesure avec la crainte qui l'a effleuré une minute plus tôt ; par comparaison cette crainte subite en disparaît même complètement : pourquoi son fils serait-il venu ce soir ? D'ailleurs Dupont n'en a pas peur. Il met l'arme dans sa poche. A partir de demain il fera fermer les portes du pavillon dès la tombée de la nuit.

Il tourne la poignée et pousse la porte du cabinet de travail. Jean est là qui l'attend.

Il est debout entre la chaise et le bureau. Il était en train de lire les papiers. Un autre homme est debout devant la bibliothèque, un peu à l'écart, les mains dans les poches — une espèce de voyou.

— Bonsoir, dit Jean.

Il a ses yeux brillants, à la fois arrogants et craintifs ; il a encore dû boire. Sa bouche grimace une parodie de sourire.

— Qu'est-ce que tu fais ici? demande sèchement Dupont.

— Je suis venu pour causer, dit Jean. Lui (geste du menton), c'est Maurice... c'est mon avoué (nouvelle grimace).

— Bonsoir, dit Maurice.

— Qui vous a fait entrer?

— Y a besoin de personne, dit Jean, on connaît la maison.

Ce qui veut dire : « On est de la famille ! »

— Eh bien, vous allez vous en retourner, dit le professeur avec calme. Ça n'est pas plus difficile : vous connaissez le chemin.

— On ne va pas partir tout de suite, dit Jean; on est venus pour causer — pour causer affaires.

— Nous avons déjà épuisé le sujet, mon petit. Maintenant tu vas t'en aller.

Dupont s'avance vers son fils d'un air décidé; il voit la panique qui monte dans les yeux du garçon... la panique et la haine... Il répète :

— Tu vas t'en aller.

Jean saisit le premier objet qu'il trouve à sa portée : le lourd presse-papier aux angles vifs. Il le brandit — prêt à frapper. Dupont recule et porte la main à son revolver.

Mais Maurice a vu le geste et il est déjà devant lui, plus prompt à le mettre lui-même en joue :

— Lâche ça et sors la main de ta poche.

Ensuite ils se taisent. De toute sa dignité, Dupont sent qu'il ne peut obéir — à cette mise en demeure méprisante — à ce tutoiement — devant son fils.

— Voilà la police qui arrive, dit-il. Je savais que vous étiez ici à m'attendre. Avant d'entrer je suis allé téléphoner dans la chambre.

— Les flics? dit Maurice; j'entends rien.

— Ça ne va pas tarder, soyez sans crainte.

— On a bien le temps de s'expliquer !

— Ils vont être là d'une seconde à l'autre.

— Le téléphone est coupé depuis deux jours, dit Jean.

Cette fois, la colère est la plus forte. Dans un éclair tout s'est accompli : le brusque mouvement du professeur pour dégager son arme, le coup de feu qui l'atteint en pleine poitrine et le cri strident du jeune homme :

— Tire pas, Maurice !

 4 Mais le chef ne paraît pas convaincu. Il n'ose pas rejeter sans discussion l'hypothèse avancée par son adjoint, car on ne sait jamais : si c'était ça justement la vérité, de quoi aurait-il l'air ? Et puis il faut bien interpréter d'une façon ou d'une autre les obscurités et contradictions de l'affaire... Ce qui le dérange dans cette théorie, c'est qu'elle met en cause — en accusation même — des personnages trop haut placés, à qui il ne peut être que dangereux de s'attaquer — qu'ils soient innocents ou coupables. Il dit :

— Nous n'avons pas l'habitude, ici... nous n'avons pas l'habitude au service de renseignements de la Présidence, de travailler sur des soupçons aussi vagues...

Il ajouterait volontiers, en passant, quelque plaisanterie malveillante à l'adresse du Bureau des Enquêtes et du « grand Fabius », mais il préfère se retenir : ça n'est peut-être pas le moment.

Dans l'espoir de détourner son adjoint, au moins provisoirement, du chemin glissant où celui-ci veut s'engager, il lui propose de l'envoyer en mission sur place : il pourrait ainsi s'entretenir avec les fonctionnaires locaux de la police et avec le médecin qui a recueilli le témoignage du professeur Dupont, en même temps que son dernier soupir ; il pourrait aussi regarder si l'hôtel particulier de la victime ne fournit aucun nouvel indice ; il pourrait... Mais l'adjoint hoche la

tête en signe de dénégation. Il est tout à fait inutile
qu'il aille perdre son temps dans cette morne ville
de province, endormie sous les brumes de la mer du
Nord. Il n'y verrait rien, absolument rien. C'est ici,
dans la capitale, que s'est joué le drame... que *se
joue* le drame.

« Il pense que j'ai peur », constate en lui-même le
directeur ; mais ça lui est égal. Il dit, comme il dirait
n'importe quoi d'autre :

— On s'acharne quelquefois à découvrir un meurtrier...

— ... bien loin de soi, continue son second, alors
qu'on n'a qu'à tendre la main.

— C'est tout de même là-bas que le crime a eu lieu,
n'oubliez pas..

— Il a eu lieu là-bas comme il aurait eu lieu n'importe où et, en fait, comme *il a lieu* n'importe où,
chaque jour, une fois ici, une fois là. Que s'est-il passé
dans l'hôtel particulier du professeur Dupont, le soir
du vingt-six octobre ? Un double, une copie, un simple
exemplaire d'un événement dont l'original et la clef
sont ailleurs. Et ce soir, de nouveau, comme chaque
soir...

— Ce n'est pas une raison, tout de même, pour
négliger les indices que l'on pourrait trouver là-bas.

— Que trouverais-je donc là-bas, si j'y allais ? Rien
que des reflets, des ombres, des fantômes. Et ce soir,
de nouveau...

Ce soir un nouvel exemplaire sera discrètement
glissé sous la porte, un exemplaire en règle, dûment
signé et légalisé, avec juste ce qu'il faudra de fautes
d'orthographe et de virgules déplacées pour que les
aveugles, les lâches, les « pires sourds » puissent continuer d'attendre et de se rassurer les uns les autres :
« Ça ne doit pas être tout à fait la même chose, n'est-
ce pas ? »

Pour tenter d'émouvoir son directeur, l'adjoint dit
encore.

— Nous ne sommes pas les seuls à nous occuper de cette affaire. Si nous n'agissons pas assez rapidement, nous risquons de voir un autre service nous couper l'herbe sous les pieds... le grand Fabius peut-être, qui passera une fois de plus pour le sauveur de la patrie... et qui nous fera tous arrêter, s'il découvre que nous avons su la vérité et que nous l'avons soigneusement dissimulée... On vous accusera de complicité, soyez sûr.

Mais le chef ne paraît pas convaincu. Il grogne entre ses dents, d'un air de méfiance et de doute :

— ... la vérité... la vérité... la vérité...

5 Mme Jean jette un regard circonspect du côté de la poste. Tout est tranquille sur le boulevard.

Mais tout avait l'air aussi tranquille auparavant, et pourtant il se passait quelque chose, là, à cinquante mètres, à l'angle de la rue Jonas. Déjà en septembre c'était commencé — autrement le commissaire ne l'aurait pas convoquée cet après-midi. Probablement a-t-elle participé à son insu à leurs combinaisons malhonnêtes. En tout cas, elle n'en a tiré aucun profit.

Elle a certainement donné des lettres à l'homme, sans y prendre garde : elle avait assez de mal à contrôler le numéro des cartes, sans aller inspecter la figure des abonnés. Il devait même venir souvent : on voyait que la petite Dexter le connaissait bien. Il a dit que ce n'était pas lui, bien entendu, et Mme Jean ne serait pas allée prétendre le contraire ! Ils sont assez grands pour se débrouiller seuls. Pourtant elle en avait la preuve, elle, que c'était vraiment lui : s'il voulait à toute force, ce matin, qu'on lui indique un autre bureau de poste, c'est qu'il ne pouvait pas retourner à celui-là, où on l'aurait tout de suite reconnu.

Quand elle l'a revu, après le déjeuner, il était tellement fatigué qu'il s'endormait sur sa table. Qu'avait-il fait toute la matinée? Autre chose, à coup sûr, que d'envoyer un télégramme. Et pourquoi traînait-il de nouveau par ici?

Un médecin, dit Émilie — peut-être. Il est bien habillé; il a l'air sérieux. Mme Jean essaie d'imaginer Wallas avec les grosses lunettes décrites par la vieille demoiselle; cela donne en effet un médecin très acceptable. Ce qui, apparemment, ne l'empêche pas d'être un criminel.

— Il y a de drôles de médecins par ici, vous savez. » Ça c'est bien vrai. Et qui ne connaissent pas grandchose : on l'a vu encore pendant l'épidémie. Mais celui-ci est un malin. Il a même réussi à mettre le commissaire dans sa poche : pour un peu il aurait dirigé l'interrogatoire! Il avait répondu avec tant d'assurance à la petite Dexter que la pauvre n'osait plus rien dire. Ils n'ont guère de chances de retrouver le coupable maintenant.

Mme Jean songe à cette étrange conjoncture où le coupable prend lui-même la direction de l'enquête. Comme elle ne peut venir à bout d'une réflexion aussi vertigineuse, délibérément elle détourne les yeux — et se met à penser à autre chose.

6 Une immense voix remplit le hall. Tombée de haut-parleurs invisibles, elle vient frapper de tous les côtés contre les murs chargés d'avis et de placards publicitaires, qui l'amplifient encore, la répercutent, la multiplient, la parent de tout un cortège d'échos plus ou moins décalés et de résonances, où le message primitif se perd — transformé en un gigantesque oracle, magnifique, indéchiffrable et terrifiant.

Aussi brusquement qu'il avait commencé, le vacarme

s'arrête, laissant de nouveau la place à la rumeur inorganisée de la foule.

Des gens se hâtent dans tous les sens. Ils doivent avoir deviné — ou cru deviner — la signification de l'annonce, car l'agitation a redoublé. Au milieu des mouvements réduits, dont chacun n'affecte qu'une très petite partie de la salle — entre un indicateur et un guichet, d'un tableau d'affichage à un kiosque — ou même des espaces plus incertains, animés çà et là de cheminements courbes, hésitants, discontinus, aléatoires — au milieu de cette masse grouillante, à peine coupée par instant, jusqu'alors, de quelque trajectoire moins épisodique, se font jour maintenant des courants notables ; dans un angle a pris naissance une file indienne qui traverse tout le hall en une oblique décisive ; plus loin, des volontés éparses se rassemblent en un faisceau de hélements et de pas rapides dont le flot se fraye un large passage, pour venir buter contre un des portillons de sortie ; une femme gifle un petit garçon, un monsieur cherche fiévreusement dans ses nombreuses poches le billet qu'il vient d'acheter ; de tous les côtés on crie, on traîne des valises, on se dépêche.

Le docteur Juard n'a ni valise ni billet. Il ne s'intéresse pas aux horaires des trains. Il n'a pas compris ce qu'a dit le haut-parleur. Ses déplacements, pas plus que son comportement général, n'ont subi de modification importante depuis tout à l'heure : il fait cinq pas le long du mur, entre la buvette et les téléphones, se retourne, fait deux pas dans l'autre sens, regarde sa montre, lève les yeux vers la grosse horloge, continue son chemin jusqu'à la première cabine, se retourne, s'arrête, se repose quelques secondes... et repart bientôt, à petits pas, vers la buvette. Il attend quelqu'un qui ne vient pas.

De nouveau le grésillement précurseur se fait enten-

dre et d'un seul coup la salle entière retentit du roulement de la voix divine. C'est une voix claire et forte;
il faut l'écouter avec attention pour s'apercevoir qu'on
ne comprend pas ce qu'elle dit.

Ce dernier message est plus bref que le précédent. Il
n'est suivi d'aucun changement appréciable parmi la
foule. Le docteur Juard, qui s'était immobilisé, se remet
en marche vers la rangée des cabines téléphoniques.

Mais ces paroles qui ne semblent pas avoir atteint
leur but, lui laissent une vague sensation d'inconfort.
Si l'avertissement ne s'adressait pas aux voyageurs,
peut-être était-ce lui que cela concernait : « On demande le docteur Juard au téléphone. » Il n'imaginait
pas qu'il pût être appelé par une voix si monstrueuse.
Et, à la réflexion, il est en effet peu probable que les
haut-parleurs officiels de la gare se chargent, entre les
départs des trains, de transmettre les conversations
personnelles.

Arrivé une fois de plus devant la rangée des cabines,
le petit docteur constate que celles-ci ne portent pas de
numéros permettant de les distinguer et que, par con-
séquent, la voix n'aurait pas pu préciser à quel appareil
il devait répondre. Il faudrait maintenant qu'il décroche tous les récepteurs l'un après l'autre... Cela ne présente pas de difficulté insurmontable, et si un employé
venait lui demander raison de sa conduite, il explique-
rait qu'on ne lui a pas dit lequel de ces téléphones
l'appelait. Rien de plus naturel, en somme. Malheureusement il risque d'intercepter d'autres communica-
tions et de se voir ainsi mêlé à quelque nouveau drame,
comme si la situation où il se débat n'était pas déjà
assez compliquée. Il repense au jour néfaste où il a
fait connaissance avec l'autre, à la suite d'une erreur
du même genre : il avait composé un mauvais numéro
et aussitôt les événements se sont enchaînés de façon
si rapide qu'il n'a pas su se dégager; de fil en aiguille,
il a fini par accepter de... L'autre, d'ailleurs, ne lui
laissait guère le choix.

N'y a-t-il donc qu'un seul chirurgien dans la ville, pour que Dupont, à son tour, soit venu se réfugier chez lui? Chez lui précisément, le « médecin du gang »! Cette appellation, bien qu'assez impropre en fait, n'en correspond pas moins à l'état d'esprit que lui-même a conservé depuis cette unique rencontre; il se sent lié; et, comme il n'est pas question pour lui de faire usage contre eux de ce qu'il sait, il n'envisage que l'autre aspect de sa position : il est entre leurs mains, à leur merci. A la moindre faute ils se débarrasseront de cet auxiliaire devenu inutile. S'ils savaient, par exemple, que leur dernière victime se cache depuis hier soir dans sa propre clinique...

Pourquoi ce Wallas n'arrive-t-il pas? Juard s'impatiente. Ce n'est pas lui qui a sollicité une entrevue ; il en a seulement fixé le lieu, pour éloigner de la clinique les investigations de l'agent spécial. Il y a trop de gens qui tournent autour du faux mort.

Par moment le petit docteur s'étonne que la catastrophe ne se soit pas encore produite. Cela fait déjà une vingtaine d'heures que Dupont ne devrait plus être en vie ; lui-même, Juard, qui lui a donné asile... Il ne pouvait pas, non plus, trahir la confiance du professeur et le livrer à ses ennemis. D'ailleurs, où les aurait-il joints? Il invoquera ce prétexte, il prétendra aussi n'avoir pas su d'où venait la balle, il dira... Mais à quoi tout cela sert-il? L'autre n'a pas l'habitude de peser si longuement le sort de ses sujets. Juard a compris dès le début, sans clairement se l'avouer, qu'il se condamnait lui-même en accordant son aide au professeur — aide que, par surcroît, il juge dérisoire : l'autre ne se laisse pas si aisément tromper.

Pourtant, rien n'est encore venu troubler cette journée. Le temps s'écoule normalement. Dupont attend, en toute tranquillité, la voiture promise par le ministre. A mesure que s'approche l'heure fixée pour le départ, le petit docteur reprend confiance malgré soi.

Mais il craint à présent que ce Wallas, dont on n'avait

aucun besoin, ne s'en vienne au dernier moment tout déranger; il s'inquiète de ce retard que ne laissait pas prévoir l'insistance montrée une demi-heure plus tôt par l'agent spécial. Juard pourrait en profiter pour s'en aller sans l'avoir vu, d'autant plus que ses obligations professionnelles ne lui permettent pas de rester là jusqu'au soir; mais il ne se résout pas à partir: le policier peut arriver d'un instant à l'autre et, s'il ne voit personne au rendez-vous, il retournera rue de Corinthe — ce qu'il faut éviter à tout prix.

Le petit docteur continue son va-et-vient entre la buvette et les téléphones, cinq pas dans un sens, cinq pas dans l'autre. Il ne sait quel parti prendre... Il fait une pause. Il regarde sa montre — bien qu'ayant vu l'heure à la grosse horloge il y a vingt secondes à peine. Il se fixe des limites au-delà desquelles il n'attendra plus; mais il les dépasse l'une après l'autre — et ne s'en va pas.

A gauche de l'horloge, une inscription s'étale en capitales rouges de cinquante centimètres de haut: « N'encombrez pas la sortie. »

Symétriquement, en lettres bleues sur un fond jaune, on lit cette réclame: « Ne partez pas sans emporter *Le Temps*. »

Juard pense tout à coup que l'on se joue de lui; cette évidence l'atteint avec tant de violence qu'il en éprouve une sensation quasi physique, analogue à celle que procure une marche manquée qui vous a fait perdre soudain l'équilibre.

Le nommé Wallas ne se soucie pas d'être à l'heure à ce rendez-vous absurde: c'est la clinique qui l'intéresse! Il y est en ce moment même, fort occupé à fouiller partout; comme il a présenté un ordre de perquisition, personne n'ose rien dire. En choisissant cet endroit insolite — le hall de la gare — Juard n'a fait que renforcer les soupçons de l'agent spécial, tout en laissant le champ libre à sa curiosité.

Il est peut-être encore temps d'empêcher que Dupont ne soit découvert. Juard n'a pas une minute à perdre. Tandis qu'il traverse le hall, il songe au moyen d'arranger les choses, quand une angoisse nouvelle le prend : ce Wallas est un faux policier, c'est pour achever le professeur qu'il est à sa recherche...

Le petit docteur s'arrête pour réfléchir.

Il est devant le marchand de journaux, dont il affecte de considérer la devanture. Ne partez pas sans emporter *Le Temps*. Il entre, sous prétexte d'acheter l'édition du soir.

Un client, penché sur le comptoir, se redresse et recule un peu pour lui faire de la place dans la minuscule boutique ; puis il pousse une exclamation :

— Ah, Docteur, dit-il, je vous cherchais.

Le docteur Juard a donc raconté pour la troisième fois la découverte du cambrioleur dans le cabinet de travail, le coup de revolver, la « blessure légère », le décès sur la table d'opération. Il connaît désormais son récit par cœur ; il a conscience de le répéter avec plus de naturel que ce matin, dans le bureau du commissaire ; et quand on lui pose une question supplémentaire, il fournit le détail demandé sans se troubler, même s'il improvise. Cette fiction a pris peu à peu suffisamment de poids dans son esprit pour lui dicter automatiquement les bonnes réponses ; elle continue d'elle-même à sécréter ses propres précisions et incertitudes — tout comme ferait la réalité, en de pareilles circonstances. Juard n'est pas loin, par instant, de s'y laisser prendre.

Son interlocuteur ne cherche pas, du reste, à lui compliquer la tâche. Il lui donne la réplique avec à-propos : on voit qu'il est habitué déjà à cette version des événements et ne songe pas à la contester.

— Pouvez-vous indiquer, approximativement, à quelle distance le coup a été tiré?

— Cinq ou six mètres, environ; c'est difficile de donner un chiffre exact.

— C'est de face que la balle l'a frappé?

— Oui, en plein de face, entre la quatrième et la cinquième côte. Pour une balle tirée par un homme en fuite, elle était placée avec adresse.

— Il n'y avait pas d'autre blessure, n'est-ce pas?

— Non, celle-là seulement.

Le dialogue coule avec facilité — avec tant de facilité que cela en devient presque inquiétant, comme le camouflage trop habile d'un piège. Juard se demande si Wallas ne sait pas plus de choses qu'il ne l'avoue.

N'est-il pas évident, au contraire, que l'agent spécial est au courant de toute la vérité? On ne l'aurait pas déplacé depuis la capitale pour un simple cambriolage. Alors, que cherche-t-il à obtenir du docteur? Celui-ci pose avec prudence quelques questions détournées, pour essayer de savoir s'il est bien nécessaire de poursuivre la comédie; mais Wallas reste enfermé dans leurs conventions primitives, soit qu'il les juge plus sûres, soit qu'il n'ait pas compris les signaux d'intelligence placés par Juard à son intention, soit encore pour d'autres causes.

Le petit docteur voudrait surtout se rendre compte de la protection qu'il peut attendre de la police. Malgré le malentendu qui pèse sur leur entretien, il a de la sympathie pour Wallas; mais il n'a pas l'impression que son assistance pourrait être très efficace, en face d'une organisation si puissante. Il ne porte même pas d'uniforme. Quant aux agents du commissariat général, bien qu'ils aient à première vue plus de prestige, Juard les approche de trop près pour ne pas savoir à quoi s'en tenir sur leur compte et ce qu'il doit en espérer.

La confiance relative que Wallas lui inspire ne l'empêche pas, toutefois, de rester sur ses gardes: le prétendu « agent spécial » est peut-être aussi à la solde de l'autre.

A l'opposé, il n'est pas exclu non plus que sa sincérité soit si entière qu'il ignore même ce qui s'est réellement passé.

Juard regagne sa clinique. Il n'a pu tirer de Wallas ni renseignement ni promesse. Il a de moins en moins d'espoir quant à l'appui éventuel qu'une autorité quelconque lui fournirait, en cas de malheur. Ils auraient plus vite fait de le condamner comme complice.

De quelque côté qu'il se tourne, il est également coupable. Il n'entrevoit que des issues fatales.

Au prix de ces divers périls, l'agent spécial, qui lui inspirait d'abord des craintes imprévues, lui apparaît à la réflexion comme bien peu dangereux, sinon comme un sauveur. Juard est même sur le point de se reprocher sa propre méfiance : n'aurait-il pas dû dire la vérité — dont Wallas a tout l'air, en fin de compte, d'ignorer l'essentiel.

Mais le petit docteur se souvient alors des derniers mots qu'il a laissé échapper, en s'en allant : « On s'acharne quelquefois à découvrir un meurtrier... » Il les a regrettés aussitôt, car ils s'appliquaient trop clairement — beaucoup plus clairement qu'il ne l'avait prémédité — à la situation présente. Maintenant il se réjouit de les avoir prononcés. Wallas, grâce à lui, possède ainsi la clef de l'énigme ; s'il y réfléchit avec soin et sait en tirer parti, il ne s'engagera pas sur une mauvaise route. Juard, cependant, n'a pas cru remarquer que l'agent spécial ait accordé une attention particulière à sa phrase.

Rue de Corinthe, le docteur va rejoindre Daniel Dupont dans la petite chambre blanche. Selon l'habitude de la clinique, il entre sans frapper. Le professeur, qui tournait le dos à la porte, sursaute en l'entendant.

— Vous m'avez fait peur.

— Excusez-moi, dit Juard, je suis entré comme chez moi. Je ne sais pas où j'avais la tête.

Dupont devait être en train de faire les cent pas entre le lit et la fenêtre. Il a une figure contrariée.

— Le bras va bien? demande Juard.

— Oui, oui. Très bien.

— Un peu de fièvre?

— Non, non. Ça va très bien.

— Il vaudrait mieux ne pas trop vous remuer.

Dupont ne répond pas. Il pense à autre chose. Il va jusqu'à la fenêtre, dont il écarte un des rideaux — de quelques centimètres seulement — de manière à pouvoir regarder dans la rue sans risquer d'être aperçu lui-même.

— Marchat ne revient pas, dit-il.

— Il va arriver, dit le docteur.

— Oui... Il faudrait qu'il se dépêche.

— Vous avez encore du temps devant vous.

— Oui... Pas tellement.

Dupont lâche le bord du rideau. L'étoffe légère retombe, laissant se reformer le dessin de la broderie. Avant de s'immobiliser tout à fait, l'ensemble est encore agité de quelques très minimes oscillations — vite amorties — à peine un tremblement.

Le professeur baisse le bras, avec une certaine lenteur, en homme qui n'a pas autre chose à faire ensuite — et n'a donc aucune raison de hâter ses mouvements. Il attend quelqu'un qui ne vient pas; pour masquer son énervement — et le maîtriser en partie — il se force à cette modération exagérée. Il abaisse le bras.

Sa main, au lieu de rester pendre naturellement, remonte le long de la jambe, hésite vers le bas du veston, le soulève un peu, redescend, monte à nouveau, passe outre, et finit par disparaître dans la poche.

Dupont se retourne vers le docteur.

7   Il aperçoit son visage dans la glace de la cheminée et, au-dessous, la double rangée des
objets alignés sur le marbre : la statuette et
son reflet, le bougeoir de cuivre et son reflet,
le pot à tabac, le cendrier, l'autre statuette —
où un beau lutteur s'apprête à écraser un lézard.

L'athlète au lézard, le cendrier, le pot à tabac, le
bougeoir... Il sort la main de sa poche et la tend vers la
première statuette, vieil aveugle guidé par un enfant.
Dans la glace, le reflet de la main s'avance à sa rencontre. Toutes les deux restent suspendues un instant
au-dessous du bougeoir de cuivre — indécises. Puis le
reflet et la main se posent, l'un en face de l'autre, sagement, à égale distance de la surface du miroir, sur le
bord du marbre et sur le bord de son image.

L'aveugle à l'enfant, le bougeoir en cuivre, le pot à
tabac, le cendrier, l'athlète écrasant un lézard.

La main s'avance à nouveau vers l'aveugle de bronze
— l'image de la main vers celle de l'aveugle... Les deux
mains, les deux aveugles, les deux enfants, les deux
bougeoirs sans bougie, les deux pots de terre cuite,
les deux cendriers, les deux apollons, les deux lézards...

Il demeure encore quelque temps dans l'expecta-
tive. Puis résolument il saisit la statuette de gauche et
la remplace par le pot de terre cuite ; le bougeoir vient
à la place du pot, l'aveugle à la place du bougeoir.

Le pot à tabac, l'aveugle à l'enfant, le bougeoir, le
cendrier, le bel athlète.

Il contemple son ouvrage. Quelque chose encore
choque le regard. Le pot à tabac, l'aveugle, le bougeoir...
Il échange l'un pour l'autre les deux derniers objets.
Le pot de terre et son reflet, l'aveugle et son reflet, le
bougeoir, l'athlète au lézard, le cendrier.

Enfin, il pousse le petit cendrier rouge de quelques
centimètres vers l'angle du marbre.

Garinati sort de sa chambre, en ferme la porte au

verrou et commence à descendre la longue spirale de
l'escalier.

Le long d'un canal. Les blocs de granit qui bordent le
quai; sous la poussière brillent çà et là des cristaux
noirs, blancs et rosâtres. Sur la droite, un peu plus bas,
il y a l'eau.

Un fil électrique caoutchouté dessine contre le mur
un trait vertical.

Plus bas, pour franchir la corniche d'un étage, il se
coude à quatre-vingt-dix degrés, une fois, deux fois.
Mais ensuite, au lieu d'épouser l'angle rentrant, il
décolle de la paroi et ondule dans le vide sur cinquante
centimètres.

Plus bas, appliqué de nouveau contre le mur vertical, il décrit encore deux ou trois arcs de sinusoïde —
pour reprendre à la fin sa descente rectiligne.

La petite porte vitrée a poussé un profond gémissement. Dans sa précipitation pour s'enfuir, Garinati l'a
ouverte un peu plus qu'il ne devait.

Le cube de lave grise. Le timbre avertisseur débranché. La rue qui sent la soupe aux choux. Les chemins
boueux qui se perdent, très loin, dans la tôle rouillée.

Les bicyclettes qui rentrent du travail. Le flot des
bicyclettes coule le long du Boulevard Circulaire.

— Vous ne lisez pas les journaux? Bona se penche
vers sa serviette...

Garinati se bouche les oreilles pour chasser ce bruit
irritant. Cette fois-ci il opère avec les deux mains,

qu'il garde une minute hermétiquement appliquées de chaque côté de sa tête.

Quand il les enlève, le sifflement a disparu. Il commence à marcher, avec précaution, comme s'il craignait de le faire renaître par des mouvements trop vifs. Au bout de quelques pas il se touve à nouveau devant l'immeuble d'où il vient de sortir.

Au bout de quelques pas il aperçoit, en levant la tête vers une boutique étincelante, le pavillon de brique qui fait le coin de la rue des Arpenteurs. Ce n'est pas la maison elle-même, mais une immense photographie habilement disposée derrière la vitre.

Il entre.

Il n'y a personne dans le magasin. Par une porte du fond, arrive une jeune femme brune qui lui adresse un aimable sourire. Il tourne les yeux vers les rayonnages qui couvrent les murs.

Une vitrine entièrement pleine de bonbons, tous enveloppés dans des papiers de couleurs vives et distribués dans de larges boîtes, rondes ou ovales.

Une vitrine entièrement pleine de petites cuillers, appareillées par douzaines — alignées parallèlement, d'autres rangées en éventail, en carrés, en soleils...

Bona irait rue des Arpenteurs, sonner à la porte du petit pavillon. La vieille bonne sourde finirait par entendre et viendrait lui ouvrir.

— Monsieur Daniel Dupont, s'il vous plaît.

— Comment dites-vous?

Bona répéterait plus fort :

— Monsieur Daniel Dupont !

— Oui, c'est ici. Que désirez-vous?

— Je venais prendre de ses nouvelles... Prendre de ses nouvelles !

— Ah bon. Vous êtes bien aimable. Monsieur Dupont
va très bien.

Pourquoi Bona irait-il prendre de ses nouvelles,
puisqu'il sait que le professeur est mort?

Garinati regarde, en-dessous du tablier, l'encombrement des poutrelles métalliques et des câbles, en
train de disparaître progressivement à la vue. De
l'autre côté du canal, l'énorme machinerie du pont-
bascule ronronne régulièrement.

Il suffirait d'introduire un objet dur — qui pourrait
être de dimensions très réduites — dans un engrenage
essentiel et tout le système s'arrêterait, avec un grince-
ment de mécanique détraquée. Un petit objet très dur
qui résisterait au broyage; le cube de lave grise...

A quoi bon? L'équipe de secours arriverait aussitôt.
Demain tout marcherait comme à l'ordinaire — comme
si rien ne s'était passé.

— Monsieur Daniel Dupont, s'il vous plaît.

— Comment dites-vous?

Bona hausse la voix:

— Monsieur Daniel Dupont!

— Eh bien oui! Vous n'avez pas besoin de crier si
fort, vous savez. Je ne suis pas sourde! Qu'est-ce que
vous lui voulez encore à Monsieur Dupont.

— Je venais prendre de ses nouvelles.

— Prendre de ses nouvelles? Mais il est mort, mon
garçon! Mort, vous entendez! Il n'y a plus personne
ici, vous arrivez trop tard.

La petite porte vitrée pousse un profond gémissement.

Quelque chose à dire à ce Wallas? Que lui dirait-
il donc? Il tire la carte postale de la poche de son
manteau et s'arrête pour la contempler. On pourrait

presque compter les cristaux du granit dans la bordure de pierre qui forme le premier plan.

Une boule de papier chiffonné — bleuâtre et salie. Il la pousse du pied, deux ou trois fois.

Une plaque de verre noir fixée par quatre vis dorées. Celle d'en haut, à droite, a perdu la rosace décorative qui masquait sa tête.

Une marche blanche.

Une brique, une brique ordinaire, une brique parmi les milliers de briques qui composent la muraille.

C'est tout ce qui reste de Garinati vers cinq heures du soir.

Le remorqueur atteint maintenant la passerelle suivante et, pour la franchir, commence à baisser sa cheminée.

Tout en bas, à la verticale de l'œil, le câble file toujours au ras de l'eau, rectiligne et tendu, à peine plus gros que le pouce. Il s'élève insensiblement au-dessus des vaguelettes glauques.

Et d'un seul coup, précédée par un flot d'écume, surgit de dessous l'arche du pont l'étrave obtuse de la péniche — qui s'éloigne lentement vers la passerelle suivante.

Le petit homme en long manteau verdâtre, penché sur le parapet, se redresse.

chapitre cinq

1 Et c'est déjà la nuit qui tombe — et la brume froide de la mer du Nord, où la ville va s'endormir. Il n'y a presque pas eu de jour.

Tout en marchant le long des vitrines qui s'éclairent l'une après l'autre, Wallas essaye de distinguer les éléments utilisables dans le rapport que Laurent lui a fait lire. Que le motif du crime ne soit pas le vol, il est — au sens exact des mots — « payé pour le savoir ». Mais pourquoi aller imaginer ce dédoublement de l'assassin ? On n'est guère plus avancé pour avoir supposé que l'homme qui a tiré le coup de pistolet fatal n'est pas celui qui a montré la route familière à travers le jardin et la maison. D'ailleurs l'argument des pas sur la pelouse n'est pas très convaincant. Si quelqu'un marchait déjà sur la bordure en brique de l'allée, l'autre n'avait qu'à marcher par-derrière, ou plutôt par-devant puisqu'il est censé connaître seul le chemin. C'est dans cette position qu'on se représente le mieux les déplacements de deux rôdeurs nocturnes. En tout cas personne n'avait besoin de marcher sur la pelouse ; si quelqu'un l'a fait, c'est à coup sûr pour une autre raison — ou bien sans raison du tout.

Wallas sent la fatigue accumulée depuis le matin qui commence à lui engourdir les jambes. Il n'est pas habitué à faire d'aussi longues marches. Ces allées et venues, d'un bout de la ville à l'autre, doivent représenter en fin de compte un bon nombre de kilomètres, dont il a parcouru à pied la plus grande partie. En sortant du commissariat, il s'est dirigé vers la rue de Corinthe par la rue de la Charte, la préfecture et la rue Bergère ; là il s'est trouvé au carrefour de trois rues : celle d'où il venait et deux directions possibles en face de lui, formant entre elles un angle droit. Il se souvenait d'être déjà passé deux fois par cet endroit : la première fois il avait pris la bonne route, la seconde fois il s'était trompé ; mais il ne pouvait plus se rappeler laquelle de ces deux rues il avait empruntée la première fois — elles se ressemblaient d'ailleurs énormément.

Il a pris celle de gauche et, après quelques détours imposés par la disposition des voies, il s'est retrouvé — beaucoup plus vite qu'il ne l'aurait cru possible — sur la place du Palais de Justice, juste devant le commissariat général.

Laurent sortait à ce moment; il s'est montré surpris de retrouver là Wallas, qui l'avait quitté un quart d'heure auparavant. Il n'a cependant demandé aucune explication et a proposé de conduire l'agent spécial jusqu'à la clinique, dans sa voiture, car il allait lui-même de ce côté.

Deux minutes après, Wallas sonnait au numéro 11. C'est la même infirmière qui lui a ouvert la porte — celle qui, ce matin, avait insisté de façon indiscrète pour le retenir malgré l'absence du docteur. Il a compris à son sourire qu'elle le reconnaissait. « Tous les mêmes ! » Il lui a dit qu'il désirait parler au docteur Juard *en personne;* il a beaucoup appuyé sur le caractère urgent de sa démarche et il a donné une carte de visite où figurait la mention : « Bureau des Enquêtes du Ministère de l'Intérieur. »

On l'a fait attendre dans une sorte de salon-bibliothèque assez sombre. Personne ne l'ayant invité à s'asseoir, il s'est promené de long en large devant les rayons chargés de livres reliés, lisant distraitement quelques titres au passage. Toute une étagère était occupée par des ouvrages consacrés à la peste — tant livres d'histoire que livres de médecine.

Une femme a traversé la pièce, puis deux autres et un petit homme maigre portant des lunettes, qui paraissait très pressé. L'infirmière est enfin revenue et — comme si elle l'avait oublié — lui a demandé ce qu'il attendait. Il a répondu qu'il attendait le docteur Juard.

— Mais le docteur vient de partir, vous ne l'avez donc pas vu?

Il était difficile de croire qu'elle ne se moquait pas de lui. Comment aurait-il pu deviner que l'homme qu'il avait vu était le docteur Juard, puisqu'il ne le connaissait pas. Et pourquoi n'avait-elle pas annoncé sa visite comme il l'en avait priée?

— Ne vous fâchez pas, Monsieur; je croyais que le docteur vous aurait parlé avant de sortir. Je lui avais dit que vous étiez là. Il venait d'être appelé pour un cas très grave et il lui était impossible de rester — même une minute. Comme le docteur a une fin d'après-midi très chargée, il a demandé si vous pouviez l'attendre à quatre heures et demie très précises dans le hall de la gare, entre les téléphones et la buvette; c'est la seule façon de le rencontrer aujourd'hui: il ne reviendra ici que tard dans la soirée. Quand j'ai vu le docteur entrer dans le salon, j'ai cru qu'il allait vous donner lui-même le rendez-vous.

En passant, le petit docteur l'avait dévisagé à la dérobée. « Il y a de drôles de médecins par ici. »

Puisqu'il en avait le temps, Wallas s'est rendu au domicile du négociant Marchat. Mais son coup de sonnette est resté sans réponse. Ça n'avait guère d'importance, Laurent lui ayant répété l'essentiel de sa conversation avec l'homme qui se croyait condamné à mort. Il aurait aimé pourtant juger par lui-même de l'équilibre mental du personnage. Laurent le présentait comme fou à lier et la manière dont il s'était conduit dans son bureau justifiait, au moins en partie, cette opinion. Mais, sur certains points, Wallas n'est pas aussi sûr que le commissaire de l'inanité de ses craintes: l'exécution d'une nouvelle victime n'est en effet que trop prévisible pour le soir même.

Ayant redescendu l'escalier, Wallas a demandé au concierge de l'immeuble s'il savait quand son locataire rentrerait. M. Marchat venait de partir en voiture, pour plusieurs jours, avec toute sa famille; il avait appris sans doute le décès d'un proche parent: « Le pauvre en était tout remué. »

Le négociant demeure dans le sud de la ville, non

loin du quartier des exportateurs de bois. De là, Wallas s'est acheminé vers la gare, en repassant par la rue de Berlin et la place du Palais de Justice. Il a longé ensuite un interminable canal, bordé de l'autre côté par une série de maisons anciennes dont l'eau, depuis quelques siècles, ronge les pignons étroits, inclinés en avant vers elle de façon très inquiétante.

En pénétrant dans le hall de la gare, il a vu tout de suite la petite boutique nickelée, où un garçon en tablier blanc vendait des sandwiches et des bouteilles d'eau gazeuse. A cinq mètres sur la droite il y avait une cabine téléphonique — une seule. Il s'est mis à faire les cent pas, en jetant de fréquents coups d'œil au cadran de l'horloge. Le docteur était en retard.

La salle des pas perdus était pleine de gens qui se hâtaient dans tous les sens. Wallas ne s'écartait pas d'une semelle de l'endroit indiqué par l'infirmière, car la foule était si dense qu'il craignait de ne pas apercevoir le docteur quand il arriverait.

Wallas a commencé à s'inquiéter. L'heure fixée était dépassée depuis longtemps et l'impression désagréable que lui avait laissée sa visite à la clinique se précisait de minute en minute. Il y avait eu certainement un malentendu. L'infirmière avait mal fait la commission, dans un sens ou dans l'autre — peut-être dans les deux.

Il fallait téléphoner rue de Corinthe pour demander des explications. Comme il n'y avait pas d'annuaire dans la cabine de verre qui se trouvait là, Wallas a demandé au vendeur de limonade où il pouvait en consulter un. Tout en distribuant des bouteilles et en comptant sa monnaie, l'homme lui a désigné un point du hall où Wallas, malgré ses efforts, n'a pu découvrir qu'un marchand de journaux. Il lui avait bien semblé que le garçon n'avait pas compris ce qu'il cherchait. Il est entré quand même dans l'échope minuscule, où il n'y avait évidemment pas trace d'annuaire. Quelques articles de papeterie étaient exposés au milieu des illustrés et des romans, d'aventures à couverture de couleur ; Wallas a demandé à voir des gommes.

C'est à ce moment-là que le docteur Juard a ouvert la porte. Il avait attendu à l'autre bout du hall, à l'endroit où se trouve la véritable buvette et toute une rangée de téléphones.

Le docteur n'a rien pu lui apprendre de nouveau. Wallas n'a pas voulu parler du complot, par prudence, et Juard n'a fait que répéter ce qu'il avait déjà dit le matin au commissaire général.

Tout naturellement Wallas a pris, sur la place de la Gare, le même tramway que la veille au soir — celui qui l'avait conduit du côté de la rue des Arpenteurs. Il est descendu au même arrêt et, maintenant, il suit le Boulevard Circulaire qui le ramène au petit pavillon de brique et à la chambre misérable du Café des Alliés. La nuit est de nouveau complète. Wallas n'est pas plus avancé que lorsqu'il est arrivé, hier, par ce même chemin.

Il pénètre dans le grand immeuble de pierre qui se dresse à l'angle de la rue. Il va être forcé, pour le contre-interrogatoire du concierge, de montrer sa carte rose et probablement d'avouer, par la même occasion, la petite supercherie de ce matin au sujet de la prétendue amitié de sa mère avec Mme Bax.

A l'accueil du gros homme jovial, Wallas voit que celui-ci le reconnaît. Lorsqu'il lui révèle l'objet de sa visite, le concierge sourit et dit simplement :

— J'avais bien compris, ce matin, que vous étiez de la police.

Le bonhomme explique ensuite qu'un inspecteur est déjà venu le questionner, à qui il a déjà répondu qu'il ne savait rien. Wallas parle alors de l'adolescent dont le concierge a signalé les inquiétantes manières. L'autre lève les bras au ciel :

— « Inquiétantes ! », répète-t-il.

Il lui avait semblé, justement, que l'inspecteur attachait à ce jeune homme une importance que lui-même était loin de... etc. Wallas constate, comme il s'y attendait, que le commissaire Laurent ne se trompait pas en soupçonnant son subordonné de « zèle » intempestif. Ainsi le concierge n'a pas dit qu'on se disputait, lors de ces entrevues, mais que par moment « on élevait la voix ». Il n'a pas dit, non plus, que l'étudiant avait souvent l'air ivre. Oui, il l'a vu désigner de la main, en passant, le petit hôtel à un camarade, mais il n'a pas dit que son geste était menaçant ; il a seulement parlé de « grands gestes » — comme en font tous les garçons de cet âge, passionnés ou nerveux. Le concierge ajoute enfin que le professeur avait déjà reçu, par le passé — quoique rarement à vrai dire — la visite d'étudiants de la Faculté.

La salle de café est chaude et accueillante malgré l'atmosphère épaisse — fumée, haleine d'hommes et vapeurs de vin blanc. Il y a beaucoup de monde — cinq ou six consommateurs qui rient et parlent fort, tous à la fois. Wallas est revenu vers cet endroit comme vers un refuge ; il voudrait y avoir donné rendez-vous à quelqu'un ; il attendrait, des heures durant, perdu dans le bruit des discussions oiseuses — en buvant des grogs à cette table un peu isolée...

— Salut, dit l'ivrogne.

— Bonjour.

— Tu m'as fait attendre, dit l'ivrogne.

Wallas se détourne. Il n'y a pas, ici non plus, de table isolée où il puisse être tranquille.

Il n'a pas envie de monter dans sa chambre, qu'il se rappelle lugubre et qui doit être très froide. Il se rapproche du bar, où trois hommes sont accoudés.

— Alors, crie l'ivrogne derrière lui, tu viens pas t'asseoir?

Les trois hommes se retournent en même temps vers lui et le dévisagent avec sans-gêne. L'un porte une combinaison graisseuse de mécanicien, les deux autres ont d'épaisses blouses-vareuses, à grand col, en laine bleu marine. Wallas pense que ses vêtements bourgeois trahissent sa profession de policier. Fabius aurait commencé par se costumer en matelot.

... Fabius entre. Il porte une marinière bleue et marche en roulant les hanches — souvenir de tangages ~~pitching~~ imaginaires.

— Pas fameuse la pêche aujourd'hui, lance-t-il à la compagnie. C'est à croire que tous les harengs de la mer ont déjà été mis en boîte...

Les trois types le considèrent avec étonnement et suspicion. Deux autres clients, debout devant le poêle, ont interrompu une conversation — pourtant passionnée — pour le regarder aussi. Le patron passe un torchon sur le dessus du bar.

— Alors, tu viens, répète l'ivrogne au milieu du silence ; on va te poser la devinette.

Les deux marins, le mécano, les deux autres près du poêle, tous se replongent dans le cours de leur temps.

— Vous me donnerez un grog, s'il vous plaît, dit Wallas au patron.

Et il va s'asseoir à la première table, de manière à ne pas voir l'ivrogne.

— Toujours aimable, constate celui-ci.

— Je peux très bien, dit quelqu'un, suivre une ligne oblique par rapport au canal et marcher quand même en ligne droite. Ah !

Le patron sert une nouvelle tournée aux trois hommes accoudés au bar. Les deux autres ont repris leur dispute ; c'est la signification du mot *oblique* qui les sépare. Chacun essaie d'avoir raison en criant le plus fort.

— Tu veux me laisser parler?

— Mais tu ne fais que ça, parler !

— Tu ne comprends pas : je dis que je peux aller droit, tout en suivant une direction qui est oblique — oblique par rapport au canal.

L'autre réfléchit et remarque avec placidité :

— Tu vas tomber dans le canal.

— Alors tu refuses de répondre?

— Ecoute, Antoine, tu diras tout ce que tu veux, moi je sors pas de là : si tu obliques, tu vas pas tout droit ! Même si c'est par rapport à un canal ou à n'importe quoi.

Le bonhomme en blouse grise et toque de pharmacien estime l'argument qu'il vient d'assener sans réplique. Son adversaire lève les épaules de dégoût :

— J'ai jamais rencontré personne d'aussi con.

Il se tourne vers les marins ; mais ceux-ci parlent entre eux avec des exclamations en patois et des gros rires. Antoine s'approche de la table où Wallas boit son grog ; il le prend à témoin :

— Vous avez entendu, Monsieur? Voilà un type censément instruit qui n'admet pas qu'une ligne puisse être à la fois oblique et droite.

— Ah.

— Vous admettez ça, vous?

— Non, non, s'empresse de répondre Wallas.

— Comment, non? Une ligne oblique, c'est une ligne...

— Oui, oui, bien sûr. J'ai dit : je n'admets pas qu'on ne l'admette pas.

— Ah bon... bon.

Antoine n'a pas l'air absolument satisfait de cette prise de position, qu'il juge par trop subtile. Il lance tout de même à son compagnon :

— Tu vois, hein, l'herboriste !

— Je ne vois rien du tout, répond tranquillement l'herboriste.

— Ce monsieur est de mon avis !

— Il n'a pas dit ça.

Antoine s'énerve de plus en plus.

— Mais expliquez-lui ce que ça veut dire « oblique », crie-t-il à Wallas.

— « Oblique », répète Wallas évasif... Ça peut avoir plusieurs sens.

— C'est aussi mon opinion, approuve l'herboriste.

— Enfin, s'exclame Antoine à bout de patience, une ligne qui est oblique par rapport à une autre, ça signifie bien quelque chose !

Wallas s'efforce de formuler une réponse exacte :

— Ça signifie, dit-il, qu'elles forment un angle, un angle différent de zéro et de quatre-vingt-dix degrés.

L'herboriste exulte.

— C'est ce que je disais, conclut-il. S'il y a un angle ça n'est pas tout droit.

— J'ai jamais rencontré personne d'aussi con, dit Antoine.

— Eh ben, moi, j'en connais une encore meilleure... Tu permets...

L'ivrogne s'est levé de sa table pour se mêler à la conversation. Comme il ne tient pas très bien debout, il s'assoit aussitôt à côté de Wallas. Il parle avec lenteur, pour ne pas s'embrouiller la langue :

— Dis-moi un peu quel est l'animal qui est parricide le matin...

— Il ne manquait plus que cet abruti-là, s'écrie Antoine. Tu ne sais même pas ce que c'est qu'une oblique, je parie ?

— Tu m'as l'air oblique, toi, dit l'ivrogne d'un ton suave. Les devinettes, c'est moi qui les pose. J'en ai une tout exprès pour mon vieux copain...

Les deux adversaires s'éloignent vers le bar, en quête de nouveaux partisans. Wallas tourne le dos à l'ivrogne, qui continue malgré cela, de sa voix jubilante et appliquée :

— Quel est l'animal qui est parricide le matin, inceste à midi et aveugle le soir ?

Au comptoir la discussion est devenue générale, mais les cinq hommes parlent à la fois et Wallas ne saisit que des lambeaux de phrases.

— Alors, insiste l'ivrogne, tu trouves pas ? C'est pourtant pas difficile : parricide le matin, aveugle à midi... Non... Aveugle le matin, inceste à midi, parricide le soir. Hein ? Quel est l'animal ?

Heureusement le patron arrive pour enlever les verres vides.

— Je garderai la chambre pour cette nuit, lui annonce Wallas.

— Et puis il paye la tournée, ajoute l'ivrogne.

Mais personne n'enregistre cette suggestion.

— Alors, t'es sourd ? fait l'ivrogne. Hé, copain ! Sourd à midi et aveugle le soir ?

— Fous-lui la paix, dit le patron.

— Et qui boite le matin, complète l'ivrogne avec une gravité soudaine.

— Je te dis de lui foutre la paix.

— Ben, je fais rien de mal ; je pose une devinette.

Le patron donne un coup de torchon sur la table.

— Tu nous emmerdes avec tes devinettes.

Wallas s'en va. Plus qu'un travail précis à faire, c'est le bonhomme aux énigmes qui le chasse du petit café.

Il préfère marcher, malgré le froid et la nuit, malgré sa fatigue. Il veut rassembler les quelques éléments qu'il a pu recueillir çà et là au cours de la journée. En passant devant la grille du jardin, il lève les yeux vers le pavillon, désormais désert. De l'autre côté de la rue, la fenêtre de Mme Bax est éclairée.

— Hé ! Tu m'attends pas ? Hé ! Copain !

C'est l'ivrogne qui le poursuit.
— Hé, là-bas ! Hé !
Wallas hâte le pas.
— Attends un peu ! Hé !
La voix hilare se perd progressivement.
— Eh là, t'es pas si pressé !... Hé !... Va pas si vite !...
Hé !... Hé !.. Hé !...

2   Huit doigts gras et courts passent et repas-
sent délicatement les uns contre les autres,
le dos des quatre droits contre l'intérieur
des quatre gauches.
    Le pouce gauche caresse l'ongle du droit,
doucement d'abord, puis en appuyant de plus en plus.
Les autres doigts échangent leur position, le dos des
quatre gauches venant frotter l'intérieur des quatre
droits, avec vigueur. Ils s'imbriquent les uns dans les
autres, s'enchevêtrent, se tordent ; le mouvement
s'accélère, se complique, perd peu à peu sa régularité,
devient bientôt si confus qu'on ne distingue plus rien
dans le grouillement des phalanges et des paumes.

— Entrez, dit Laurent.
Il pose ses deux mains, doigts largement écartés,
à plat sur le bureau. C'est un huissier qui apporte une
lettre.
— Monsieur le Commissaire, on a glissé ça sous la
porte de la loge. Il y a écrit « Très urgent » et « Personnel ».
Laurent prend l'enveloppe jaune que lui tend l'homme.
La suscription, tracée au crayon, est à peine lisible :
« Personnel. Monsieur le Commissaire Général. Très
urgent. »
— Le concierge n'a pas regardé qui portait cette
lettre ?

— Il n'a pas pu, Monsieur le Commissaire ; il l'a trouvée sous sa porte. Elle y était peut-être déjà depuis un quart d'heure, ou plus.

— C'est bien, je vous remercie.

L'huissier sorti, Laurent palpe l'enveloppe. Elle semble contenir une carte assez rigide. Il l'approche de la lumière électrique, pour la regarder par transparence. Il ne voit rien d'anormal. Il se décide à l'ouvrir avec son coupe-papier.

C'est une carte postale illustrée, qui représente une petite maison de faux style Louis XIII, à l'angle d'une longue et morne rue de banlieue et d'une avenue très large, probablement au bord d'un canal. Au dos est inscrite, toujours au crayon, cette seule phrase : « Rendez-vous ce soir à sept heures et demie. » C'est une écriture de femme. Il n'y a pas de signature.

La police reçoit tous les jours des missives de ce genre — lettres anonymes, injures, menaces, dénonciations — le plus souvent très embrouillées, expédiées généralement par des illettrés ou des fous. Le texte de la carte postale se signale par son laconisme et sa précision. Le lieu du rendez-vous n'est pas indiqué ; ce doit être le coin de rues montré sur la photographie — on peut en tout cas le supposer. Si Laurent reconnaissait l'endroit, il y enverrait peut-être un ou deux agents, à l'heure dite ; mais cela ne vaut pas la peine d'entreprendre de grandes recherches pour finir — au mieux — par mettre la main sur quelque bateau de pêche qui débarque en contrebande cinq kilos de tabac à priser.

Il faudrait encore être sûr que ce mince délit serait effectivement sanctionné par l'inspecteur qui l'aurait découvert. Le commissaire général sait bien que beaucoup de petits trafics clandestins bénéficient de la bienveillance des agents, qui se contentent de prélever leur modeste part. C'est seulement pour les infractions graves que l'on exige d'eux une parfaite intransigeance. A l'autre extrémité de l'échelle des crimes, on peut se demander quelle serait leur conduite... si, par exemple, une organisation politique du genre de celle décrite par Wallas faisait appel à leur... Heureusement la question ne se pose pas.

Le commissaire décroche son téléphone et demande la capitale. Il veut en avoir le cœur net. Seuls les services centraux peuvent le renseigner — s'ils ont eu le temps de pratiquer l'autopsie.

Il obtient assez rapidement la communication, mais il est renvoyé plusieurs fois de poste en poste sans arriver à joindre la personne compétente. Le chef de bureau qui a signé la lettre prescrivant de laisser partir le corps lui dit de s'adresser au service médico-légal ; là, on ne semble au courant de rien. Branché successivement de l'un à l'autre, il finit par atteindre le cabinet du préfet où quelqu'un — il ne sait pas exactement qui — accepte d'écouter sa question : « A quelle distance la balle qui a tué Daniel Dupont a-t-elle été tirée ? »

« Une minute, s'il vous plaît, ne quittez pas. »

Ce n'est qu'après une interruption assez longue, coupée de bruits divers, que la réponse lui parvient :

« Une balle de sept soixante-cinq, tirée de face, à quatre mètres environ. »

Réponse qui ne prouve absolument rien, sinon que la leçon a été bien apprise.

Laurent reçoit ensuite une nouvelle visite de Wallas.

L'agent spécial semble ne rien avoir à lui dire. Il est revenu là comme s'il ne savait plus où aller. Il raconte la fuite du négociant Marchat, la rencontre avec Juard, la visite à l'ancienne Mme Dupont. Le commissaire, comme chaque fois qu'il a eu affaire au docteur, trouve assez suspecte la conduite de celui-ci. Quant à l'épouse divorcée, il était évident pour tout le monde qu'elle ne savait rien. Wallas décrit l'étrange vitrine composée par la papetière et sort de sa poche, à la grande surprise de Laurent, la carte postale que l'huissier vient d'apporter.

Le commissaire va prendre sur son bureau l'exemplaire expédié par l'inconnue. C'est bien la même carte. Il fait lire à Wallas la phrase écrite au dos.

3 La scène se passe dans une cité de style pompéien — et, plus particulièrement, sur une place rectangulaire dont le fond est occupé par un temple (ou un théâtre, ou quelque chose du même genre) et les autres côtés par divers monuments de plus petites dimensions, isolés entre eux par de larges voies dallées. Wallas ne sait plus d'où lui revient cette image. Il parle — tantôt au milieu de la place — tantôt sur des marches, de très longues marches — à des personnages qu'il n'arrive plus à séparer les uns des autres, mais qui étaient à l'origine nettement caractérisés et distincts. Lui-même a un rôle précis, probablement de premier plan, officiel peut-être. Le souvenir devient brusquement très aigu; pendant une fraction de seconde, toute la scène prend une densité extraordinaire. Mais quelle scène? Il a juste eu le temps de s'entendre dire :

— Et il y a longtemps que cela s'est passé?

Aussitôt tout a disparu, l'assemblée, les marches, le temple, le parvis rectangulaire et ses monuments. Il n'a jamais rien vu de semblable.

C'est le visage agréable d'une jeune femme très brune qui surgit à la place — la papetière de la rue Victor-Hugo et l'écho du petit rire de gorge. Pourtant le visage est grave.

Wallas et sa mère étaient arrivés enfin à ce canal en cul-de-sac; les maisons basses, au soleil, miraient leurs vieilles façades dans l'eau verte. Ce n'est pas une parente qu'ils recherchaient : c'était *un* parent, un parent qu'il n'a pour ainsi dire pas connu. Il ne l'a pas vu — non plus — ce jour-là. C'était son père. Comment avait-il pu l'oublier?

Wallas erre à travers la ville, au hasard. La nuit est humide et froide. Toute la journée le ciel est resté jaune, bas, enfumé — un ciel de neige — mais il n'a pas neigé et ce sont maintenant les brouillards de novembre qui s'installent. L'hiver vient vite cette année.

Les lumières au coin des rues tracent des cercles de clarté rousse, qui suffisent tout juste à empêcher le passant de se perdre. Il faut faire très attention, en traversant, pour ne pas buter du pied contre les bordures de trottoirs.

Dans les quartiers où les boutiques sont plus nombreuses, l'étranger s'étonne d'un éclairage si pauvre des vitrines. On n'a pas besoin, sans doute, d'attirer la clientèle pour vendre du riz et du savon noir. Il y a peu de marchands de frivolités dans cette province.

Wallas pénètre dans un magasin encombré et poussiéreux, qui semble destiné à l'entreposage des marchandises plutôt qu'à leur vente au détail. Tout au fond un homme en tablier est en train de clouer une caisse. Il s'arrête de frapper pour essayer de comprendre quelle sorte de gomme Wallas désire. Il hoche la tête plusieurs fois, au cours de l'explication, comme s'il savait bien lui-même de quoi il s'agit. Ensuite, sans rien répondre, il se dirige vers l'autre côté de la boutique ; il est obligé de déplacer une grande quantité d'objets sur son passage, pour parvenir jusqu'à son but. Il ouvre et referme plusieurs tiroirs l'un après l'autre, réfléchit une minute, grimpe sur une échelle double, recommence ses investigations — sans plus de succès.

Il revient vers son client : il n'a plus cet article. Il en avait encore, il n'y a pas bien longtemps — un lot qui lui restait d'avant la guerre ; on a dû vendre la der-

nière — à moins que quelqu'un ne l'ait rangée ailleurs :
« Il y a tellement de choses ici qu'on ne retrouve plus
rien. »

Wallas replonge dans la nuit.

Pourquoi, aussi bien, ne pas retourner vers le pavillon solitaire.

Comme l'a fait remarquer le commissaire général,
la conduite du docteur Juard n'est pas absolument
claire — bien qu'on voie mal quel pourrait être son
rôle secret. Lorsqu'il a traversé le salon-bibliothèque,
le petit docteur a dévisagé Wallas en faisant semblant
de ne pas le voir à travers ses lunettes de myope ; pourtant il était passé par là exprès pour le regarder. Et à
plusieurs reprises, au cours de la conversation qu'ils
ont eue une demi-heure plus tard, Wallas s'est étonné
de la façon bizarre dont Juard s'exprimait : il avait
l'air de penser à autre chose et quelquefois même de
parler d'autre chose. « Il a mauvaise conscience », assure
Laurent.

Peut-être aussi le négociant Marchat n'est-il pas si
fou qu'il le paraît. Tout compte fait, se mettre à l'abri
était plus prudent de sa part. Il est curieux de constater que le docteur, dans son récit, ne fait pas la moindre allusion à la présence de Marchat rue de Corinthe
lors de l'arrivée du blessé ; il a toujours prétendu, au
contraire, qu'il n'avait eu besoin du concours de personne ; pourtant, de l'aveu du commissaire, Marchat
ne peut avoir inventé tous les détails qu'il rapporte
concernant la fin du professeur. Si Juard savait, d'une
façon ou d'une autre, que Marchat dût être assassiné
à son tour cette nuit, il aurait effectivement tout avantage
à cacher la présence du négociant la veille au soir à
sa clinique. Il ignore que celui-ci en a déjà parlé à la
police.

Ainsi le pneumatique découvert à la poste restante
concernait bien cette affaire-ci — Wallas en a été per-

suadé dès le début. C'est la convocation adressée au meurtrier pour le deuxième crime — celui d'aujourd'hui — qui doit (selon cette hypothèse) avoir lieu dans cette même ville. Les conclusions de l'inspecteur dont Wallas a lu le rapport dans le bureau de Laurent pourraient avoir ceci d'exact : l'existence de deux complices dans l'attentat contre Daniel Dupont — le destinataire (André VS) et le personnage désigné par l'initiale G. dans le texte de la lettre. Ce soir, le premier opérerait seul. Enfin Marchat avait raison de craindre une embuscade commençant longtemps avant l'heure fatidique — c'est ce que confirment les mots « tout l'après-midi » relevés également dans le pneumatique.

Reste la carte postale glissée mystérieusement sous la porte du concierge, au commissariat général. Il est très douteux que les conjurés eux-mêmes aient tenu à prévenir la police du lieu et de l'heure de leur forfait. Il entre bien dans leur programme de signer leurs crimes et de leur donner tout l'éclat possible (on a déjà reçu au ministère de l'Intérieur et à la Présidence certains messages émanant des chefs de l'organisation), mais la carte postale constituerait une révélation capable de faire échouer leur plan — à moins qu'ils ne se sentent désormais tellement puissants qu'ils n'aient plus rien à craindre de personne. On serait presque conduit à supposer la duplicité du commissaire — ce qui est, d'un autre côté, difficile.

Il serait plus conforme à la vraisemblance d'admettre ce dont Laurent, pour sa part, se montre tout à fait certain : un rappel provenant de Marchat lui-même. Le négociant, avant de quitter la ville, aurait ainsi tenté une ultime démarche pour convaincre la police de faire surveiller le domicile du mort.

La conduite suspecte du petit docteur, les craintes du négociant, diverses allusions contenues dans le pneumatique... Les déductions que l'on peut tirer de tels indices présentent un maigre caractère de certitude. Wallas le sait. Il se rend compte en particulier de l'influence exercée sur lui par la carte déposée au commissariat — bien que cette carte ne puisse raisonnablement entrer dans l'échafaudage. Mais il n'a pas, en somme, autre chose à faire que de se présenter au rendez-vous. Puisqu'il n'existe à l'heure actuelle aucune autre piste, il ne perdra rien à suivre celle-ci. Il a dans sa poche une des clefs du pavillon — celle de la petite porte vitrée — que Mme Smite lui a remise. Marchat s'est enfui, lui laissant la voie libre : il va tenir lui-même le rôle du négociant, pour voir si par miracle quelqu'un viendra l'assassiner. Il se félicite d'avoir emporté son revolver.

— C'est vrai, on ne sait jamais, a dit Laurent avec ironie.

Wallas arrive devant la grille du jardin.

Il est sept heures.

Tout est noir aux alentours. La rue est déserte. Wallas ouvre tranquillement la porte.

Une fois entré, il la repousse avec précaution, à fond mais sans la refermer, de manière à laisser une trace de son passage.

Il est inutile d'attirer, en faisant du bruit, l'attention d'un promeneur éventuel attardé sur le boulevard. Pour éviter le crissement des graviers, Wallas marche sur le gazon — plus commode que la bordure de brique. Il contourne la maison sur la droite. Dans la nuit on distingue juste l'allée plus claire entre les deux plates-bandes et le sommet bien taillé des fusains.

Un volet de bois protège à présent les vitres de la petite porte. Dans la serrure, la clef joue avec facilité. Wallas se surprend dans des attitudes de cambrioleur : au lieu d'ouvrir en grand, il s'est glissé à l'intérieur par un entrebâillement discret. Il retire la clef et referme doucement la porte.

La grande maison est silencieuse.

A droite la cuisine, au fond et à gauche la salle à manger. Wallas connaît le chemin; il n'aurait pas besoin de lumière pour le guider. Il allume pourtant sa lampe de poche et s'avance, précédé de l'étroit faisceau. Le dallage du vestibule est noir et blanc, formé de carrés et de losanges. Une bande de moquette grise, avec deux raies grenat sur les bords, recouvre l'escalier.

Dans le cercle lumineux de la lampe électrique apparaît un petit tableau de couleurs sombres, visiblement assez ancien. C'est une nuit de cauchemar. Au pied d'une tour démantelée, que l'orage illumine d'un éclat sinistre, gisent deux hommes. L'un porte des habits royaux, sa couronne d'or brille dans l'herbe à côté de lui; l'autre est un simple manant. La foudre vient de les frapper de la même mort.

Sur le point de tourner la poignée, Wallas s'arrête : si vraiment le meurtrier avait déjà pris sa faction derrière cette porte, il serait bête de la part d'un agent spécial de tomber ainsi dans le piège; puisqu'il est venu au rendez-vous, il doit jouer le jeu sans tricher. Il glisse la main dans sa poche pour prendre son arme, quand il se souvient du deuxième revolver qu'il traîne sur lui depuis le matin — celui de Daniel Dupont, qui est enrayé et ne lui serait d'aucun secours s'il avait à défendre sa vie. Il ne s'agit pas de se tromper.

En vérité, il ne risque pas de le faire. Le pistolet de Dupont est dans la poche gauche de son pardessus : c'est là qu'il l'avait placé d'abord, il l'y a remis quand on l'a rapporté du laboratoire. Comme il n'a jamais manipulé les deux armes en même temps, il ne peut pas les avoir mélangées.

Pour plus de sûreté, il les examine séance tenante à la lueur de sa lampe. Il reconnaît son propre revolver sans conteste. Il n'éprouve même aucune appréhension

à essayer de tirer avec celui du mort — c'est bien celui-
là qui est enrayé. Il ébauche le geste de le remettre
dans sa poche, mais il pense alors qu'il est inutile de
continuer à s'encombrer de cet objet pesant. Il entre
donc dans la chambre à coucher et va le ranger à sa
place, dans le tiroir de la table de nuit où il a vu la
vieille gouvernante le prendre ce matin.

Dans le cabinet de travail, Wallas pousse le bouton
du commutateur, qui se trouve à l'entrée contre le
chambranle de la porte. Une ampoule s'allume au
plafonnier. Avant de quitter la maison, la vieille gouvernante a fermé tous les contrevents ; on ne verra donc
pas la lumière, du dehors.

Son pistolet armé dans la main droite, Wallas inspecte la petite pièce. Personne ne s'y cache, évidemment.
Tout est en ordre. Mme Smite a dû redresser les piles
de livres dont l'inspecteur signalait le dérangement. La
feuille blanche où le professeur n'avait encore tracé que
quatre mots a disparu, classée à l'intérieur du sous-
main ou dans un tiroir. Le cube de pierre vitrifiée, aux
arêtes vives, aux coins meurtriers, est posé sagement
entre l'encrier et le bloc-notes. Seule la chaise est un
peu écartée du bureau, comme si quelqu'un allait
s'asseoir.

Wallas se place derrière le dossier de la chaise et
regarde vers la porte ; c'est une bonne situation pour
attendre l'arrivée du problématique assassin. Ce serait
encore mieux d'éteindre la lumière ; l'agent spécial
aurait ainsi le temps de voir l'ennemi avant d'être
découvert.

De son observatoire Wallas repère avec soin l'emplacement des différents meubles. Il retourne jusqu'à la
porte, appuie sur l'interrupteur et, dans le noir, revient
à la même place. Il vérifie sa position en posant sa main
libre sur le dossier de la chaise devant soi.

4   Si l'on ne retrouve pas la trace de l'assassin,
c'est parce que Daniel Dupont n'a pas été
assassiné ; or il est impossible de reconstituer
son suicide de façon cohérente... Laurent se
savonne les mains plus vite... Et si Dupont
n'était pas mort ?

Le commissaire général comprend soudain les bizar-
reries de cette « blessure », l'impossibilité de laisser voir
le « cadavre » à la police, les airs embarrassés du docteur Juard. Dupont n'est pas mort ; il suffisait d'y penser.

Les raisons de toute cette histoire ne sont pas encore
parfaitement limpides, mais le point de départ est là :
Daniel Dupont n'est pas mort.

Laurent décroche son téléphone et compose un numéro : 202-03.

— Allô, le Café des Alliés ?

« C'est ici », répond une voix grave, presque caver-
neuse.

— Je voudrais parler à Monsieur Wallas.

« Monsieur Wallas, il est pas là », prononce la voix
avec dégoût.

— Vous ne savez pas où il est ?

« Comment voulez-vous que je le sache ? » dit la
voix, « je ne suis pas sa nourrice ».

— Ici le Commissariat Général de police. Vous avez
bien un client du nom de Wallas, n'est-ce pas ?

« Oui, je l'ai déclaré ce matin », dit la voix.

— Il ne s'agit pas de ça. Je vous demande si ce monsieur est dans votre établissement. Il est peut-être
monté dans sa chambre ?

« Je vais envoyer voir », répond la voix de mauvaise
grâce. Une minute plus tard elle ajoute, avec une pointe
de satisfaction : « Y a personne ! »

— C'est bien. Je voudrais parler au patron.

« Le patron, c'est moi », dit la voix.

— Ah c'est vous ! C'est vous qui avez raconté à un inspecteur cette stupidité au sujet d'un prétendu fils du
professeur Dupont ?

« J'ai rien raconté du tout », proteste la voix. « J'ai dit qu'il venait quelquefois des jeunes gens au comptoir, qu'il y en avait de tous les âges — certains largement assez jeunes pour être les fils de ce Dupont... »

— Avez-vous dit qu'il avait un fils ?

« Mais j'en sais rien, moi, s'il avait des fils ! Ce monsieur n'était pas client et, quand bien même il aurait été client, c'est pas moi qui l'aurais empêché de foutre des mômes à toutes les putains du quartier — sauf votre respect, Monsieur. » La voix s'est radoucie brusquement, faisant un effort vers la correction : « L'inspecteur a demandé s'il venait des jeunes gens chez moi ; j'ai dit oui. Au-dessus de seize ans c'est autorisé par la loi. Ensuite il a insinué que ce Dupont avait peut-être un fils ; pour lui faire plaisir j'ai dit comme lui, et que c'était bien possible qu'il soit venu boire ici un jour ou l'autre... »

— C'est bon, on vous convoquera. Mais faites attention à ce que vous dites dorénavant ; et puis tâchez d'être un peu plus poli. Monsieur Wallas n'a pas prévenu de l'heure à laquelle il rentrerait ?

Un silence ; l'autre a raccroché. Un sourire menaçant se forme déjà sur le visage du commissaire... quand il entend enfin la voix : « Il a dit seulement qu'il coucherait là ce soir. »

— Merci. Je rappellerai

Laurent pose le récepteur. Il se frotte les mains. Il aurait aimé annoncer tout de suite sa découverte à l'agent spécial. Il se réjouit à l'avance de son étonnement incrédule lorsqu'il entendra au bout du fil : « Dupont n'est pas mort. Dupont se cache chez le docteur Juard. »

5 — La voiture est en bas, dit Juard.

Dupont se lève et se met aussitôt en route. Il est habillé pour le voyage. Il n'a pu passer qu'une des manches de son gros manteau, que le docteur a boutonné tant bien que mal par-dessus son bras blessé, tenu replié par une bande de toile. Il porte un chapeau de feutre à larges bords qui dissimule entièrement le front. Il a même accepté des lunettes noires, afin que personne ne puisse le reconnaître ; on n'a trouvé à la clinique qu'une paire de lunettes médicales, dont un des verres est très foncé et l'autre beaucoup plus clair — ce qui donne au professeur l'aspect comique d'un traître de mélodrame.

Puisque Marchat refuse au dernier moment de lui rendre le service promis, il faut que Dupont aille lui-même au petit pavillon pour prendre les papiers.

Juard s'est arrangé pour que les couloirs de la clinique soient vides sur le passage de son ami. Celui-ci arrive sans encombre à la grosse ambulance noire qui stationne devant la porte. Il s'assoit sur le siège à côté du chauffeur — ce sera plus commode pour descendre et monter sans perdre de temps.

Le chauffeur a revêtu l'uniforme noir des hôpitaux et la casquette plate à visière cirée. En réalité ce doit être un des « gardes du corps » que Roy-Dauzet entretient, plus ou moins officiellement. L'homme a d'ailleurs la carrure imposante, les manières sobres, le visage dur et fermé d'un tueur de cinéma. Il n'a pour ainsi dire pas ouvert la bouche ; il a remis au professeur la lettre du ministre prouvant qu'il est bien celui qu'on attendait et, dès que le docteur eut claqué la portière, il a démarré.

— Il faut que nous passions d'abord chez moi, dit Dupont. Je vous dirigerai.

« Prenez à droite... A droite encore... A gauche... Faites le tour du bâtiment... Tournez ici... La deuxième à droite... Tout droit maintenant... »

En quelques minutes ils parviennent au Boulevard

Circulaire. Dupont fait arrêter la voiture à l'angle de la rue des Arpenteurs.

— Ne restez pas stationner ici, dit-il au chauffeur. Je préfère que ma visite ne soit pas remarquée. Continuez de rouler, ou allez vous garer à quelques centaines de mètres. Soyez de retour dans une demi-heure exactement.

— Bien, Monsieur, dit l'homme. Voulez-vous que je gare la voiture et que je vous accompagne?

— C'est inutile, je vous remercie.

Dupont descend et se dirige à pas rapides vers la grille. Il entend l'ambulance qui s'éloigne. L'homme n'est pas un « garde du corps » : il aurait insisté pour le suivre. Son allure avait trompé le professeur, qui sourit maintenant de son propre romantisme. L'existence même de ces fameux gardes est du reste très incertaine.

Le portail n'est pas clos. La serrure en est faussée depuis longtemps, on ne peut plus se servir de la clef; cela n'empêche pas de fermer le bec-de-cane. La vieille Anna devient bien négligente — à moins qu'un enfant ne se soit amusé à ouvrir la porte après son départ — un enfant ou un rôdeur. Dupont gravit les quatre marches du perron, pour aller s'assurer que la porte de la maison, en tout cas, est vraiment fermée; il tourne la grosse poignée de cuivre et pousse vigoureusement, en s'aidant de l'épaule, car il sait que les gonds sont très durs; comme il veut être sûr du résultat et se méfie des mouvements inhabituels imposés par son unique bras valide, il recommence deux ou trois fois, sans oser pourtant faire trop de bruit. Mais la grande porte est bien verrouillée.

Il a confié à Marchat les clefs de cette porte et le négociant est parti sans même prendre le temps de les rapporter. Dupont ne possède plus que celle de la petite porte vitrée; il lui faut donc faire le tour par derrière. Sous ses pas, les graviers crissent légèrement dans le silence nocturne. Il a eu tort de compter sur ce poltron de Marchat. Il s'est énervé tout l'après-midi à l'attendre ; il a fini par l'appeler au téléphone, à son domicile, mais il n'y avait personne ; à sept heures moins le quart il a enfin reçu une communication, qui venait il ne sait d'où : Marchat s'excusait, il avait été obligé de quitter la ville pour des affaires urgentes. C'était faux, bien entendu. C'est la peur qui l'avait fait fuir.

Machinalement, Dupont a manœuvré le bouton de la petite porte. Celle-ci s'ouvre sans résistance. Elle n'était pas fermée à clef.

La maison est noire et silencieuse.

Le professeur ôte ses lunettes qui le gênent. Il s'est arrêté à l'entrée du vestibule et cherche à comprendre la situation... Marchat est-il venu quand même ? Non, puisque ce sont les clefs du devant qu'on lui avait confiées... Et la vieille Anna, si elle n'était pas partie, serait à cette heure-ci dans la cuisine... ce n'est pas certain... en tout cas elle aurait gardé une lumière dans le couloir ou dans l'escalier...

Dupont ouvre la porte de la cuisine. Il n'y a personne. Il tourne le bouton électrique. Tout est rangé comme dans une maison où l'on n'habite plus. Et partout les volets sont clos. Dupont donne de la lumière dans le vestibule. Il ouvre au passage les portes du salon et de la salle à manger. Personne, évidemment. Il commence à monter l'escalier. Anna a peut-être oublié de fermer la petite porte en s'en allant. Elle perd un peu la tête depuis quelques mois.

Au premier étage il entre dans la chambre de la gouvernante. On voit nettement que la pièce a été mise en ordre pour une longue absence.

Arrivé devant le cabinet de travail, le professeur retient son souffle. Hier soir, l'assassin l'attendait là.

Oui mais, hier soir, la petite porte était ouverte : l'homme n'avait pas eu besoin de clef pour entrer ; ce soir il aurait dû fracturer la serrure et Dupont n'a rien remarqué de tel. Et si l'homme a cette fois encore trouvé la porte ouverte, c'est, de toute façon, que la vieille Anna ne l'avait pas fermée... Il n'est guère possible de se rassurer avec des arguments de cette sorte ; muni d'un trousseau de fausses clefs, un spécialiste ouvre aisément toutes les serrures ordinaires. Quelqu'un s'est introduit dans le pavillon et attend, dans le cabinet de travail, à la même place qu'hier, pour terminer l'ouvrage.

Objectivement, rien ne s'oppose à ce que cela soit vrai. Le professeur n'est pas peureux ; il regrette néanmoins, à cet instant, qu'on ne lui ait pas envoyé de la capitale un véritable garde du corps. Cependant il n'est pas question pour lui de s'en aller sans emporter les dossiers dont il a besoin.

Marchat lui a dit, au téléphone, que le commissaire de police ne voulait pas croire à un assassinat : il est persuadé que c'est un suicide. Dupont se retourne. Il va chercher son revolver. Hier soir, en partant pour la clinique, il l'a laissé sur la table de nuit... Au moment de pénétrer dans la chambre à coucher, il s'arrête encore : c'est peut-être dans cette pièce-là qu'on lui a tendu l'embuscade.

Ces craintes successives, plus ou moins chimériques, agacent le professeur. D'un geste impatient il tourne la poignée ; toutefois il prend la précaution de ne pas pousser aussitôt la porte ; il passe vivement la main pour allumer d'abord l'électricité et avance la tête dans l'entrebâillement, prêt à s'esquiver s'il aperçoit quelque chose d'anormal...

Mais la chambre est vide : aucun sbire n'est posté derrière le lit, ni dans l'angle de la commode. Dupont voit seulement, dans la glace, son visage où reste peinte une anxiété qui lui paraît maintenant risible.

Sans s'attarder il va jusqu'à la table de nuit. Le revolver n'est plus sur le marbre. Il le trouve dans le tiroir à sa place habituelle. Il ne s'en servira sans doute pas plus qu'hier, mais on ne sait jamais : si, hier soir, il l'avait eu sur lui quand il est remonté de la salle à manger, il s'en serait bel et bien servi.

Le professeur s'assure que le cran de sûreté n'a pas été remis et il retourne d'un pas ferme, l'arme à la main, vers le cabinet de travail. Il devra opérer d'un seul bras — le droit, heureusement. Placer d'abord le revolver dans sa poche, entrouvrir la porte, allumer le plafonnier et, le plus vite possible, saisir le revolver tout en poussant la porte avec le pied d'un mouvement brusque. Cette petite comédie — inutile comme celle qu'il vient déjà d'exécuter — le fait sourire à l'avance.

Il faut qu'il se dépêche, sinon la voiture attendra devant la grille. En tendant la main vers la poignée, il jette un coup d'œil à sa montre. Il dispose encore de vingt minutes : il est juste sept heures et demie.

Wallas écoute son cœur qui bat. Comme il est tout près de la fenêtre, il a entendu la voiture s'arrêter, la grille du jardin s'ouvrir, des pas pesants faire crisser le gravier. L'homme a essayé d'entrer par la porte du perron. Il l'a secouée sans succès, puis il a fait le tour de la maison. Wallas a donc su que ce n'était pas le négociant Marchat qui s'était ravisé et venait prendre les papiers du mort ; ce n'était ni Marchat ni personne d'autre envoyé par lui — ou par la vieille gouvernante. C'était quelqu'un qui n'avait pas les clefs du pavillon.

Les pas crissants sont passés sous la fenêtre. L'homme est allé jusqu'à la petite porte, que l'agent spécial a laissée ouverte exprès pour lui. Les gonds ont grincé faiblement lorsqu'il a poussé le battant. Pour être sûr de ne pas laisser échapper sa victime, l'homme a regardé dans toutes les pièces qu'il rencontrait, au rez-de-chaussée puis au premier étage.

Wallas voit maintenant la fente de lumière qui grandit le long du chambranle, avec une lenteur insupportable.

Wallas vise la place où le meurtrier va paraître, silhouette noire se détachant sur l'embrasure éclairée...

Mais l'homme évidemment se méfie de cette pièce plongée dans l'obscurité. Une main s'avance, tâtonne jusqu'au bouton électrique...

Wallas, ébloui par la lumière, distingue seulement le mouvement rapide d'un bras qui abaisse sur lui le canon d'un gros revolver, le mouvement d'un homme qui tire... En même temps qu'il se jette au sol, Wallas appuie sur la gâchette.

6 L'homme s'est effondré en avant, tout d'une pièce, le bras droit étendu, le gauche replié sous lui. Sa main reste crispée sur la crosse du revolver. Il ne bouge plus.

Wallas se redresse. Craignant une feinte, il s'approche avec circonspection, son arme encore braquée, ne sachant ce qu'il doit faire.

Il passe de l'autre côté du corps, en se maintenant hors de portée d'une éventuelle détente. L'homme ne bouge toujours pas. Son chapeau est demeuré enfoncé sur la tête. L'œil droit est entrouvert, l'autre est tourné vers le sol; le nez s'écrase un peu contre la moquette. Ce qu'on voit du visage a l'air tout gris. Il est mort.

C'est l'énervement qui fait perdre à Wallas le reste de sa prudence. Il se baisse et touche le poignet de l'homme, cherchant le pouls. La main lâche le lourd pistolet et se laisse mollement saisir. Le pouls ne bat plus. L'homme est bien mort.

Wallas pense qu'il faut regarder dans les poches du cadavre. (Pour chercher quoi?) Seule la poche droite du manteau est accessible. Il y fourre la main et en retire une paire de lunettes noires, dont un des verres est très foncé et l'autre beaucoup plus clair.

— Pouvez-vous dire si c'était le verre droit qui était le plus foncé, ou bien le gauche?

Le verre gauche... du côté droit... Le verre droit du côté gauche..

C'est le verre gauche qui est le plus foncé. Wallas pose les lunettes à terre et se relève. Il n'a pas envie de poursuivre la fouille. Il a plutôt envie de s'asseoir. Il est très fatigué.

Légitime défense. Il a *vu* l'homme tirer sur lui. Il a vu la contraction du doigt sur la gâchette. Il a perçu le temps considérable qu'il mettait lui-même à réagir et à faire feu. Il était certain de n'avoir pas eu les réflexes assez prompts.

Pourtant il faut admettre qu'il a tiré le premier. Il n'a pas entendu l'autre coup de revolver avant le sien ; et si les deux détonations avaient claqué juste au même instant, on verrait la trace de la balle perdue sur le mur ou sur le dos des livres. Wallas soulève le rideau de la fenêtre : les vitres également sont intactes. Son adversaire n'a pas eu le temps de tirer.

C'est seulement la tension de ses sens qui lui a donné, sur le moment, cette impression de ralenti.

Wallas applique la paume contre le canon de son arme ; il en sent nettement la chaleur. Il retourne vers le corps et se baisse pour toucher le revolver abandonné. Celui-ci est tout à fait froid. En regardant mieux, Wallas s'aperçoit que la manche gauche du pardessus est vide. Il palpe sous l'étoffe la forme du bras. Avait-il le bras en écharpe? « Une légère blessure au bras. »

Il faut prévenir Laurent. Désormais cela regarde la police. L'agent spécial ne peut pas continuer d'agir seul maintenant qu'il y a un cadavre.

Le commissaire ne doit plus être à son bureau. Wallas regarde sa montre ; elle marque sept heures trente-cinq. Il se souvient alors qu'elle était arrêtée sur sept heures trente. Il la porte à son oreille et entend le léger tic tac. Ce doit être la détonation qui l'a remise en route — ou bien le choc, s'il l'a cognée en se jetant à terre. Il va appeler le commissaire à son bureau; s'il n'y est plus, quelqu'un pourra certainement lui dire où le joindre. Il a vu un appareil téléphonique dans la chambre à coucher.

La porte est ouverte. La chambre est éclairée. Le tiroir de la table de nuit bâille largement. Le revolver n'y est plus.

Wallas décroche l'écouteur. Numéro 124-24. « C'est une ligne directe. » La sonnerie, à l'autre bout du fil, est tout de suite coupée.

« Allô ! », dit une voix lointaine.

— Allô, ici Wallas, c'est...

« Ah bon, je voulais vous parler justement. Laurent à l'appareil. J'ai fait une découverte — vous ne devineriez jamais ! Daniel Dupont ! Il n'est pas mort du tout ! Vous me comprenez ? » Il répète en détachant chaque syllabe : « Daniel Dupont n'est pas mort ! »

Qui donc disait que le téléphone du petit pavillon ne fonctionnait pas ?

épilogue

Dans la pénombre de la salle de café le patron dispose les tables et les chaises, les cendriers, les siphons d'eau gazeuse; il est six heures du matin.

Le patron n'est pas encore bien réveillé. Il est de mauvaise humeur; il n'a pas assez dormi. Hier soir il a voulu attendre le retour de son hôte, pour tirer les verrous; mais c'est en vain qu'il est resté veiller, tard dans la nuit, car il a fini par fermer quand même et aller se coucher sans avoir vu rentrer ce maudit Wallas. Il a pensé que son client avait été arrêté, puisque la police était à sa recherche.

Wallas est arrivé ce matin seulement — il y a dix minutes — l'air exténué, les traits tirés, se tenant à peine sur ses jambes. « Y a les flics qui ont demandé après vous », a dit le patron en lui ouvrant la porte. L'autre ne s'en est pas ému; il a répondu seulement : « Oui, je sais; je vous remercie », et il est monté directement à sa chambre. Trop poli pour être honnête. Il avait bien fait d'attendre six heures pour revenir : si le patron n'avait pas été levé, il ne serait sûrement pas sorti du lit pour le faire entrer. Du reste il ne prendra plus de client à la nuit, c'est trop de dérangement. Ce sera déjà une chance si celui-ci ne lui attire pas d'ennuis avec toutes ses histoires.

Le patron vient à peine de donner de la lumière dans la salle qu'il voit entrer un petit homme aux vêtements minables, chapeau sale et manteau trop... C'est le type qui est déjà venu hier matin, à la même heure. Il pose la même question que la veille :

— Monsieur Wallas, s'il vous plaît?

Le patron hésite, ne sachant si son locataire trouvera plus désagréable d'être dérangé en ce moment, ou bien de manquer l'homme qui le cherche depuis vingt-quatre heures. Celui-ci n'a pas une figure à porter de bonnes nouvelles.

258

— Il est là-haut, vous n'avez qu'à monter. C'est la chambre au bout du couloir, au premier étage.

Le petit homme à la mine souffreteuse se dirige vers la porte qu'on lui désigne, au fond de la salle. Le patron n'avait pas encore remarqué à quel point son pas est souple et silencieux.

Garinati referme la porte derrière soi. Il est dans un vestibule étroit où filtre une vague lumière, par le carreau dépoli placé au-dessus d'une autre porte — celle qui donne sur la rue. L'escalier est en face de lui. Au lieu d'aller de ce côté, il longe le couloir jusqu'à la porte — qu'il ouvre sans bruit. Il se retrouve sur le trottoir. Wallas est là-haut, c'est tout ce qu'il voulait savoir.

Aujourd'hui il ne le laissera pas s'échapper ; il pourra rendre compte à Bona de ses moindres déplacements. Il n'a que trop mérité, ces derniers jours, les reproches et le mépris du chef. Aussi Bona avait-il préféré ne pas lui parler de l'exécution d'Albert Dupont, l'exportateur de bois, dont « Monsieur André » s'est chargé hier soir. Bon travail, paraît-il.

Mais son propre travail, à lui Garinati, n'a pas été en somme si mauvais qu'il l'avait cru. Il a fallu qu'il voie de ses yeux le cadavre de sa victime, pour être tout à fait certain de sa mort. Il s'était fait des idées. Le coup qu'il a porté au professeur était bel et bien mortel.

Bona sera mécontent quand il apprendra (il sait toujours, tôt ou tard) que Garinati, au lieu de suivre l'agent spécial, a passé la soirée en expéditions dangereuses à travers tous les hôpitaux et cliniques de la ville, à la recherche du corps de Daniel Dupont.

Il a vu le mort, de ses propres yeux. C'est la dernière faute qu'il aura commise. Il ne laissera plus, dorénavant, entamer si sottement sa confiance en Bona. Il obéira sans réticence à ses ordres. Aujourd'hui : suivre Wallas comme une ombre. Ça n'est pas bien difficile.

Et ça ne sera pas bien long : Wallas quittera la ville par le premier train. Il est assis sur le bord de son lit, les coudes sur les genoux, la tête entre les mains. Il a retiré ses chaussures qui lui faisaient mal ; ses pieds sont enflés à force de marcher.

Cette nuit de veille l'a épuisé. Il a accompagné partout le commissaire général, qui avait sur-le-champ repris la direction de l'affaire et toute son importance. Plusieurs fois, au cours de leurs déplacements nocturnes, Wallas s'est endormi dans la voiture. Depuis qu'il avait récupéré ce cadavre qui lui manquait, Laurent était au contraire parfaitement à son aise : il a déployé une activité que son collègue d'un jour n'attendait guère de lui — surtout à partir de huit heures et demie, lorsqu'il eut appris le meurtre de l'exportateur millionnaire.

Wallas, lui, ne s'est plus occupé de rien. Il est resté parce qu'on ne lui avait pas dit de s'en aller.

Quand il a téléphoné au Bureau, c'est Fabius luimême qui lui a répondu. Wallas a rendu compte de sa mission et demandé s'il était possible de le muter à nouveau dans son ancien service. C'était prendre les devants : on ne l'aurait pas gardé à ce poste délicat après cette aventure malheureuse. Puisque le parquet n'a pas besoin de lui pour l'instant, il regagnera la capitale dans la matinée.

Dans son extrême fatigue, des bribes de sa journée perdue viennent encore le tourmenter : «... et si, à ce moment-là, j'avais pensé à... et si j'avais... » Il chasse ces obsessions, d'un mouvement impatient de la tête. A présent il est trop tard.

Qarante-trois multiplié par cent quatorze. Quatre fois trois, douze. Quatre fois quatre, seize. Seize et un, dix-sept. Quarante-trois. Quarante-trois. Deux. Sept et trois, dix. Quatre et trois, sept. Sept et un, huit. Huit et un, neuf. Quatre. Quatre mille neuf cent deux. Il n'y a pas d'autre solution possible. « Quatre mille neuf cent deux... Ça ne marche pas, mon garçon. Quarante-neuf centimètres carrés de surface : il faut au moins cinquante, vous savez. »

Un seul centimètre — il n'a manqué que cet espace dérisoire.

Il lui reste encore deux petits millimètres dont il n'a rien fait. Deux derniers petits millimètres. Deux millimètres carrés de rêve... Ce n'est pas beaucoup. L'eau glauque des canaux monte et déborde, franchit les quais de granit, envahit les rues, répand sur toute la ville ses monstres et ses boues...

Wallas se lève : s'il demeure là sans bouger, il va dormir vraiment. Il veut prendre son peigne dans la poche intérieure de sa veste, mais ses gestes sont maladroits et, en saisissant l'étui, il fait tomber son portefeuille dont quelques papiers s'échappent. Sa carte d'identité lui renvoie ce visage qui était le sien ; il s'approche de la table de toilette pour se voir dans la glace, et compare avec la photographie : le manque de sommeil, en vieillissant ses traits, a rétabli la ressemblance. Ce sera d'ailleurs inutile de changer cette photo, il n'aura qu'à laisser repousser sa moustache. Il n'a pas ce qu'on appelle le front « bas », ce sont seulement ses cheveux qui sont plantés bas.

En rangeant les papiers dans le portefeuille, il ne retrouve plus le coupon de retour de son billet de chemin de fer. Il regarde s'il n'est pas resté par terre près du lit ; il fouille ensuite dans toutes ses poches ; il cherche encore une fois dans le portefeuille. Il se rappelle y avoir vu le ticket dans le courant de la journée. Il a dû le laisser tomber en prenant de l'argent. C'était aussi la seule preuve de l'heure exacte de son arrivée dans la ville.

Fabius, au téléphone, n'a pas eu les réactions dramatiques que craignait Wallas. Il n'a même pas écouté à moitié le récit de son agent. Le chef était sur une nouvelle piste ; il s'agissait cette fois du prochain crime, celui de ce soir, qui doit avoir lieu dans la capitale — à ce qu'il pense, du moins.

Wallas commence à se faire le barbe. Il entend le

rire de gorge de la papetière — agaçant plus que provocant.

— Il va falloir que j'aille...

« On s'acharne quelquefois à découvrir un meurtrier... » On s'acharne à découvrir le meurtrier, et le crime n'a pas été commis. On s'acharne à le découvrir...

«... bien loin de soi, alors qu'on n'a qu'à tendre la main vers sa propre poitrine... » D'où sortent donc ces phrases ?

Ce n'est pas le rire de la papetière : c'est d'en bas que vient le bruit — probablement de la salle de café.

Antoine est très content de sa plaisanterie. Il se tourne à droite et à gauche pour voir si tout l'auditoire en a bien profité. L'herboriste, qui est le seul à n'avoir pas ri, dit seulement :

— C'est idiot. Je ne vois pas pourquoi il ne neigerait pas au mois d'octobre.

Mais Antoine vient d'aviser, sur le journal que lit un des marins, un titre qui le fait s'exclamer :

— Eh bien, qu'est-ce que je disais !

— Eh bien ? Qu'est-ce que tu disais ? demande l'herboriste.

— Hein, le patron, qu'est-ce que je disais ! Albert Dupont qui est mort ! Regarde donc si c'est pas Albert qu'il s'appelle et s'il est pas mort !

Antoine prend le journal des mains du marin et le tend par-dessus le comptoir. En silence le patron se met à lire l'article incriminé : « Rentrant à pied chez lui, comme chaque soir... »

— Alors, dit Antoine, qui est-ce qui avait raison ?

Le patron ne répond pas ; il continue placidement sa lecture. Les autres ont repris leur discussion sur l'hiver précoce. Antoine, qui s'impatiente, répète :

— Alors ?

— Alors, dit le patron, tu ferais mieux de lire jusqu'au bout avant de rigoler. C'est pas du tout la même histoire qu'hier. Ça, c'était hier soir; et, hier, c'était avant-hier. Et puis celui-ci, c'est pas un cambrioleur qui a tiré dessus : c'est une voiture qui a dérapé et l'a écrasé sur le bord du trottoir. « ... le chauffeur de la camionnette, après avoir rétabli sa direction, a pris la fuite vers le port... » Lis donc au lieu de déconner. Si tu confonds hier et aujourd'hui, ça va pas mieux.

Il rend le journal et ramasse les verres vides pour les rincer.

— Tu ne vas pas nous faire croire, dit Antoine, qu'on tue tous les soirs un type qui s'appelle Dupont.

— Il y a plus d'un âne à la foire... commence sentencieusement l'ivrogne...

Wallas, après s'être rasé, redescend pour boire un verre de café chaud. Il doit être prêt à cette heure-ci. La première personne qu'il aperçoit en entrant est l'homme aux devinettes, dont il a essayé vainement cette nuit de reconstituer la question : « Quel est l'animal qui le matin... »

— Bonjour, fait l'ivrogne avec son sourire hilare.

— Bonjour, répond Wallas. Vous me donnerez un café noir, patron.

Un peu plus tard, tandis qu'il est en train de boire son café à table, l'ivrogne s'approche de lui et tente d'engager la conversation. Wallas finit par lui demander :

— Comment était-ce, déjà, la devinette d'hier? Quel est l'animal...

L'ivrogne ravi s'assoit en face de lui et fouille dans ses souvenirs. Quel est l'animal qui... Brusquement son visage s'illumine; il cligne de l'œil pour énoncer d'un air infiniment malin :

— Quel est l'animal qui est noir, qui vole et qui a six pattes?

— Non, dit Wallas, c'était autre chose.

Un coup de chiffon. Le patron hausse les épaules.
Il y a des gens véritablement qui ont du temps à perdre.
Mais il se méfie des allures bénignes que prend volontiers son client. Un bourgeois ne loge pas sans quelque
motif inavouable dans un hôtel de catégorie si modeste.
Si c'était par souci d'économie, il n'avait pas besoin
de louer une chambre pour passer ensuite toute sa nuit
dehors. Et pourquoi ce type du commissariat voulait-il
lui parler, hier soir?

— Le patron, c'est moi.

— Ah c'est vous! C'est vous qui avez raconté à un
inspecteur cette stupidité au sujet d'un prétendu fils
du professeur Dupont?

— J'ai rien raconté du tout. J'ai dit qu'il venait quelquefois des jeunes gens au comptoir, qu'il y en avait
de tous les âges — certains largement assez jeunes
pour être ses fils....

— Avez-vous dit qu'il avait un fils?

— Mais j'en sais rien, moi, s'il avait des fils!

— C'est bien. Je voudrais parler au patron.

— Le patron, c'est moi.

— Ah c'est vous! C'est vous qui avez raconté cette
stupidité au sujet d'un prétendu fils du professeur?

— J'ai rien raconté du tout.

— Avez-vous dit qu'il avait un fils?

— Mais j'en sais rien, s'il avait des fils. J'ai dit
seulement qu'il venait des jeunes gens de tous les âges
au comptoir.

— C'est vous qui avez raconté cette stupidité, ou bien
c'est le patron?

— Le patron, c'est moi.

— C'est vous, jeunes gens stupidité, professeur au
comptoir?

— Le patron, c'est moi!

— C'est bien. Je voudrais largement fils, il y a bien
longtemps, prétendu jeune morte d'étrange façon...

— Le patron, c'est moi. Le patron c'est moi. Le
patron c'est moi le patron... le patron... le patron...

Dans l'eau trouble de l'aquarium, des ombres passent, furtives. Le patron est immobile à son poste. Son buste massif s'appuie sur les deux bras tendus, largement écartés ; les mains s'accrochent au rebord du comptoir ; la tête penche, presque menaçante, la bouche un peu tordue, le regard vide. Autour de lui les spectres familiers dansent la valse, comme des phalènes qui se cognent en rond contre un abat-jour, comme de la poussière dans le soleil, comme les petits bateaux perdus sur la mer, qui bercent au gré de la houle leur cargaison fragile, les vieux tonneaux, les poissons morts, les poulies et les cordages, les bouées, le pain rassis, les couteaux et les hommes.

CET OUVRAGE A ÉTÉ ACHEVÉ
D'IMPRIMER LE QUINZE FÉVRIER
MIL NEUF CENT SOIXANTE-DIX-NEUF
SUR LES PRESSES DE L'IMPRIMERIE
DE LA MANUTENTION A MAYENNE
ET INSCRIT DANS LES REGISTRES
DE L'ÉDITEUR SOUS LE NUMÉRO 1437

Imprimé en France